罗生门

[日] 芥川龙之介 著
楼适夷 高培明 译

陕西师范大学出版总社

图书代号：SK13N0667

图书在版编目（CIP）数据

罗生门 /（日）芥川龙之介著；楼适夷译，高培明译．—西安：陕西师范大学出版总社有限公司，2013.8（2018.7 重印）

ISBN 978-7-5613-7070-4

Ⅰ.①罗… Ⅱ.①芥… ②楼… ③高… Ⅲ.①短长篇小说—小说集—日本—现代 Ⅳ.① I313.45

中国版本图书馆 CIP 数据核字（2013）第 086053 号

罗生门

LUO SHENG MEN

[日]芥川龙之介 著　楼适夷　高培明 译

责任编辑　焦　凌

特约编辑　陈希颖

装帧设计　所以设计馆

出版发行　陕西师范大学出版总社

（西安市长安南路 199 号　邮编 710062）

网　　址　http://www.snupg.com

经　　销　新华书店

印　　刷　山东临沂新华印刷物流集团有限责任公司

开　　本　880mm×1230mm　1/32

印　　张　7.75

字　　数　189 千

插　　页　4

版　　次　2013 年 8 月第 1 版

印　　次　2018 年 7 月第 4 次印刷

书　　号　ISBN 978-7-5613-7070-4

定　　价　39.80 元

读者购书、书店添货或发现印装有问题，请与营销部联系、调换。

电　话：（029）85307864　85303629　传　真：（029）85303879

总序

对真善美的不懈探索

——日本文学大家的风采

“悦经典”之日本文学系列，是从浩如烟海的日本近现代文学中遴选出来的。首推的三位作家可说是重量级的，分别是日本明治、大正、昭和文坛的领军人物，选出的作品也充分代表了三位作家的文学特色。

“国民大作家”夏目漱石

按作品年代，首先介绍素有“国民大作家”之称的文豪夏目漱石(1867—1916)的三部作品。尽管漱石在日本近代文学史上被冠以“余裕派”“高蹈派”的名号，但其创作的基本倾向无疑是批判现实主义。漱石所处的时代正值日本文明开化，由封建社会向资本主义社会转变的时期。漱石在英国亲证了西方文化及其近代文明掩盖下的弊端，对于日本人的盲目西化深感不安。他主张“批判地接受西方文明”，发扬日本的传统美德。然而，他倾尽一生不断在作品中寻求解决办法，却因理想与现实的冲突深感无能为力，最终提出“则天去私”，寻求解脱之路。

如果说其初期作品主要是探究西洋文明与日本旧有文化的冲突给世人的影响，那么中期以后，其作品逐渐转向描写头脑与心灵相克的主题，以精雕细琢的手法剖析人的内心世界，批判人的私欲。尤其是男女爱情矛盾方面表现出来的私心以及由此产生的苦闷、孤独和绝望，构成了其作品的主要内容。

“悦经典”所选的漱石的三部作品分别代表了其各个时期的创作风格和理念，同时也是最受读者喜爱的作品。

留学回国后，漱石反感于日本自然主义文学缺乏批判性和枯燥的平面描写，接连发表了振聋发聩的《猫》(1905)和《小少爷》(1906)两部中篇小说，一举成名。《小少爷》取材自漱石在松山任教的经历，描写了一个不谙世事的青年在某乡村中学的种种遭遇，以嬉笑怒骂的手法，鞭挞了明治时期教育界的阴暗面——校长的伪善狡诈，“红衬衫”的阴险利己，“马屁精”的趋炎附势，并且颂扬了以“豪猪”“老秧君”为代表的正面角色。这两类人之间展开的博弈构成了美与丑、正义与邪恶的矛盾冲突。

为了突出故事的讽刺性，漱石特意将主人公设定为鲁莽、憨直、富于正义感的江户哥儿，并采用了落语①的表现形式，与《猫》的漫画式嘲讽有着异曲同工之妙，充分展示了他在和、汉、洋三方面的深厚学养及非凡的艺术表现力。

《虞美人草》(1907)虽不及上述两部作品那么名声在外，但在漱石文学中的意义却非同一般。它是漱石辞去教职，从事专业创作后的第一部长篇小说，也是他从创作初期进入中期、承上启下的作品。

---

① 落语：日本的传统曲艺形式之一，表演形式和内容都与中国传统的单口相声相似。

《小少爷》里的善恶划分，在《虞美人草》里与“道义”“虚荣”相互重叠，以分属不同阵营的三对男女的婚恋为线索，展开了一系列的纠葛和冲突。结局是，有的人战胜了“虚荣”，选择了“道义”；有的人则成为“虚荣”（东西方文化冲突）的牺牲品。女主人公藤尾就是这样一个悲剧人物，她爱慕虚荣，然而头脑与心灵的相克使她无所适从。与她同属一个阵营，有可能和她结合的那个男人（未婚夫），却为了“道义”不惜毁掉婚约，选择了另一个女人。而她倾心的诗人钦吾，又由于与她分属于两个阵营，根本不可能和她产生交集。这些打击最终导致了她的自杀。也可以说，她是被作者模式化的伦理观置于死地的。

相对于创作《小少爷》单打独斗式的、没有结果的奋斗，经过初期几部作品的探索，漱石的外部批判终于在伦理上取得了全面的胜利。此后，经过中期向内的探索后，后期创作更加深入地剖析人物心理。《心》(1914)即是作者进入后期创作后的白眉之作，是侧重刻画知识分子多疑、厌世心理的后期三部曲（《春分之后》《行人》《心》）的最后一部，也是最有分量和影响的一部。

《心》分为三个章节：《上　先生和我》主要描述“我”与先生结识，得知先生一开始并非如此厌世，而先生的转变，与他葬在杂司谷的朋友有关；《下　先生和遗书》是先生通过写给“我”的书信，终于向“我”坦白了自己一直不愿意透露的过去——因一己之私而导致他的挚友K自杀，对K的歉疚最终导致先生自杀。小说旨在表明利己主义是行不通的，也寓意作者对于两种异质文明无法调和的无奈。《心》对个人心理精确细微的描写可谓登峰造极，无出其右。

漱石是鲁迅“最爱看的作者”之一。他一生的创作都致力于思索人生，描写社会现实，尤其是知识分子的生活，塑造了各种各样栩栩如生的典型形象，使他超越了同时代的其他作家。

日本文坛素有“川端是庭院，而漱石是山脉”之说，二人对后世文学影响巨大。无论是思想内涵还是艺术造诣，漱石文学都达到了极高的境界，以至于他的辞世，成为明治时代结束，大正时代到来的象征。

“鬼才作家”芥川龙之介

素有“鬼才”之称的芥川龙之介（1892—1927）是日本大正时代的小说家。他也是鲁迅非常喜欢的日本作家，鲁迅于 1923 年芥川还在世时，便译介了《罗生门》与《鼻子》。

芥川深受夏目漱石批判现实主义和森鸥外的历史小说的影响，毕生致力于创作短篇小说，其数量多达 166 篇。他取材多样，尤其擅长改编古典作品，古为今用，视角新颖，构思精妙，在日本文学中独树一帜。作为大正主要流派“新现实主义”（也称新思潮派）的代表作家，其文学特色是用冷峻、简洁的文笔来描绘世道人心的丑恶，让读者去感受和思考，而很少作出评论。其代表作《罗生门》《莽丛中》等已然成为世界性的经典名作。

小说集《罗生门》中的题材大致分为以下几个方面：

取材自日本古典的有《罗生门》《地狱变》《莽丛中》《六宫公主》《鼻子》；

取材自天主教故事的有《奉教人之死》《报恩记》《南京的基督》；

取材自古代神话的有《老年的素盏鸣尊》；

取材自佛教故事的有《蜘蛛丝》；

取材自江户时代的人物、事件的有《戏作三昧》；

取材自中国的有《秋山图》；

取材自现代的有《单相思》《阿富的贞操》；

魔幻表现的有《河童》。

由上可知，芥川文学的取材十分广泛，跨越时间（古代和现代）和空间（西方和东方），甚至人间（如《河童》的魔幻手法）来观照和批判日本现代社会，剖析现代人的利己主义。

《罗生门》揭示了在弱肉强食的社会中，人为了活下去可以不择手段。《鼻子》则通过为长鼻子苦恼不已的老僧，却因鼻子缩短复又陷入新的苦恼，揭示了“旁观者的利己主义”，戏谑之余也影射了佛门之中的六根不净。

《地狱变》以惨淡的笔墨，描写了艺术至上主义者虽然以牺牲女儿为代价，在与权势者的博弈中取得了胜利，却最终陷入了自我崩溃的境地，表现了艺术至上主义的局限。

《莽丛中》以当事人在法庭供述和作证的形式，转述了一个曲折迷离的奸杀事件。小说中每个人各执一词，真相扑朔迷离。唯一能肯定的是每个人都靠谎言来掩饰自己的罪恶，意图展现理想的自己。

《蜘蛛丝》里的佛教故事告诉人们，人的利己本性足以导致自身的毁灭，但同时也隐喻了人将自身的命运寄托于宗教的后果。

《戏作三昧》写的是《八犬传》作者泷泽马琴晚年某一天的生活，意在表现书斋中创作的艺术家内心的孤独、幸福，也折射出了作者本人的影子。

《秋山图》则意图告诉人们，绝对的美并不存在，艺术的真正价值因欣赏它的人或时机不同而有所变化。

……

芥川善于巧妙利用各类题材发掘古今共通的人性，同时，也不惜笔墨描写了善良会给人带来意外的幸福（如《南京的基督》里的妓女），以及侠气（如《报恩记》里浪子为报答义贼和强盗救助一家的恩情，而甘愿以身代死）和自我牺牲精神（如《阿富的贞操》中的阿富，为了救一只猫竟然打算献出自己的贞操；《奉教人之死》的女主人公更是舍生殉教，为人们奉献了宗教性的感动）等人性之光。

芥川将日本文学细腻微妙的感受与江户文人情趣、西方教养融为一体，他善于通过细致地描写人物的心理活动，来揭示人在善与恶、美与丑的对立和相克中流露出的不安心绪，从日常琐事中将人性挖掘得入木三分，并结合多样文体为作品锦上添花。这更使得芥川的短篇小说脍炙人口、卓然不群。

尽管如此，芥川在探讨人生、观照人性的过程中，仍不可避免地看到了人世间的丑恶，陷入深深的怀疑和幻灭之中。面对日本的急速现代化，他在创作后期的一些作品时更是陷入深刻的矛盾和彷徨，最终得出“我们人类的痛苦也是难以解救的”的结论，终于在35岁的盛年，走上了否定自我的道路。芥川的去世成为昭和时代到来的标志性象征，也为日本近代文学画上了句号。

“无赖派”代表作家太宰治

太宰治（1909—1948）是二战后废墟上诞生的日本重要文学流派“无赖派”（也称新戏作派、反秩序派）的代表作家，他非常推崇芥川龙之介，并深受其影响。两人虽有着许多的不同，却殊途同归。与苦恼于新兴无产阶级时代到来的蒙昽不安而结束自己人生的芥川相似，没落乡绅出身的文学青年太宰治，似乎一降生便注定了无法回到旧时代，也无法融入新民主主义的新时代，他苦恼于理想与现实相克的悲剧性命运，为了拯救自我而投身写作，仿佛为了文学而生。他们的文学，也成了对那个时代的最好诠释。

太宰治留下的上百篇私小说式的作品，便是他短暂的人生、15 年创作生涯及其所生活时代的真实写照。

太宰文学中的主人公大多贫困潦倒而颓废，故而被评为“弱者的文学”。太宰文学虽属于日本文学的另类，却是战后文学的重要坐标，随着时代的发展，其文学价值也越来越为人所认知。

太宰治因其跌宕起伏的人生、孤傲而自卑的个性、自虐而反俗的作品题材而饱受争议，既有“昭和文学不灭的金字塔”之称，也有“败北的文学”等评价。其自身的经历与其作品里描写的边缘人达到了高度的契合，对挣扎在时代边缘的理想主义者的心理刻画入木三分，少有比肩之作。

太宰的重要作品多集中于其创作后期，即日本战败后的 1945 到 1948 这三年时间。《人间失格》所选的四部作品，都属于后期作品，此书也可谓是太宰治后期美学的集大成之作。

《微明》(1946)写于满目疮痍的战后，描写了主人公全家疏散到妻子老家后，遭受空袭的体验。被称为“家庭的毁灭者”的太宰，少有地展示了对妻儿温情的一面。

同样是描写家庭生活，太宰自称是“夫妇吵架小说”的《樱桃》(1948)则刻画家庭即将毁灭之前，拒绝拯救的作者的心境和可怜的孩子们。

《斜阳》(1947)可以说是太宰的集大成之作，也是奉献给没落贵族的挽歌。

《人间失格》(1948)写于太宰自杀之前，即他的绝笔之作，也是太宰文学“最深刻的到达点”。

《人间失格》塑造了一个悲剧人物。主人公叶藏从小体弱多病，幼小而敏感的心灵受到了互相欺骗的“人类”的伤害。他通过扮演“小丑”来克服心理上的不安与恐惧，寻求“他人”的认同。对自己的无能和“罪意识”，对“人类”的恐惧和失望，使他认为自己不配作为一个人而活着。他进行了种种尝试，却最终被送到了疯人院，无可避免地走向了毁灭。

但在小说的最后，酒吧的老板娘说：“我们认识的叶藏……也还是个像神一样的好孩子呢。”由此可知，太宰治并不认为叶藏真的没有做人的资格，只不过不具备做浑浑噩噩的人的资格。太宰治至死都不愿低下高傲的头，正是他对真善美的执着追求将自己驱赶入绝境，也正是这执着的追求，成就了太宰文学上的大家地位。

在《人间失格》这部小说里，太宰治透过叶藏这个角色，完成了对自己人生的回顾和评价。在发表这部作品的同年，他自杀身亡。

陕西师范大学出版总社与上海雅众文化公司编选的这套“悦经典”之日本文学系列，能让读者充分领略到这些日本文学大家的风采。如果说夏目漱石偏重于从伦理角度探究“善”的话，太宰文学则更注重探究人性存在的“真”，而芥川文学则试图通过冷静地观照人生，探究超越人心善恶的“美”。他们对真善美的毕生探索，为日本近代文学乃至世界文学奉献了精彩绝伦的杰作。

陕师大出版总社与上海雅众联袂推出的这套“悦经典”之日本文学系列也将继续为读者带来更多更好的作品，请拭目以待！

竺家荣

2013年4月17日于北京

目录

罗生门[1]

某日傍晚，有一家将，在罗生门下避雨。

宽广的门下，除他以外，没有别人，只在朱漆斑驳的大圆柱上，蹲着一只蟋蟀。罗生门正当朱雀大路，本该有不少戴女笠和乌软帽的男女行人到这儿来避雨，可是现在却只有他一个。

这是为什么呢？因为这数年来，接连遭了地震、台风、大火、饥馑等几次灾难，京城已格外荒凉了。照那时留下来的记载，还有把佛像、供具打碎，将带有朱漆和飞金的木头堆在路边当柴卖的。京里的情况如此，像修理罗生门那样的事，当然也无人来管了。在这种荒凉的景象中，便有狐狸和强盗来乘机做窝。甚至最后变成了一种习惯，把无主的尸体，扔到门里来。所以一到夕阳西下，气象阴森，谁也不到这里来了。

倒是不知从哪里，飞来许多乌鸦。白昼，这些乌鸦成群地在高高的门楼顶空飞翔啼叫，特别到夕阳通红时，黑魆魆的好似在天空撒了

---

① 这个短篇，是作者根据日本11世纪的古籍《今昔物语》中的故事改写的。

黑芝麻，看得分外清楚。当然，它们是到门楼上来啄死人肉的——今天因为时间已晚，一只也见不到，但在倒塌了的砖石缝里，长着长草的台阶上，还可以看到点点白色的鸟粪。这家将穿着洗旧了的宝蓝袄，一屁股坐在共有七级的最高一层的台阶上，手护着右颊上的一个大肿疱，茫然地等着雨停下来。

说是这家将在避雨，可是雨停之后，他也想不出要上哪里去。照说应当回主人家去，可是主人在四五天前已把他辞退了。上边提到，当时京城市面正是一片萧条，现在这家将被多年的老主人辞退出来，也不外是这萧条的一个小小的余波。所以家将的避雨，说正确一点，便是"被雨淋湿的家将，正无路可走"。而且今天的天气也多少导致了这位平安朝①家将的忧郁心情。从申末下起的雨，到酉时还没停下来。家将一边不断地想明天的日子怎么过——也就是从无办法中求办法，一边耳朵似听非听地听着朱雀大路上的雨声。

雨包围着罗生门从远处飒飒地打过来，黄昏渐渐压到头顶。抬头望望，门楼顶上斜出的飞檐上正挑起一朵沉重的暗云。

要从无办法中找办法，便只好不择手段。要择手段便只有饿死在街头的垃圾堆里，然后像狗一样，被人拖到这门上扔掉。倘若不择手段哩——家将反复想了多次，最后便跑到这儿来了。可是这"倘若"，想来想去结果还是一个"倘若"。原来家将既决定不择手段，又加上了一个"倘若"，对于以后要去干的"走当强盗的路"，当然是提不起积极肯定的勇气了。

家将打了一个大喷嚏，又大模大样地站起来。夜间的京城已冷得需要烤火了，风同夜暗毫不客气地吹进门柱间。蹲在朱漆圆柱上的蟋蟀已经不见了。

---

① 平安朝：794—1192 年。

家将缩着脖子，耸起里面衬黄小衫的宝蓝袄子的肩头，向门内四处张望，如有一个地方，既可以避风雨，又可以不给人看到，能安安静静地睡觉，就想在这儿过夜了。这时候，他发现了通门楼的宽大的朱漆楼梯。楼上即使有人，也不过是些死人。他便留意着腰间的刀，不让脱出鞘来，举起穿草鞋的脚，跨上了楼梯最下面的一级。

过了一会儿，在罗生门门楼宽广的楼梯中段，便有一个人，像猫儿似的缩着身体，憋着呼吸在窥探上面的光景。楼上漏下火光，隐约照见这人的右脸，短胡子中长着一个红肿化脓的面疱。当初，他估摸这上头只有死人，可是上了几级楼梯，看见还有人点着火，那火光又这儿那儿地在移动，模糊的黄色火光，在屋顶挂满蛛网的天花板下摇晃。他心里明白，在这儿点着火的，绝不是一个寻常的人。

家将壁虎似的忍着脚步声，好不容易才爬到这险陡的楼梯上最高的一级，尽量伏倒身体，伸长脖子，小心翼翼地向楼房望去。

果然，正如传闻所说，楼里胡乱扔着几具尸体。火光照到的地方挺小，看不出到底有多少具。能见到的，有光腚的，也有穿着衣服的，当然，有男也有女。这些尸体全不像曾经活过的人，而像泥塑的，张着嘴，摊开胳臂，横七竖八地躺在楼板上。只有肩膀胸口略高的部分，照在朦胧的火光里；低的部分，黑黢黢地看不分明，只是哑巴似的沉默着。

一股腐烂的尸臭，家将连忙掩住鼻子，可是一刹那，他忘记掩鼻子了，有一种强烈的感情，夺去了他的嗅觉。

这时家将发现尸首堆里蹲着一个人，是个穿着棕色衣服、又矮又瘦像只猴子似的老婆子。这老婆子右手擎着一片点燃的松明，正在窥探一具尸体的脸，那尸体头发很长，估量是一个女人。

家将带着六分恐惧四分好奇的心理，一阵激动，连呼吸也忘了。照旧记的作者的说法，就是"毛骨悚然"了。老婆子把松明插在楼板上，两手在那尸体的脑袋上，跟母猴替小猴捉虱子一般，一根一根地拔着头发,头发似乎也随手拔下来了。

看着头发一根根拔下来,家将的恐惧也一点点消失了,同时对这老婆子的怒气,却一点点升上来了——不,对这老婆子,也许有语病,应该说是对一切罪恶引起的反感,愈来愈强烈了。此时如有人向这家将重提刚才他在门下想的是饿死还是当强盗的那个问题,大概他将毫不犹豫地选择饿死。他的恶恶之心,正如老婆子插在楼板上的松明,烘烘地冒出火来。

他当然还不明白老婆子为什么要拔死人头发,不能公平地判断这是好事还是坏事,不过他觉得在雨夜罗生门上拔死人头发,单单这一点,已是不可饶恕的罪恶。当然,他已经忘了刚才自己还打算当强盗呢。

于是,家将两腿一蹬,一个箭步跳上了楼板,一手抓住刀柄,大步走到老婆子跟前。不消说,老婆子大吃一惊,弹弓似的跳了起来。

“呔,哪里走!”

家将挡住了在尸体中跌跌撞撞地跑着、慌忙逃走的老婆子,大声吆喝。老婆子还想把他推开,赶快逃跑,家将不让她逃,一把拉了回来,两人便在尸堆里扭结起来。胜败当然早已注定,家将终于揪住老婆子的胳臂,把她按倒在地。那胳臂瘦嶙嶙地皮包骨头,同鸡脚骨一样。

“你在干什么?老实说,不说就宰了你!”

家将摔开老婆子,拔刀出鞘,举起来晃了晃。可是老婆子不作声,两手发着抖,气喘吁吁地耸动着双肩,睁圆大眼,眼珠子几乎要从眼眶里蹦出来,像哑巴似的顽固地沉默着。家将意识到老婆子的死活已全操在自己手上,刚才火似的怒气,便渐渐冷却了,只想搞明白究竟是怎么一回事,便低头看着老婆子,放缓了口气说:

“我不是巡捕厅的差人,是经过这门下的行路人,不会拿绳子捆你的。只消告诉我,你为什么在这个时候在门楼上,到底干什么?”

于是,老婆子眼睛睁得更大,用眼眶红烂的肉食鸟一般矍铄的目光盯住家将的脸，然后把发皱的同鼻子挤在一起的嘴，像吃食似的动着，牵动了细脖子的喉尖，从喉头发出乌鸦似的嗓音，一边喘气，一边传到家将的耳朵里。

“拔了这头发，拔了这头发，是做假发的。”

老婆子的回答，竟是意外地平凡。一阵失望，刚才那怒气又同冷酷的轻蔑一起兜上了心头。老婆子看出他的神气，一手还捏着一把刚拔下的死人头发，又像蛤蟆似的动着嘴巴，做了这样的说明：

“拔死人头发，是不对，不过这儿这些死人，活着时也都是干这类营生的。这位我拔了她头发的女人，活着时就是把蛇肉切成一段段，晒干了当干鱼到兵营去卖的。要是不害瘟病死了，如今还在卖呢。她卖的干鱼味道很鲜，兵营的人买去做菜还缺少不得呢。她干那营生也不坏，要不干就得饿死，反正是没有法子嘛。你当我干这坏事，我不干就得饿死，也是没有法子呀！我跟她一样都没法子，大概她也会原谅我的。”

老婆子大致讲了这些话。

家将把刀插进鞘里，左手按着刀柄，冷淡地听着，右手又去摸摸脸上的肿疱，听着听着，他就鼓起勇气来了。这是他刚才在门下所缺乏的勇气，而且同刚上楼来逮老婆子的相比，是另外的一种勇气。他不但不再为着饿死还是当强盗的问题烦恼，现在他已把饿死的念头完全逐到意识之外去了。

“确实是这样吗？”

老婆子的话刚说完，他讥笑地说了一声，便下定了决心，立刻跨前一步，右手离开肿疱，抓住老婆子的大襟，狠狠地说：

“那么，我剥你的衣服，你也不要怪我，我不这样，我也得饿死。”

家将一下子把老婆子剥光，把缠住他大腿的老婆子一脚踢到尸体上，只跨了五大步便到了楼梯口，腋下挟着剥下的棕色衣服，一溜烟走下楼梯，消失在夜暗中了。

没多一会儿，死去似的老婆子从尸堆里爬起光赤的身子，嘴里哼哼哈哈的，借着还在燃烧的松明的光，爬到楼梯口，然后披散着短短的白发，向门下张望。外边是一片沉沉的黑夜。

谁也不知这家将到哪里去了。

（楼适夷　译）

地狱变

一

像堀川大公那种人物，不但过去没有，恐怕到了后世，也是独一无二的了。据说在他诞生以前，他母亲曾梦见大威德的神灵出现在她的床头。可见，出世以后一定不是一位常人。他的一生行事，没一件不出人意料。先看看堀川府的气派，那个宏伟、豪华呀，毕竟不是咱们这种人想象得出的。外面不少议论，把大公的性格比之秦始皇、隋炀帝，那也不过如俗话所说"瞎子摸象"，照他本人的想法，像那样的荣华富贵，才不在他的心上呢。他还什么鸡毛蒜皮的事都关心，有一种所谓"与民同乐"的度量。

因此，遇到二条大宫的百鬼夜行，他也全然不害怕。甚至据说，那位画陆奥盐灶风景的鼎鼎有名的融左大臣的幽灵，夜夜在东三条河原院出现，只要大公一声大喝，立刻就消隐了。因为他有那么大的威光，难怪那时京师男女老幼，一提到这位大公，便肃然起敬，好像见到了大神显灵。有一次，大公参加完大内的梅花宴回府，拉车的牛在路上发性子，撞翻了一位过路的老人。那老人却双手合十，喃喃地说，被大公的牛撞伤，真是莫大的荣幸。

所以在大公一生之中，给后代留下的遗闻逸事，是相当多的。例如在宫廷大宴上，一高兴，就赏人白马三十匹；叫宠爱的童子，立在长良桥的桥柱顶，叫一位有华佗术的震旦僧，给他的腿疮开刀——像这样的逸事，真是数不胜数。而在这诸多逸事中，再也没有一件比那至今为止，还一直在他府里当宝物传下来的《地狱变》屏风的故事更吓人的了。甚至平时对什么都满不在乎的大公，只有在那一回，竟也大大吃惊了，不消说，像我们这种人，当然一个个都吓得魂飞胆战了。其中就算是我，给大公奉职二十年来，也从来没见到过那样凄厉的场面。

不过，要讲这故事，先得讲一讲那位画《地狱变》屏风的，名叫良秀的画师。

二

讲起良秀，直到今天，大概也还有人记得。那时大家都说，拿画笔的人，没一个在良秀之上，他就是那样一位大名鼎鼎的画师。发生那事的时候，他已过了五十大关，有年纪了，是一个矮小、瘦得皮包骨头、脾气很坏的老头儿。他上大公府来时，总穿一件丁香色的猎衣，戴一顶乌软帽，形容卑褰。他有一张不像老人该有的血红的嘴，显得特别难看，好像什么野兽。有人说，那是因为舔画笔的缘故，可不知是不是这么回事。特别是那些贫嘴的人，说良秀的模样就像一只猴子，便给他起了个诨名叫猿秀。

起这个诨名还有一段故事。那时良秀的十五岁的独生女，在大公府当小女侍。她可不像父亲，是一位很娇美的姑娘，可能因为早年丧母，年纪虽小，却特别懂事、伶俐，对世事很关心。大公夫人和所有女侍都喜欢她。

有一次，丹波国献上了一只养熟了的猴子。顽皮的小公子给起了个名字叫良秀，因为模样可笑，所以起了这名字，府里没一个人见了不乐。为了好玩，大家见它趴在大院松树上，或躺在宫殿席地上，便叫着"良秀良秀"，逗它玩乐，故意作弄它。

有一天，良秀的女儿给主人送一封系有梅枝的书信①，走过长廊，只见那只小猴良秀从廊门外逃来，大概腿给打伤了，爬不上廊柱去，一拐一拐地跑着。在它后面，小公子扬起一条棍子赶上来，嘴里嚷着："偷橘子的小贼，看你往哪儿逃。"良秀女儿见了，略一踌躇，这时逃过来的小猴抓住她的裙边，呜呜地直叫——她内心不忍，一手提着梅枝，一手将紫香色的大袖轻轻一甩，把猴儿抱了起来，向小公子弯了弯腰，柔和地说："饶了它吧，它是畜生嘛！"

小公子正追得起劲，马上脸孔一板，跺起脚来：

"不行，它偷了我的橘子！"

"畜生呀，不懂事嘛……"

女儿又求着情，轻轻地一笑：

"它叫良秀，是我父亲的名字，父亲遭难，做女儿的怎能不管呢？"既然这样说了，迫得小公子也只好罢手了。

"呵呵，给老子求情，那就饶了它吧。"

勉勉强强说了一声，便把棍子扔掉，走向廊门回去了。

三

从此以后，良秀女儿便和小猴亲热起来。女儿把公主给她的金铃，用红绸绦系在猴儿脖子上。猴儿依恋着她，不管遇到什么总绕在

---

① 日本古代贵族在传递书信时，在信上系一花枝。

她的身边不肯离开。有一次女儿得了感冒躺在床上,小猴就守在她枕边,愁容满面地咬着自己的爪子。

奇怪的是,从此再也没人欺侮小猴了,最后连小公子也与它和好了,不但常常喂它栗子,有时哪个武士踢了它一脚,小公子便会生气。到后来,大公还特地叫良秀女儿抱着猴子到自己跟前来,可能听到了小公子追猴的事,对良秀女儿同猴产生了好感。

“看不出还是一个孝女哩,值得夸奖呀!”大公当场赏了她一方红帕,那猴儿见女儿捧着红帕谢恩,也依样对大公恭恭敬敬地鞠了一躬,逗得大公都乐了。因此大公分外宠爱良秀的闺女,是因为喜欢她爱护猴儿的一片孝心,并不是世上所说的出于好色。当然闲言闲语也不是没有,这到后来再慢慢讲。这儿先说明,大公对画师的女儿,并非别有用心。

却说良秀女儿挣到很大面子,从大公跟前退出来。因为本来就是一位灵巧的姑娘,也没引起其他女侍的嫉妒。反而从此以后,跟猴儿一起,总是不离公主的身边,每次公主乘车出外游览,也缺不了她的陪从。

话分两头,现在把女儿的事搁在一边,再谈谈父亲良秀。从那以后,猴儿良秀虽讨得了大家的欢喜,可是良秀本人,却仍被大家憎厌,依然叫他猿秀。不但在府里,连横川的那位方丈,一谈起良秀,就好像遇见了魔鬼,脸色都变了。(也有人说,良秀画过方丈的漫画,可能这是无稽的谣言,不确实的。)总之,不管在哪里,他的名声都是不妙的。不说他坏话的,只是少数画师,或是只见过他的画,没见过他本人的那些人。

事实是,良秀不但其貌不扬,而且还有惹人厌的坏脾气,所以那坏名声,也不过是自己招来的,怨不得别人。

四

他的脾气，就是吝啬、贪心、不顾面子、懒得要命、唯利是图——其中特别厉害的，是霸道、傲慢，把本朝第一大画师的招牌挂在鼻子上。如果单在画道上，倒还情有可原，可他就是骄傲得把世上一切习惯常规，全都不放在眼里。据他一位多年的弟子说，有一次府里请来一位大名鼎鼎的桧垣的女巫，降起神来，口里宣着神意。可他听也不听，随手抓起笔墨，仔细画出女巫那张吓人的鬼脸。大概在他的眼里，什么神道附体，不过是骗小孩子的玩意儿。

因为他是这样的人，画吉祥天神时，画成一张卑鄙的小丑脸，画不动明王时，画成一副流氓无赖相，故意做出那种怪僻的行径。人家当面指责他时，他便大声嚷嚷："我良秀画的神佛，要是会给我降灾，那才怪呢！因此连他的弟子们都害怕将来会受他牵连，有不少人就半途同他分手了——反正一句话，就是放荡不羁，自以为老子天下第一。

因此不管良秀画技如何高明，也只是到此为止。特别是他的绘画，甚至用笔、着色，全跟别的画师不一样，许多同他不对劲的画师中，有不少人说他就是邪门歪道。据他们说，对川成、金冈和此外古代名画师的画，都有种种奇异的评品，比方画在板门上的梅花，每到月夜便会发出一阵阵的清香，画在屏风上的宫女，会发出吹笛子的声音。可是对良秀的画却另有阴森森的怪评，比如说，他画在龙盖寺大门上的《五趣生死图》，有人深夜走过门前，能听到天神叹气和哭泣的声音。不但如此，甚至说，还可以闻到图中尸体腐烂的臭气。又说，大公叫他画那些女侍的肖像，被画的人，不出三年都得疯病死了。照那些恶评的人说，这是良秀堕入邪道的证据。

如上所说，他那么蛮不讲理，反而还因此得意。有一次，大公在闲谈时对他说：“你这个人就是喜欢丑恶的东西。”他便张开那张不似老人的红嘴，傲然回答：“正是这样，现在这班画师，全不懂丑中的美嘛！”尽管是本朝第一大画师，可当着大公的面，居然也敢放言高论。难怪他那些弟子，背地给他起了一个诨名，叫“智罗永寿”，讽刺他的傲慢。大家也许知道，所谓“智罗永寿”，那是古代从震旦传来的天狗的名字。

可是，甚至这个良秀——这样目空一切的良秀，唯独对一个人怀着极为深厚的情爱。

五

原来良秀对做小女侍的独生女，爱得简直跟发疯似的。前面说过，女儿是性情温和的孝女，可是他对女儿的爱，也不亚于女儿对他的爱。寺庙向他化缘，他向来一毛不拔，可是对女儿，身上的衣衫，头上的首饰，却毫不吝惜金钱，都备办得周周到到，慷慨得叫人不能相信。

良秀对女儿光是爱，可做梦也想不到给女儿找个好女婿。倘有人讲他女儿一句坏话，他就不难雇几个街头流氓，把人家暗地里揍一顿。因此大公把他女儿提拔为小女侍时，老头子大为不满，当场向大公诉苦。所以外边流言：大公看中他女儿的美貌，不管她老子情不情愿，硬要收房，大半是从这里来的。

这流言是不确的，可是溺爱女儿的良秀一直在求大公放还他的女儿，倒是事实。有一次大公叫一个宠爱的童儿做模特儿，命良秀画一张幼年的文殊像，画得很逼真，大公大为满意，便向他表示好意说：“你要什么赏赐，尽管说吧！”

“请你放还我的女儿吧!”他就毫不客气地提出了请求。别的府邸不说,侍奉堀川大公的人,不管你做父亲的多么疼爱,居然请求放还,这是任何一国都没有的规矩。这位宽宏大量的大公,听了这个请求,脸色就难看了,沉默了一会儿,低头瞧着良秀的脸,马上喝了一声:“这不行!”站起身来就进去了。这类事有过四五次,后来回想起来,每经一次,大公对良秀的眼光,就更加冷淡了。而这同时,女儿也可能因担心父亲的际遇,每从殿上下来,都咬着衫袖低声哭泣。于是,大公爱上良秀女儿的流言也多起来了。其中有人说,画《地狱变》屏风的事,起因就是女儿不肯顺从大公,当然这种事并不是真的。

在我们看来,大公不肯放还良秀的女儿,倒是因为爱护她,认为她若去跟那怪老子一起,还不如在府里过得舒服。本来是对这女子的好意,好色的那种说法,不过是牵强附会、无影无踪的谣言。

总而言之,就为了女儿的事,大公开始对良秀感到不满了。正在这时,大公突然命令良秀画一座《地狱变》的屏风。

六

说到《地狱变》屏风,画面上骇人的景象,立刻出现在我的眼前。

同样的《地狱变》,良秀所画同别的画师所画,气象全然不同。屏风的一角,画着小型的十殿阎王和他们的下属,以后满画面都跟大红莲小红莲一般,一片连刀山剑树都会烧得融化的熊熊火海。除掉捕人冥司服装上着的黄色蓝色以外,到处是烈焰漫天的色彩。空顶上,飞舞着“卐”字形墨点的黑烟和金色的火花。

这笔法已够惊人,再加上中间在烈火中烧身,正在痛苦挣扎的罪魂,那种可怕的形象,在通常的地狱图里是看不到的。良秀所画的罪魂,上至公卿大夫,下至乞丐贱人,包括各种身份的人物。既有峨冠博带的宫殿人，也有浓妆艳抹的仕女，挂佛珠的和尚，曳高齿屐的文官、武士，穿细长宫袍的女童，端供品的阴阳师——简直数不胜数。正是这些人物，被卷在火烟里，受牛头马面鬼卒们的酷虐，像秋风扫落叶一般，正四散奔逃，走投无路。一个女人，头发挂在钢叉上，手脚像蜘蛛似的缩为一团，大概是女巫。一个男子，被长矛刺穿胸膛，像蝙蝠似的倒挂着身体，大概是新上任的国司①。此外，有遭钢鞭痛打的，有压在千斤石下的，有吊在怪鸟的尖喙上的，有叼在毒龙的大嘴里的——按照罪行不同，受着各种各样的折磨。

其中最触目惊心的，是半空中落下的一辆牛车，已有一半跌落到野兽牙齿似的尖刀山上。（这刀山上已有累累尸体，五体刺穿了刀尖。）被地狱的狂风吹起的车帘里，有一个形似嫔妃、满身绫罗的宫女，在火焰中披散着长发，扭歪了雪白的脖子，显出万分痛苦的神情。从这宫女的形象到正在燃烧的牛车，无一不令人切身体会火焰地狱的苦难。整个画面的恐怖气氛，可说几乎全集中在这人物的身上了。他画得这样出神入化，看着看着，耳里好似听见凄厉的疾叫。

嗳嗳，就是这，就是为了画这场面，发生了骇人的惨剧。如没有这场惨剧，良秀又怎能画出这活生生的地狱苦难呢。他为画这屏风，遭受了最悲惨的命运，结果连命也送掉了。这画中的地狱，正可说是本朝第一大画师良秀自己有一天也将落进去的地狱。

我急着讲这珍贵的《地狱变》屏风，把讲的次序颠倒了。接下去讲良秀奉命作画的事吧。

---

① 国司：地方行政长官。

七

却说良秀自从奉命以后，五六个月都没上府，一心一意在画那座屏风，平时那么惦着的女儿，一拿起画笔，硬连面也不想见了。真怪，据刚才那位弟子说，他一动手作画，便好像被狐仙迷了心窍。不，事实上那时就有人说，良秀能在画道上成名，是向福德大神①许过愿的，证据是，每当他作画时，只要偷偷地去张望，便能看见好几只阴沉沉的狐狸围绕在他的身边。所以他一提起画笔，除了画好画以外，世界上的什么事都忘了，白天黑夜躲在见不到阳光的黑屋子里——特别是这次画《地狱变》屏风，那种狂热的劲头，显得更加厉害。

据说他在四面挂上蒲席的屋子里，点上许多灯台，调制着秘传的颜料，把弟子们叫进去，让他们穿上礼服、猎装等等各式衣服，做出各种姿态，一一写生——不但如此，这种写生即使不画《地狱变》屏风，也是常有的。比方那回画龙盖寺的《五趣生死图》，他就不画眼前的活人，却静坐在街头的死尸前，仔细观察半腐的手脸，一丝不苟地写生下来。可这一回，他新兴了一些怪名堂，简直叫人想也想不出来的。此刻没工夫详细讲说，单听听最主要的一点，就可以想象全部的模样了。

良秀的一个弟子（这人上面说起过），有一天正在调颜料，忽然师傅走过来对他说：

“我想睡会儿午觉，可是最近老是做噩梦。”

这话也平常，弟子仍旧调着颜料，慢然地应了一声：

---

① 福德大神：狐仙。

“是吗?”可是良秀显出悄然的神色,那是平时没有过的,很郑重地托付他:

“在我睡午觉时,请你坐在我的头旁边。”

弟子想不到师傅这回为什么怕起做梦来,但也不以为怪,便信口答道:

“好吧。”

师傅却还担心地说:

“那你马上到里屋来,往后见到别的弟子,别让他们进我的卧室。”他迟迟疑疑地做好了嘱咐。那里屋也是他的画室,白天黑夜都关着门,点着朦胧的灯火,周围竖立起那座仅用木炭勾好了底图的屏风。他一进里屋,便躺下来,拿手臂当枕头,好像已经很困倦,一下便呼呼地睡着了。还不到半刻时间,坐在他枕边的弟子,忽然听见他发出模糊的叫唤,不像说话,声音很难听。

八

开头只发声,渐渐地变成断续的言语,好像掉在水里,咕噜咕噜地说着:

“什么,叫我来……来哪里……到哪里来？到地狱来,到火焰地狱来……谁？你是……你是谁？……我当是谁呢?”

弟子不觉停下调颜料的手,望望师傅那张骇人的脸。满脸的皱纹,一片苍白,爆出大颗大颗的汗珠。干巴巴的嘴唇,缺了牙的口张得很大。口中有个什么东西好像被线牵着骨碌碌地动,那不是舌头么？断断续续的声音便是从这条舌头上发出来的。

“我当是谁……哼,是你吗？我想,大概是你。什么,你是来接我的么？来啊,到地狱来啊。地狱里……我的闺女在地狱里等着我。”

这时候，弟子好像看见一个朦胧的怪影，从屏风的画面上蠕蠕地走下来，感到一阵异样的恐怖。当然，他马上用手使劲地去摇良秀的身体。师傅还在说梦话，没有很快醒过来。弟子只好拿笔洗里的水泼到他脸上。

"她在等，坐上这个车子来啊……坐上这个车子到地狱里来啊……"说到这里，已变成抑住嗓子的怪声，好不容易才睁开了眼睛，比给人刺了一针还慌张地一下子跳起身来，好像还留着梦中的怪样，睁着恐怖的圆眼，张开大口，向空中望着，好一会儿才清醒过来。

"现在行了，你出去吧。"这才好像没事似的，叫弟子出去。弟子平时被他吆喝惯了，也不敢违抗，赶紧走出师傅的屋子，望见外边的阳光，不禁松了一口大气，倒像自己也做了一场噩梦。

这一次也还罢了。后来又过了一个月光景，他把另一个弟子叫进屋去，自己仍在幽暗的油灯下咬着画笔，忽然回过头来命令弟子：

"劳驾，把你的衣服全脱下来。"听了师傅的命令，那弟子急忙脱去自己身上的衣服，赤裸着身子。他奇怪地皱皱眉头，全无怜惜的神气，冷冰冰地说："我想瞧瞧铁索缠身的人，麻烦你，你得照我的吩咐，装出那样子来。"原来这弟子是拿画笔还不如拿大刀更合适的结实汉子，可是听了师傅的吩咐，也不免大吃一惊。后来他对人说起这事来："那时候，我以为师傅发精神病，要把我杀死哩。"原来良秀见弟子迟迟疑疑，已经冒起火来，不知从哪儿拿出一副铁索，在手里晃着，突然扑到弟子的背上，扭转他的胳臂，用铁索捆绑起来，使劲拉紧铁索头，把捆着的铁索深深勒紧在弟子的肌肉里。当啷一声，把他整个身体推到地板上了。

九

那时这弟子像酒桶似的滚在地上，手脚都被捆成一团，只有脑袋还能活动。肥胖的身体被铁索抑住了血液的循环，头、脸和全身的皮肤都憋得通红。良秀却泰然自若地从这边瞅瞅，从那边望望，打量着这酒桶似的身体，画了好几张不同的速写。那时弟子的痛苦，当然是不消说了。

要不是中途发生了变故，这罪还不知要受到几时才完。幸而(也可说是不幸)过了一阵，屋角落的坛子后面，好像流出一道黑油，蜿蜒地流了过来。开头只是慢慢移动，渐渐地快起来，发出一道闪烁的光亮，一直流到弟子的鼻尖边，一看，才吓坏了：

"蛇！……蛇！"弟子惊叫起来，全身的血液好似突然冻结，原来蛇的舌头已经舐到他被铁索捆着的脖子上了。发生了这意外事故，尽管良秀很倔，也不禁惊慌起来，连忙扔下画笔，弯下腰去，一把抓住蛇尾巴，倒提起来。被倒提的蛇昂起头来，蜷缩自己的身体，只是还够不到他手上。

"这畜生，害我出了一个败笔。"

良秀狠狠地嘟哝着，将蛇放进屋角的坛子里，才勉强解开弟子身上的铁索，也不对弟子说句慰劳话。在他看来，让弟子被蛇咬伤，还不如在画上出一笔败笔更使他冒火……后来听说，这蛇也是他特地豢养了，作写生用的。

听了这故事，大概可以了解良秀这种像发疯做梦似的怪现象了。可是最后，还有一个只有十三四岁的小弟子，为这《地狱变》屏风遇了一场险，差一点送了命。这弟子生得特别白皙，像个姑娘，有一天晚上，被叫到师傅屋里。良秀正坐在灯台旁，手里托着一块血淋淋的牛肉,在喂一只怪鸟。这鸟跟普通猫儿那么大小,头上长着两撮毛,像一对耳朵,两只琥珀似的大圆眼,像一只猫。

十

原来良秀这人,自己干的事,不愿别人来插手。像刚才说的那条蛇以及他屋子里其他的东西,从不告诉弟子。所以有时桌子上放一个骷髅,有时放着银碗、漆器的高脚杯,常有些意想不到的东西用来绘画。平时这些东西藏在哪里也没人知道。人家说他有福德大神保佑,原因之一,大概也是由这种事引起来的。

那弟子见了桌上的怪鸟,心里估量,大概也是为画《地狱变》使用的。他走到师傅跟前,恭恭敬敬问道:“师傅有什么吩咐?”良秀好像没听见,伸出舌头舔舔红嘴唇,用下颏往鸟儿一指:

“看看,样子很老实吧。”

“这是什么鸟,我没有见过呀!”

弟子细细打量这只长耳朵的猫样的怪鸟,这样问了。良秀照例带着嘲笑的口气:

“从来没有见过?难怪啦,在城里长大的孩子。这鸟儿叫枭,也叫猫头鹰,是前几天鞍马的猎人送给我的,只是这么老实的还不多。”

说着,举手抚抚刚吃完肉的猫头鹰的背脊。这时鸟儿忽地一声尖叫,从桌上飞起来,张开爪子,扑向弟子的脸上来。那时弟子要不是连忙举起袖管掩住面孔,早被它抓破了脸皮。正当弟子一声疾叫,举手赶开鸟儿的时候,猫头鹰又威吓地叫着再一次扑过来——弟子忘了在师傅跟前,一会儿站住了防御,一会儿坐下来赶它,在狭窄的屋子里被逼得走投无路。那怪鸟还是钉着不放,忽高忽低地飞着,找空子一次次向他扑去,想啄他的眼睛。每次大翅膀拍出可怕的声响,像一阵横扫的落叶，像瀑布的飞沫。似乎有猴儿藏在树洞里发烂的果实味在诱惑着怪鸟，形势十分惊人。这弟子在油灯光中，好像落进朦胧的月夜，师傅的屋子变成了深山里喷吐着妖雾的幽谷，骇得连魂都掉了。

害怕的还不仅是猫头鹰的袭击，更使他毛骨悚然的，是那位良秀师傅，他在一边冷静地旁观这场吵闹，一边慢慢地摊开纸，拿起笔，写生这个姑娘似的少年被怪鸟胁迫的恐怖模样。弟子一见师傅那神气，更害怕得要命。事后他对别人说，那时候他心里想，这回一定会被师傅送命了。

十一

被师傅送命的可能不是完全没有。像这个晚上，他就是特地把弟子叫进去，让猫头鹰去袭击，然后观察弟子逃命的模样，进行他的写生。所以弟子一见师傅的样子，立即两手护住了脑袋，发出一声惨叫，逃到屋角落门口墙根前蹲下身体。这时，忽闻良秀一声惊呼，慌张地跳起身来。猫头鹰大翅膀扇动得更猛烈了，同时地下啪嚓一声，是打破东西的声响。吓得弟子又一次魂飞魄散，抬起护着的脑袋，只见屋子里已一片漆黑，听到师傅在焦急地叫唤外边的弟子。

一会儿，便有一个弟子在屋外应答，提着一盏灯匆匆跑进来。在油灯的烟火中，一看，屋里的灯台已经跌翻，灯油流了一地。那猫头鹰只有一只翅膀痛苦地扇动，身子已落在地上了。良秀在桌子的那边，伸出了半个身体，居然也在发愣，嘴里咕咕地呢喃着别人听不懂的话。——原来一条黑蛇把猫头鹰缠上了，紧紧地用身子绞住了猫头鹰的脖子同一边的翅膀。大概是弟子蹲下身去的时候，碰倒了那里的坛子，坛子里的蛇游出来了，猫头鹰去抓蛇，蛇便缠住了猫头鹰，引起了这场大骚动。两个弟子你望望我,我望望你,茫然地瞧着这奇异的场面,然后向师傅默默地行了一个注目礼,跑出屋外去了。至于那蛇和猫头鹰后来怎样,那可没有人知道了。

这类的事后来还发生过几次。上面还说漏了一点,画《地狱变》屏风是秋初开始的,以后直到冬尽,良秀的弟子们一直受师傅怪僻行径的折磨。可是一到冬尽时候,似乎良秀绘事的进展遇到了困难,神情显得更加阴郁,说起话来也变得气势汹汹了。屏风上的画,画到约莫八成的时候,便画不下去了。不,看那光景,似乎也可能会把画好的全部抹掉。

可是,发生了什么困难呢?这是没有人了解的,同时也没有人想去了解。弟子们遭过以前的几次灾难,谁都提心吊胆地过着日子,尽可能离开师傅远一点。

十二

这期间,别无什么可讲的事情。倘一定要讲,那就是这倔老头不知什么缘故,忽然变得感情脆弱起来,常常独自掉眼泪。特别是有一天,一个弟子有事上院子里去,看见师傅站在廊下,望着快到春天的天空,眼睛里满含着泪水。弟子见了觉得不好意思,急忙默默退回身去。他心里感到奇怪,这位高傲的画师,画《五趣生死图》时连路边的死尸都能去写生,这次画屏风不顺利,却会像孩子似的哭起鼻子,这可不是怪事么。

可是一边良秀发狂似的一心画屏风,另一边,他那位闺女,也不知为了何事,渐渐变得忧郁起来。连我们这些下人,也看出来她那忍泪含悲的样子。原来便带着愁容的这位白皙腼腆的姑娘,更变得睫毛低垂,眼圈黝黑,显出分外忧伤的神情了。起初,大家估量她是想念父亲，或是受了爱情的烦恼。这期间，有一种说法，说是大公要收她上房，她不肯依从。从此以后，大家似乎忘记了她，再也没人讲她闲话了。

就在这时候，有一天晚上，夜已经深了，我一个人独自走过廊下，那只名叫良秀的猴儿，忽然不知从哪里跳出来，使劲拉住我的衣边。这是一个梅花吐放清香的暖和月夜，月光下，只见猴儿露出雪白的牙齿，紧紧撅起鼻子尖，发狂似的啼叫着。我感到三分惊异，七分生气，怕它扯破我的新裤子，起初打算把猴儿踢开，向前走去，后来想起这猴儿受小公子折磨的事，看样子可能出了什么事，便朝它拉我去的方向走了约三四丈路。

走到长廊的一个拐角，已望见夜色中池水发光、松枝横斜的地方。这时候，邻近一间屋子里，似乎有人在挣扎似的，有一种慌乱而奇特的轻微声响，吹进我的耳朵。四周寂静，月色皎洁，天无片云，除了游鱼跃水，听不到人语。我觉察到那儿的声响，不禁停下脚步，心想，倘若进来了小偷，这回可得显一番身手了。于是，憋住了气息，轻轻地走到屋外。

十三

那猴儿见我行动迟缓，可能着急了，老在我脚边转来转去，忽然憋紧了嗓门大声啼叫，一下子跳上我的肩头，我马上回过头去，不让它的爪子抓住我的身子。可猴儿还是紧紧扯住我蓝绸衫的袖管，硬是不肯离开——这时候，我两腿摇晃几下，向门边退去。忽然一个踉跄，背部狠狠地撞在门上。已经没法躲开，便大胆推开了门，跳进月光照不到的屋内，这时出现在我眼前的——不，我才一步跨进去，立刻从屋子里像弹丸似的冲出来一位姑娘，把我吓了一跳。姑娘差一点撞到我的身上，一下子蹿到门外去了，不知为了什么，她还一边喘气，一边跪到地上，抬起头来，害怕地望着我，身体还在发抖。

不用说，这姑娘正是良秀的闺女。今晚这姑娘完全变了样，两眼射出光来，脸色通红通红，衣衫凌乱，同平时小姑娘的样子完全不同，而且看起来显得分外艳丽。难道这真是弱不禁风楚楚可怜的良秀的闺女么？——我靠在门上，一边在月光中望着这美丽的女子，一边听到另一个人的脚音，正急急忙忙向远处跑去，心里估量着这个人究竟是谁。

闺女咬紧嘴唇，默然低头，显得十分懊丧。

我弯下身去，把嘴靠在她耳边小声地问："这个人是谁？"闺女摇摇头，什么也不回答。同时在她的长睫毛上，已积满泪水，把嘴闭得更紧了。

我是笨蛋，向来除了一目了然的事，都是不能了解的。我不知再对她说什么好，便听着她心头急跳的声音，呆呆地站了一会儿，觉得这件事不好再过问了。

也不知过了多久，我关上身后的门，回头看看脸色已转成苍白的闺女，尽可能低声地对她说："回自己房里去吧。"我觉得我见到了不该见到的事，心里十分不安，带着见不得人的心情，走向原来的方向。走了不到十来步，我的裤脚管又在后面被悄悄拉住，我吃了一惊，回头一看，你猜，拉我的是谁？

原来还是那只猴子，它像人一样跪倒在我的脚边，脖子上的金铃丁零作响，正朝我连连叩头。

十四

那晚的事约莫过了半月。有一天，良秀突然到府里来，请求会见大公。他虽地位低微，但一向受特别待遇，任何人都不能轻易拜见的大公，这天很快就召见他了。良秀还是穿着那件丁香色猎衣，戴着那顶皱瘪的乌软帽，脸色比平时显得更阴气，恭恭敬敬跪伏在大公座前，然后嗄声地说：

“自奉大公严命，制作《地狱变》屏风，一直在无日无夜专心执笔，已有一点成绩，大体可以告成了。”

“这很好，我很高兴。”

不知为什么，在大公俨然的口气中，有一种随声附和没有劲儿的样子。

“不过，还不成，”良秀不快地低下了眼睑，说，“大体虽已完成，但有一处还画不出来。”

“什么地方画不出来？”

“是的，我一向绘画，遇到没亲眼见过的事物便画不出来，即使画出来了，也总是不满意，跟不画一样。”

大公带讽刺地说：

“那你画《地狱变》，也得落到地狱里去瞧瞧吗？”

“是，前年遭大火那回，我便亲眼瞧见火焰地狱猛火中火花飞溅的景色。后来我画不动天尊的火焰，正因为见过这场火灾，这画您是知道的。”

“那里画的地狱的罪魂、鬼卒，难道你也见过吗？”大公不听良秀的话，又继续问。

“我瞧见过铁索捆着的人，也写生过被怪鸟追袭的人，这不能说我没见过罪魂，还有那些鬼卒……”良秀现出难看的苦笑，又说，“那些鬼卒嘛，我常常在梦中瞧见。牛头马面、三头六臂的鬼王，不出声的拍手、不出声的张开的大口，几乎每天都在梦里折磨我——我想画而画不出的，倒不是这个。”

大公听了惊异起来，狠狠地注视着良秀有好一会儿，然后蹙紧眉头叱问道：

“那你究竟要画什么啊？”

十五

“我准备在屏风正当中，画一辆槟榔毛车①正从空中掉下来。”

良秀说着，抬头注视大公的脸色。平常他一谈到作画总像发疯一般，这回他的眼光更显得怕人。

“在车里载一位华贵的嫔妃，正在烈火中披散着乱发，显出万分痛苦的神情，脸上熏着蒙蒙的黑烟，紧蹙着眉头，望着头顶上的车篷，一手抓住车帘，好像在抵御暴雨一般落下来的火星。车边有一二十只猛禽，张大尖喙，围着车子——可是，我画不出这车子里的嫔妃。”

“那……你准备怎么样？”

大公好像听得有点兴趣了，催问了良秀。良秀也像上了火似的，抖索着红红的嘴唇，又像说梦话似的重复了一遍。

“我画不出这个场面，”然后，又咬一咬牙说，“我请求一辆槟榔毛车，在我眼前用火来烧，要是可以的话……”

大公脸色一沉，突然哈哈大笑，然后一边忍住笑，一边说：

“啊，就照你的办，没有什么可以不可以。”

那时我正在大公身边伺候，觉得大公的话里带一股杀气，口里吐着白沫，太阳穴索索跳动，似乎传染了良秀的疯狂，不像平时的样子。他说完话，马上又像爆炸似的，嗓门里发出咯咯的声音，笑起来了。

“一辆槟榔毛车，被火烧着，车上一个华贵的女人，穿着嫔妃的服

① 槟榔毛车：一种以蒲席作篷的牛车，为贵族专用。

装,四周包围着火焰和黑烟,快要烧死这车中的女子……你能想象出这样一个场面,真不愧是本朝第一大画师,了不起啊,真了不起!”

良秀听着大公的话,忽然脸色苍白,像喘息似的抖索着嘴唇,身体一软,忙把双手撑在地上。

“感谢大人的洪恩。”他用仅能听见的低声说着,深深地行了个礼。可能因为自己设想出来的场面,由大公一说,便出现在他眼前来。站在一旁的我,这辈子第一次觉得良秀是一个可怜的人。

十六

几天后的一个晚上,大公依照诺言,把良秀召来,让他观看火烧槟榔毛车的场面。可不是在堀川府,地点是挑了一个叫化雪庄的地方,那里是一座在京师郊外的山庄,从前是大公妹子住的。就在这山庄里,布置了火烧的场面。

这化雪山庄已不能住人,广大的庭园,显得一片荒凉,大概是特地选了这种无人的场所吧。关于已经去世的大公妹子,也有一些流言蜚语。据说每当没有月亮的黑夜,这里常有鬼魂出现,穿着绯红裙子,足不履地地在廊上移动——这儿连白天也是静悄悄的,流水声都带一股阴气,偶然像流星似的,掠过几只鹭鸶鸟,同怪鸟一般,令人毛骨悚然,也难怪会有这样的流言。

恰巧那晚也没有月亮,天空漆黑,在大殿的油灯光中,大公在檐下台阶上,身穿淡黄色绣紫花镶白缎边的大袍,高高坐在围椅上,前后左右,簇拥着五六个侍从,恭恭敬敬地侍候着。这些侍从中有一个据说几年前在陆奥战事中吃过人肉,双手能扳下鹿角。他腰围肚兜,身上挂一把大刀,威风凛凛地站在檐下——灯火在夜风中摇晃,忽明忽暗,犹如梦境,充满着恐怖的气氛。

院子里放着一辆槟榔毛车,高高的车篷顶上压着深深的黑暗。车子没有驾牛,车辕倒向一边,铜铰链像星星似的闪着光。时候虽在春天,还冷得彻骨。车上有流苏边的蓝色帘子蒙得严严的,不知里面有什么。车子周围一群下人,人人手执松明,小心地高擎着,留意不使松烟吹到檐下去。

那良秀面对台阶,跪在稍远一点的地上,依然穿着那件丁香色猎衣,戴着那顶皱瘪的乌软帽,在星空的高压下,显得特别瘦小。在他身后,还蹲着一个乌帽猎衣的人,可能是他的一个弟子。两人匍匐在暗中,从我所站的檐下远远望去,连衣服的颜色也分辨不清了。

十七

时候已近午夜,在四围林泉的黑暗中,万籁无声,大家憋住气注视着这场面,只听见一阵阵夜风吹来,送来油烟的气味。大公无言地坐了一会儿,眼望着这奇异的景象,然后膝头向前移动了一下:

"良秀!"一声厉声叫唤。

良秀不知说了什么,在我耳里只听到喃喃的声响。

"良秀,现在依照你的请求,给你观看放火烧车的场面。"

大公说着,向四周扫了一眼,那时大公身边,每个人互相会心地一笑。不过,也许这只是我的感觉。良秀战战兢兢地抬起头来,望着台阶,似乎有话要说,却又克制了。

"好好看吧,这是我日常乘用的车子,你认识吧。……现在我准备将车烧毁,让你亲眼观看火焰地狱的景象。"

大公说到这里,向旁边的人递过一个眼色,然后换成阴郁的口气说:"车子里捆着一个犯罪的女子,车子一烧,她就得皮焦肉烂,化成灰烬,受最后的苦难,一命归阴。这对你画屏风,是最好的样板啊。

你得仔细观看，看她的雪肤花容，在火中焦烂，满头青丝，化成一蓬火炬，在空中飞扬。”

大公第三次停下嘴来，不知想着什么，只是摇晃着肩头，无声地笑着：

“这种场面几辈子也难得见到，好吧，把帘子打开，叫良秀看看车中的女子。”

这时便有一个下人，高举松明火炬，走到车旁，伸手撩开车帘。爆着火星的松明，显得更红亮了，赫然照进车内。在窄狭的车厢里，用铁索残酷地锁着一个女子……啊哟，谁都不相信自己的眼睛了。绣着樱花的灿烂夺目的宫袍，垂着光亮的黑发，斜插着黄金的簪子，发出美丽的金光。服装虽已改变，但那娇小的身材，白净的颈项，沉静贤淑的脸容，这不是良秀的闺女么？我差一点叫出声来。

这时站在我对面的武士，连忙跳起身子，一手按住刀把，盯住良秀的动静。良秀见了这景象可能已经昏迷了，只见他蹲着的身体突然跳起来，伸出两臂，向车子跑去。上面说过，相离得比较远，所以看不清他脸部的表情。一刹那间，陡然失色的良秀的脸，似乎有一种冥冥之力使他突然跳起身来，在深深的暗色中出现在我的眼前。这时候，只听到大公一声号令：

“点火！”

那辆锁着闺女的槟榔毛车，已在下人们纷纷抛去的火炬中，熊熊燃烧起来了。

十八

火焰逐渐包围了车篷，篷门上紫色的流苏被风火吹起，篷下冒起在黑夜中也显出白色的浓烟。车帘子,靠手,还有顶篷上的铜铰链,炸裂开来,火星像雨似的飞腾……景象十分凄厉。更骇人的是,沿着车子靠手,吐出万道红舌、烈烈升腾的火焰,像落在地上的红太阳,像突然迸爆的天火。刚才差一点叫出声来的我,现在已只能木然地张开大口,注视着这恐怖的场面。可是作为父亲的良秀呢……

良秀那时的脸色,我至今还无法忘记。当他茫然向车子奔去,忽然望见火焰升起,马上停下脚来,两臂依然伸向前面,眼睛好像要把当前的景象一下子吞进去似的,紧紧注视着包卷在火焰中的车子,满身映在红红的火光中,连胡子楂也看得很清楚,睁圆的眼,吓歪的嘴,以及瑟瑟发抖的脸上的肌肉,历历如画地写出了他心头的恐惧、悲哀、惊慌,即使在刑场上要砍头的强盗,即使是拉上阎王殿的十恶不赦的罪魂,也不会有这样吓人的颜色。甚至那个力大无穷的武士,这时候也骇然失色,战战栗栗地望着大公。

可是大公却紧紧咬着嘴唇,不时恶狠狠地笑着,眼睛一眨不眨地盯着这个场景。在车子里——啊,这时候我看到车中的闺女的情形,即使到了今天,也实在没有勇气讲下去了。她仰起被浓烟蒙住的苍白的脸,披着被火焰燃烧的长发,一下子变成了一支火炬,绣着樱花的美丽的宫袍——多惨厉的景象啊!特别是夜风吹散浓烟时,只见在火花缤纷的烈焰中,现出口咬黑发,在铁索中使劲挣扎的身子,活活地画出了地狱的苦难,从我到那位大力武士,都感到全身的毫毛一根根竖立起来了。

又一阵风吹过庭园的树梢——谁也意想不到:漆黑的暗空中突然发出一声响,一个黑魆魆的物体凭空而下,像一个大皮球似的,从房顶一条直线跳进火烧的车中。在朱漆车靠手的迸裂声中,从后面抱住了闺女的肩头。烟雾里,发出一声裂帛似的惨叫,接着又是第二声、第三声——所有我们这些观众，全都异口同声地一声尖叫。在四面火墙的烈焰中抱住闺女肩头的，正是被系在堀川府里的那只诨名良秀的猴儿。谁也不知道它已偷偷地找到这儿来了。为了跟这位平时最亲密的姑娘在一起，它不惜跳进大火里去了。

十九

大家看见这猴只不过一刹那的工夫。一阵像黄金果似的火星，又一次向空中飞腾的时候，猴儿和闺女的身影却已埋进黑烟深处，再也见不到了。庭园里只有一辆火烧着的车子，发出轰轰的骇人声响，在那里燃烧。不，它已经不是一辆燃烧的车，它已成了一根火柱，直向星空冲去。只有这样说，才能说明这骇人的火景。

最奇怪的，是在火柱前木然站着的良秀，刚才还同落入地狱般在受罪的良秀，现在在他皱瘪的脸上，却发出了一种不能形容的光辉，这好像是一种神情恍惚的法悦①的光。大概他已忘记身在大公的座前，两臂紧紧抱住胸口，昂然地站着，似乎在他眼中已不见婉转就死的闺女，而只有美丽的烈火和火中殉难的美女，正感到无限兴趣似的——观看着当前的一切。

奇怪的是这人似乎还十分高兴见到自己亲闺女临死的惨痛。不但如此，似乎这时候，他已不是一个凡人，样子极其威猛，像梦中所见的怒狮。骇得连无数被火焰惊起在四周飞鸣的夜鸟，也不敢飞近他的头边。可能那些无知的鸟，看见他头上有一圈圆光，犹如庄严的神。

鸟犹如此，又何况我们这些下人哩。大家憋住呼吸，战战兢兢

① 法悦：佛家语，意思是从信仰中得到的内心喜悦。

地,一眼不眨地,望着这个心中充满法悦的良秀,好像瞻仰开眼大佛一般。天空中,是一片销魂落魄的大火的怒吼,屹立不动的良秀,竟然是一种庄严而欢悦的气派。而坐在檐下的大公,却像换了一个人似的,脸色一阵青一阵白,口角流出泡沫,两手抓紧盖着紫花绣袍的膝盖,像一匹口渴的野兽,嗓子里呼呼地喘着粗气……

二十

这一夜,大公在化雪庄火烧车子的事,后来不知从谁口里泄露到外边,外人便有不少议论。首先,大公为什么要烧死良秀的闺女?最多的一种说法,是大公想这女子想不到手,出于对女子的报复。可是我从大公口气中了解,好像大公烧车杀人,是作为对屏风画师怪脾气的一种惩罚。

此外,那良秀死心眼儿为画这屏风,不惜让闺女在自己眼前活活烧死,这铁石心肠也遭到世间的物议。有人骂他只知道绘画,连一点点父女之情都没有,是个人面兽心的坏蛋。那位横川的方丈,就是发此种议论的一人,他常说:“不管艺道多高明,作为一个人,违反人伦五常,就该落入阿鼻地狱。”

后来又经过一月光景,《地狱变》屏风画成了,良秀马上送到府上,请大公鉴赏。这时候,恰巧那位方丈也在座,一看屏风上的图画,果然狂风烈火,漫天盖地,不觉大吃一惊。然后扮了一个苦脸,斜睨着身边的良秀,突然把膝盖一拍:“闹出大事来了。”大公听到这话时,脸上的一副苦相,我到现在还没忘记。

以后,至少在堀川府里,再没有人说良秀的坏话了。无论谁,凡见到过这座屏风的,即使平时最嫌恶良秀的人,也受到他严格精神的影响,深深感受到火焰地狱的大苦难。

不过，到那时，良秀已不是此世之人了。画好屏风的第二天晚上，他在自己屋子里悬梁自尽了。失去了独生女，可能他已无法安心地活下去了。他的尸体埋在他那所屋子的遗址上，特别是那块小小的墓碑，经过数十年风吹雨淋，已经长满了苍苔，成为不知墓主的荒冢了。

（楼适夷　译）

奉教人之死①

纵令人寿三百岁，愉逸度世，较之永生无尽之乐趣，亦不过梦幻耳。

——庆长译 Guia do Fecador②

唯立心为善者，乃能于圣教中得不可思议之妙趣。

——庆长译“Imitatione Chnisti”③

一

昔日本长崎圣鲁卡堂，有此邦少年罗连若者，于圣诞夜饥极仆地，匍匐堂门外，得诣堂奉教人之援手，并受神甫哀悯，收养堂中。问其籍贯，则谓家在天国，父名天主。众皆失笑，然亦卒莫明其来历，唯

---

① 此篇作者托名古籍，以日本文言体写作，因亦以文言试译之。

② Guia do Fecador：人名。

③ “Imitatione Chnisti”：《教徒景行录》，书名。

彼腕系青玉念珠，知非异教。于是神甫以次，合堂法众，皆不之怪，而悉意扶持之。尤以其道心坚定，不似孺子，即长老辈亦为之惊诧，以为罗连若即非天童转世，亦良家子，乃以深挚之爱慈遇之。

罗连若颜如冠玉，其声呖呖类小女子，性复温柔，故深得爱怜。法众中有此邦人西美昂者，尤视罗连若如兄弟，日常出入相偕，如影随形。西美昂出身奉仕大名之武士家，魁伟出众，孔武有力，每教堂受异教徒投石滋扰，神甫辄令挺身防卫。彼与罗连若之相亲，诚若雄鹰之伴乳鸽，或如葡萄之藤，缘列巴农之巨桧而放其幽葩也。

岁月如流，倏忽三载。罗连若已臻弱冠，时谣诼繁兴，谓距堂不远坊间一伞铺之女与罗连若有暧昧事。此铺老翁亦为天主教徒，常携女来堂顶礼，祈祷之余，其女常向职司提炉之罗连若眉目传情。且彼女每诣教堂，必盛其容饰，瞩目于罗连若，以之常为堂中教众所侧目，有人谓见女于行动时，故触罗连若之足，并见二人密通情札云。

事闻于神甫，某日，召罗连若入室，婉言询之："外传尔与伞铺女行止不检，此事究属实否？"罗连若满脸愁云，频频摇首，哽咽中再三声言："绝无其事。"神甫视其年事尚幼，平时信心坚笃，知其绝无虚言，遂亦信之。

无奈神甫之疑窦虽解，而出入教堂之众人间，流言仍未稍戢，西美昂与罗连若既亲如手足，自更悬悬于怀。方其初闻恶诼，深感羞涩，亦以严词究询，终至羞与罗连若为伍。某日，在圣鲁卡堂后园，拾得女致罗连若艳书，值室中无人，即面掷罗连若前，载恫载诱，再次反复究询，而罗连若仍唯红霞蒙其美颜，力言："此女虽倾心于余，余但纳其书翰，从未置答也！"唯西美昂仍不之信，追究不休，罗连若乃勃然曰："尔以余为欺上帝之人欤？"言讫，离室而去，如小鸟之惊逝。西美昂方深悔己之多疑，嗒然欲出，忽见罗连若匆匆折返，腾身抱西美昂首，嗫嚅而言曰："余过矣！"西美昂不及置答，则彼已掩其泪濡之脸，又复疾奔而出矣。而此“余过矣”之低语，终乃不明其寓意，谓已确已与女有染，自知过恶，抑以已疾言厉色答西美昂，而深表歉仄耶？

后此不久，又传伞铺女身怀六甲，且自白于乃父，谓腹中胎儿乃罗连若之裔。伞翁大怒，立诉于神甫。事至于此，罗连若无辞自解。是日，神甫集法众磋议，决予破门之处分。罗连若既遭破门，即面临逐离教堂、生计中断之厄。但如此罪人，若容其留堂，则事关上帝之荣光，断不可行。平时亲密相处之法众，遂亦不得不挥泪摒罗连若于门外。

其哀痛最甚者，西美昂也。西美昂既悯罗连若之被逐，又怒其欺罔，遂于少年仓皇去堂时，在门际迎面饷以老拳，罗连若受击仆地，复强自起立，泪眼望天，喟然长叹曰：“主乎，乞宥恕西美昂，彼实不明余真相也！”西美昂闻语悚然，唯伫立门际，向空续舞其老拳。自余法众，亦乘机敛手，默然无言，面色阴沉。据彼时临场目击者云，时暴风将至，天色惨淡，罗连若嗒然低首，向长崎西空夕阳残照处，踽踽而行，其萧条之清影，如飘摇于火焰中也。

自后罗连若一变其昔日圣鲁卡堂提炉童子之风貌，栖身郊外卑田院中，赫然为一可悯之乞儿矣。尤以原为异教人所嫉视之天主教徒，现身街头，不仅遭儿童之嘲谑，且常有棍棒瓦石之厄。又曾一度突罹热病，匍匐长崎道旁七昼夜，呻吟欲绝。幸以天主无涯之怜悯，尚得苟延一息，在不得钱米之日，山间野果与海滨鱼介，均可充一日之粮。而此际罗连若仍不忘圣鲁卡堂之日课，勤晨昏之祈祷，其腕际念珠，亦不变青玉之光泽。且每于夜阑人静时，悄然逸出卑田院，践稀微月色，独诣鲁卡堂前，默求主耶稣之加护也。

昔时同堂，久已疏远罗连若，避之唯恐不及。神甫以次，无人予以垂怜。知此破门之无耻少年，犹存每夜诣堂祈祷之信心，虽由主力无边，仍视为不当之行，罗连若对此，自是深痛难言。

伞铺女于罗连若破门不及弥月后，产一儿，伞翁虽为之愕然，然见幼孙之稚容，亦不憎愠，遂与女同加抚育，提携抱持，习以为乐。尤奇者，则法众西美昂，此力敌巨魔之大汉，闻伞女产儿，每诣翁处，以巨臂抱儿，熟视其颜，泫然欲涕，固不忘如弟罗连若也。伞铺女自罗连若晦迹，常有怨悔之色，于西美昂来访，似不甚怡。

此邦有俗谚曰："流光如欠没遮拦。"物换星移，倏又年所。是地突遭巨灾，长崎市一夜间半化焦土，大火事也。景象惨厉，如闻最后裁判之号角，吹渡于烈火冲天之空际，令人毛骨为之悚然。时伞翁家适当风势，父女狼狈离室，仓皇间忽失稚儿所在，盖忘置室内矣。翁大惊号啕，女则如不被众阻止，亦几奋身入火谷矣。而风益骤，火益盛，烈焰轰轰而鸣，直欲煅夜空之繁星。众救火者张皇扰攘，亦唯争阻半癫之女，束手无策矣。时有一人，排众而入，则法众西美昂也。此不畏身冒矢石之彪炳巨汉，略一顾视，即奔向巨火，唯火势过烈，浓烟扑面，数度辟易，遂至翁父女前曰："此事唯任天父之意志矣，究非人力所能胜任也。"是时翁身后忽有人大呼曰："天主乎，加护哉！"其声似甚熟，西美昂返首觅所从来，则赫然罗连若也。火光映其癯颜，疾风靡黑发于肩际，眉目清丽，一目即识其人。罗连若以乞儿姿伫立众前，目炯炯遥瞩火中之家宅，咄嗟间，于狂风烈焰中，一跃而前，向火柱、火壁、火梁隙地疾奔而入。西美昂瞿然失色，急向空频频画十字而呼曰："天主乎，加护哉！"心目间仿佛见圣鲁卡堂前，夕阳残光中，罗连若秀澈悲寂之清影。

时四周教众，目睹罗连若一往无前之雄姿，亦顿忘其破门之耻，呼声雷动，交口互议曰："亲子之情，终莫能移，此自愧获咎久晦踪影之罗连若，终因拯其血胤，舍身入火窟矣。"伞翁亦同此感，目送罗连若之逝影，不能匿其沉郁，而大声喧愿。伞女则跪伏于地，双掌掩脸，一心祈祷，不动声色。空中火鹰飞舞，纷纷坠落，浓烟卷地，扑面而来。女唯低首默祷,不复知有人间世矣。

是时环火人众,忽又跃然齐呼,则见罗连若乱发蓬蓬,手抱幼儿,如天神之降临,自大火中奋身而出。适一烬余之屋梁,訇然自空坠落,声震如雷,烈焰飞腾,顿失罗连若所在,唯有融融火柱,赤光闪耀如珊瑚树。

西美昂以次,迄至伞翁,临场人众,睹此巨祸,莫不触目惊心,茫然失色。其间伞女大号,如遭迅雷之猛击,突自地上跃起,旋又颓然扑倒,则见生死不明之稚儿滚地而来,伞女接过,立即紧搂于怀。帝力无边,圣智弥穷,已不知何辞以谢。盖罗连若置身火梁下,奋其必死之力,遥掷手中幼儿于女之足下,而儿竟无恙也。

当伞女匍匐地面,且哭且喜之际,其旁,正高举双腕之伞翁,亦不觉肃然高诵赞美天父之大慈大悲。时西美昂方图拯罗连若于大火中,腾跃而前,翁之颂声,顿易为祷词,高闻空际矣。临场教众亦随之齐声高呼:“天主乎,加护哉!”且祈且哭。于是圣玛利亚之圣子,我人之主耶稣基督,以己饥己溺之心,倾听呼吁,则见通体焦煅之罗连若,已抱持于西美昂之双腕,自火中得救矣。

是夕巨变,不第此也,当罗连若一命如缕,由教众合力舁至教堂前,寂然仰卧时,手抱幼儿泪盈满面之伞女,忽跪伏自门中出现之神甫足下,于众目睽睽中,作意外之忏悔,大声言曰:“此儿实非罗连若之裔,系妾与邻人异教徒私通所产!”其声凛凛然,无泪之目炯炯有光,正证其忏悔绝无虚言。诚哉此言!环立教众,闻之皆瞿然屏息,顿忘目前漫天之巨焰。

女又止泣而言曰:“妾私恋罗连若,奈其信心坚笃,凛然峻拒,私心怨愤,遂诬称腹中儿为罗连若血胤,以资报复。罗连若品德崇高,竟不声辩,亦不尤妾,犯此巨愆,今夜忘一身之安危,敢冒地狱之烈火,拯儿一命,其慈心盛德,诚耶稣再生矣。妾身罹大恶,虽肌肉寸裂于魔爪而死，亦所甘愿也。”女忏悔既毕，又伏地哀哭不止。

时重重环立之教众中，有交口惊呼者曰：“殉教！殉教！”声如波涛之起伏。特于罗连若心悯罪人，虽堕身乞儿，不自辩白，即如父之神甫与如兄之西美昂，亦未识其懿行盛德，此诚殉教之士哉。

罗连若闻女忏悔，但微颔其首，其时肌发焦毁，四肢失灵，默然无语，但听之而已。翁则五中欲裂，遂与西美昂踞跂于罗连若之侧，思欲有以救助。罗连若喘息愈促，弥留在即，唯以平日如星之双眸，仰瞩天宇而已。

神甫侧耳于女之忏悔，白巾飘拂夜风中，背门而立，肃然宣告：“悔改者有福矣，与其待人手之惩处，宁如深铭天主之戒律，静待末日之裁判乎。罗连若生平行事，深体基督之意志，在此邦教众中，实为稀有之德行。彼以少男之身……”神甫语至此，突然噤口，似见圣光一闪，熟视罗连若横陈之姿，骤然易色，形容庄肃，双手微颤，如见奇迹。在枯萎之颜际，热泪夺眶而出。其时西美昂与伞翁，始见此身映火光、寂然仰卧于鲁卡堂前之美少年，于焦破胸衣中，垂垂露其少女之双乳，莹然如玉。而焦煅之玉容，益不能掩其娇姿。“呜呼，罗连若乃女郎也！罗连若乃女郎也！”则见身背火场而环伺之教众，皆木然失色，以破色戒被逐鲁卡堂之罗连若，竟与伞女同性，乃一美目盈盈之此邦少女也。

瞬息间众皆肃然起敬，如闻天主玉音，自无星之夜空遥遥传来。于是圣鲁卡堂前教众，如风靡麦穗，低首环跪于罗连若之侧，耳所闻，唯万丈烈焰于空际呼啸。自后，不仅伞女，其如兄之西美昂，亦均于静默中高举双腕于罗连若之上，肃听神甫喃喃诵经，而高呼罗连若之名。此邦之窈窕少女，遂脸含微笑，仰视天空而溘然长逝矣。

此女生平，所知仅此，他无所闻，然此何事哉。夫人生之尊严，实已极于此刹那之铭感，无物可与之匹俦矣。世途茫茫如夜海，一波崛起，触新月之明光，苟不然者，又乌足以道生命之意义。故知罗连若之最后，亦足以知罗连若之一生矣！

二

余庆藏长崎耶稣会刊行一书，曰《列干达·奥乌里亚》，盖 LEGENDA AUREA 之音译也。内容虽非尽如西欧之“黄金传说”，然于记载彼土使徒圣者言行而外，亦采录此邦西教徒猛志精进之事迹，为福音传道书之一种。

体式分上下二卷，以美浓纸刷交杂草体汉字与平假名文字，印刷不甚鲜明，亦不知是否活版。上卷扉页，刷横行拉丁文，其下刷汉字“千五百九十六年，庆长二年三月上旬镂刻也”，作二直行。纪年两侧有吹唢呐天使画像，技不甚工而楚楚可观。下卷扉页，除“五月镂刻也”一语，与上卷无异。

二卷各约六十页，所载“黄金传说”，上卷八篇，下卷十篇。又二卷卷首各有序言，不署作者之名及拉丁文目次。序言文不甚驯，间杂如欧文直译之语法，一目即知必出于西教士手。

上所采录《奉教人之死》一篇，系据下卷第二篇，疑为长崎西教堂遗事之实录。但所记火灾，查《长崎港草》等书，未能证实有无其事，事实发生之年代，遂亦无从确定之。

余于《奉教人之死》一篇，为发表之必要已稍加文字之润饰，如原作平易雅驯之笔致，能无所损毁，则幸甚矣。

（楼适夷　译）

老年的素盏鸣尊[①]

一

素盏鸣斩除了高志大蛇，娶栉名田姬为妻，同时做了足名椎所治理的部落的首长。

足名椎为他们夫妇两人，在出云须贺地方，盖了一座八广殿。那宫殿规模宏大，如一座隐在云雾里的丛林。

他和新夫人开始安度和平的生活，风声浪花，夜空繁星，现在不会有什么引诱他再到浩渺的太古天地去流浪了。他快当父亲了。在宫殿的大栋梁下，描着红白狩猎图的四壁中，幸福地发现了在高天原中所得不到的安适的炉边生活。

他们在餐桌上，商量着今后生活的计划，且常常一起在宫外的柏树林中散步，踏着满地落英，听梦境似的小鸟的啼鸣。他爱他的妻

① 素盏鸣尊是日本神话中的英雄，他是勇武粗暴的神子。他不服从父神伊奘诺尊命令，和姐姐天照大神争闹，被逐出高天原，流浪各地，后在出云国肥河高志地方，斩蛇除害，娶当地足名椎的女儿为妻，安居须贺。小说根据神话，作了创造性的发展，写老年时期的素盏鸣。

子，把性格都改变过来了，从那以后，在言谈的声气、行动的姿态和看人的眼色中，再也没有从前那种粗暴的腔调了。

不过偶然也在睡梦中，梦见黝黑的怪物和无形的手所挥舞的刀光剑影，又来引诱他去投入杀伐的生活。可是从梦里醒来，他想的仍是妻子和部落，把梦境忘了。

不久，他们当了父母。他给初生的男孩起名为八岛士奴美。八岛士奴美更像他的母亲，是一个很漂亮的婴儿。

岁月如梭。他又娶了几个妻子，成了几个孩子的父亲。孩子们都长大成人了，各依照他的命令，率领兵士，出发到各部落去了。

随着儿孙的兴盛，他的声名也渐渐流传到远方。很多部落，现在都在他统领之下，向他朝贡。那些进贡的船，满载着丝绸、毛革和珠玉，也有到须贺宫廷来朝见的部落民。

有一天，他在来朝见的人们中，见到三个从高天原来的青年。他们同当年的他一样，一个个都是形容魁伟的大汉，他请他们进宫，亲自给他们斟酒。从未有人受过的这位英雄部落长这样的待遇。青年开始感到惶惑，多少还带点敬畏的心理。可是待到酒酣耳热，也就放肆起来，听从他的要求，开始敲着瓮底，唱起高天原的国歌来了。

当他们告辞离宫时，他拿出一口宝剑来，说：

“这是我斩高志大蛇时，从大蛇尾上得来的一口宝剑，现在交给你们，请你们献给祖国的女王。”

青年们接了宝剑，跪在他面前，发誓一定送到，决不违背他的命令。

以后，他就独自走到海边，目送他们的船帆在奔腾的波涛中逐渐远去。船帆映照着从云雾中漏出来的阳光，像飘在空中一般，一闪而逝。

二

但死亡并未饶过素盏呜夫妇。

当八岛士奴美成为一个美貌的青年时，栉名田姬突然得病，约一月之后，黯然逝世了。他虽有好几个妻子，但衷心热爱的却只她一人。因此，在宫中布置灵堂的时候，他在美丽妻子的遗体前，整整守了七个日夜，默默地流着眼泪。

此时宫中充满一片痛哭之声，特别是幼女须世理姬悲泣不止，使经过宫外的行人也为之流泪。她是八岛士奴美唯一的妹妹，哥哥像母亲，她却更像感情热烈的父亲，是一位有男子气的姑娘。

不久，栉名田姬的遗体，连同她生前使用的珠玉、宝镜、衣服，埋葬在离须贺宫不远的小山腰上，素盏呜为了慰灵，也没忘了把一向服侍妻子的十一个女奴杀死殉葬。那些女奴正在盛装待死时，部落的老人见了都不以为然，私下非难素盏呜的专擅。

"十一个人，尊人完全无视部落的旧习，死了一位元妃，只用十一人殉葬，难道有这种规矩么？只有十一人！"

葬事完后，素盏呜便决定将王位传给八岛士奴美，自己带着须世理姬移居到遥远的海外根坚洲国去了。

那是他流浪时代最喜欢的风景优美的地方，一个四面环海的无人岛。他在小岛南端小山上，盖了一座茅顶的宫殿，安度自己的晚年。

他已经白发苍苍。年纪虽老，但他浑身的精力还很充沛，两眼炯炯有光。有时，也同在须贺宫时不同，他的脸色不免添上一种粗野的色彩。自从移居岛上，又不自觉地唤醒了潜伏在他身上的野性。

他同女儿须世理姬，豢养了蜜蜂和毒蛇。蜜蜂是取蜜的，蛇是用来采取毒液炼制箭头的。在渔猎之暇，他把一身武艺和魔术传授给须世理姬。须世理姬在这样的生活环境中，也就成长为一位不弱于男儿的雄健的女丈夫，只有容貌还保留栉名田姬的面影，不失为一位秀丽的美女。

宫外的朴树林，一年年长出新绿，又吹满落叶。每换一次新绿，在他长满胡子的脸上，也增添了一些皱纹，须世理姬始终含笑的眼神中，也添上一层冷峻的光焰。

三

有一天，素盏鸣正在宫前的朴树下剥大雄鹿的皮，去海里洗浴回来的须世理姬，带来了一位陌生的青年。

“爸爸，这一位是刚才遇见的，我带他来了。”

须世理姬向站起来的素盏鸣介绍了这位远道而来的青年。

这青年长得面目如画，身材魁梧，挂着红蓝的项链，佩一口粗大的高丽剑，那容姿正如青年时代的素盏鸣。

素盏鸣接受了青年恭敬的谒见，冷淡地问：

“你叫什么名字?”

“我的名字叫苇原丑男。”

“到岛上来有什么事?”

“我乘船而来，寻找水和食物!”

青年毫不迟疑，一一明白对答。

“是吗，那请到里边去，尽量吃吧。须世理姬，你带他去。”

两人走进宫去，素盏鸣又在朴树下拿起刀来剥鹿皮，心里不禁感到奇异的波动，素来似晴海一般安静的生活中，开始升起一朵预告暴风雨的阴云。

他剥完鹿皮回到宫中，天色已经黄昏。他走上宽阔的台阶，照例掀开宫门的白帘帷,立刻见到须世理姬和苇原丑男两人,像躲在窝里的一对亲密的小鸟,慌慌张张从席地上站起来。他皱皱眉头,慢慢向内室走去,然后不高兴地向苇原丑男瞥了一眼,半命令式地说:

"今晚你可以宿在这儿,驱除一下船上的疲劳!"

苇原丑男乐意地接受了邀请,却掩饰不住尴尬的神色。

"那就请他上那边屋子去,随意休息吧,须世理姬……"

素盏鸣说着,看了一眼女儿,忽然发出讥刺的口气:

"快带他到蜂房去!"

须世理姬一愣。

"还不快去!"

父亲见她踌躇,便发出野熊似的叱声。

"是,请上这边来吧!"

苇原丑男又向素盏鸣敬了一礼,便跟须世理姬急忙走出了大厅。

四

出了大厅,须世理姬取下肩上的披肩,交到苇原丑男手上,低声说:

"你进了蜂房,把这披肩挥舞三次,蜂便不会咬你了。"

苇原丑男不明白,也没工夫细问,须世理姬已打开小门,请他进去。

室中已经很黑,苇原丑男进到里面,伸手去拉她,可是手指头只碰到她的发辫,就听到急急关门的声响。

他一边探摸着那条披肩,一边茫然站在室中,眼睛渐渐习惯了黑暗,看见一些模糊的阴影。

在淡淡的光线中,只见屋顶挂着几个大木桶似的蜂窝,窝的四周围，有大群大群比他腰间高丽剑还粗大的蜂群，在蠕蠕爬动。

他一惊，连忙退到门口，拼命推门，门已关得严严实实，一动不动。这时已有一只大蜜蜂飞落地上，张着翅膀，渐渐爬到他身边来了。

他立刻慌张起来，不等蜜蜂爬到脚边，连忙用脚去踩。蜂儿却已飞起来，飞到他头上来了，同时又有很多蜂儿，似乎见了生人发起怒来，如风中烈火一般，纷纷落到他的身上。

须世理姬回到大厅，点上墙头的松明，火光闪闪地照见躺在席地上的素盏鸣。

“带他进蜂房了吗？”

素盏鸣眼望女儿，不高兴地问了。

“我从不违反爸爸的吩咐。”

须世理姬避开父亲的目光，自己在大厅角落睡下。

“是吗，那以后也不许违反爸爸的吩咐呀！”

素盏鸣的口气中带着讥刺，须世理姬不作声，顾自收拾自己的项链。

“你不说话，是准备违反吗？”

“不，爸爸为什么说这种话？”

“你不准备违反，你就得答应呀。我不同意你做那青年的妻子。素盏鸣的女儿，得找一个素盏鸣中意的女婿。对不对？你可别忘了。”

夜深后，素盏鸣已响起鼾声。须世理姬独自悄然地凭着厅屋的窗口，望着红沉沉的月儿无声地沉向海去。

五

第二天早晨，素盏鸣照习惯到多石的海边去游泳，苇原丑男精神饱满地从宫殿那边跑过来，追上了他。

一见素盏鸣，便高高兴兴地招呼了：

“早！”

“怎样，晚上睡得好吗？”

素盏鸣在岩石边站下，狐疑地望着他。果然，一个精神抖擞的小伙子，怎么没有叫蜜蜂蜇死？这是出乎他意料的。

“好，托福托福，睡得很香！”

苇原丑男回答着，从地上捡起一片石头，使劲向海中抛去。石片划出一道长长的弧线，向照满红光的海里飞过去，落在很远的海水中。要素盏鸣自己来抛，是抛不到这样远的。

素盏鸣咬咬嘴唇，默然望着落进海里的石片。

两人从海边回来了。吃早饭的时候，素盏鸣板着苦脸，咬一只鹿腿，对坐在对面的苇原丑男说：

“你喜欢我们这个地方，就多住几天吧。”

坐在身边的须世理姬，向苇原丑男使了一个眼色，要他谢绝这个不怀好意的邀请。可他正在用筷子夹碟上的鱼肉，没留意她的眼色，就高高兴兴地接受了：“谢谢，我便再打扰几天吧！”

幸而到下午，素盏鸣睡午觉了。两个恋人溜出宫殿，到系着独木舟的幽静海边岩石中，偷度了一段幸福的时光。须世理姬躺在芳香的海草上，梦似的仰视着苇原丑男的脸，轻轻地推开他的手臂，担心地告诉他：

“今晚你再住在这儿，性命就危险了，不要惦记我，你快逃走吧！”

可是苇原丑男笑笑，像小孩似的摇摇头：

“有你在这儿，我死也不离开了。”

“要是你一旦有什么好歹……”

“那咱们一起逃出这个岛吧！”

须世理姬犹豫了。

“你要是不跟我一道走,我就永远在这儿。”

苇原丑男重新拥抱了她,她一把推开他,从海草上突然起来,焦急地说:

“爸爸在叫我了。”马上像一匹小鹿似的蹿出岩穴,向宫殿跑去了。

留在后边的苇原丑男,笑嘻嘻地望着她的背影,在她躺过的地方,落下一条同昨夜给他的一样的披肩。

六

这天晚上,素盏鸣亲自把苇原丑男送进蜂房对面的另一间屋子里。

这屋子跟昨天那间一样,一片漆黑,只一点跟昨天不同,在黑暗的地上,好像到处堆着宝石,发出闪闪的光亮。

苇原丑男觉得这闪光有点怪,等眼睛逐渐习惯了黑暗,才看出在他周围这些星一般的闪光,原来是连马匹也能吞下的大蛇的眼睛。大蛇很多,有的绕在屋梁上,有的盘在屋角里,有的盘在地上,满屋子全是蛇,发出一股难闻的腥气。

他大吃一惊,伸手抓腰间的剑把子,可纵使他拔出剑来斩死了一条,另一条也会立刻把他绞死。这时候,正有一条大蛇,从地上望着他的脸,而比这更大的一条,则尾巴挂在屋梁上,正从上面探下身子来,蛇头直冲他的肩头。

屋子的门当然是打不开的,而且白发的素盏鸣正在门外带着一脸狞笑,听门内的动静。苇原丑男使劲抓紧剑把子,瞪眼不动地站着不知怎样才好,那时在他脚边盘成一座小山似的大蛇,身子已渐渐松开来，高高地抬起蛇头，好像马上要扑到他咽喉上来了。

这时候，他灵机一动，想起昨夜在蜂房里，蜜蜂扑上他身来时，他把须世理姬给他的那条披肩举手一挥，才救了自己的命。那么，今天须世理姬留在海边的那条披肩，也许会有同样的效果——这一想，便立刻把拾来的披肩拿出来，向空中挥舞了三次。

第二天早晨，素盏鸣又在多岩石的海边遇见了英气勃勃的苇原丑男。

"怎样，昨晚睡得好吗？"

"好，托您老的福，睡得很好！"

素盏鸣脸一沉，盯了对方一眼，又想了一想，换成平静的声调，似乎全不介意地说：

"是吗，这可好呢，现在跟我一起游泳吧。"

两人脱了衣服，向波涛汹涌的海面远远游去。素盏鸣在高天原的时候，是数一数二的游泳好手，可是苇原丑男比他更高一筹，他像一只海豚，自由自在地在波浪中翻腾。两个浮在水上的脑袋，像一黑一白的两只海鸥，从海边岩石上望去，距离渐渐拉开了。

七

海潮不断地涨上来，两人身边漂满了雪花似的浪沫。素盏鸣不时回过头来，向苇原丑男投来恶意的目光。可是对方依然悠游自在地冲着翻滚的波涛，越过一个又一个的浪头。

苇原丑男已渐渐游到素盏鸣前头去了。素盏鸣咬紧牙关，连一尺也不肯落后，但当两三次大浪散开的时候，对方早已轻易地超过了素盏鸣，不知何时，在波浪重叠中已不见了影子。

"这回准得收拾这讨厌的家伙，把他葬在海底。"

素盏鸣暗地下了决心,觉得不杀死他总不甘心。

"见他的鬼,让鳄鱼吞了这坏家伙才好!"

可是不一会儿,苇原丑男又像鳄鱼似的游了回来。

"再游一会儿吧!"

他一边在海里游着,一边照旧笑嘻嘻地从远处招呼素盏鸣。素盏鸣即使还想逞强,却也再没有游泳的兴致了……

这天午后,素盏鸣又带苇原丑男到岛的西部荒野里去猎狐兔。

两人登上荒野尽头一座半高的石岩,一眼望去,吹在两人身上的大风,把荒野上一片离离的荒草刮得跟海浪一般。素盏鸣沉默了片刻,把箭扣在弦上,回身对苇原丑男说:"真不凑巧,刮这么大的风,我们来比箭吧,看谁射得远。"

"好,那就比吧。"

苇原丑男也提起弓箭来,表现出很有自信的样子。

"好,同时射出去!"

两人并肩站定,一齐拉足了弓,两支箭同时离弦飞去,在起着波浪的草原上,一字儿前进,不先不后,两支箭羽在阳光中闪烁着光芒,在大风的天空下,一下子都不见了。

"胜败分了吗?"

"不,再来一次!"

素盏鸣皱着眉,不痛快地摇了摇头。

"再射也一样,烦劳你跑过去,把我的箭找回来,我那箭是高天原带回来的,涂了朱漆,是名贵的箭呀。"

苇原丑男依照吩咐,向刮着狂风的草原跑去。素盏鸣望定他的背影,乘他还没隐没在草丛中,从挂包里取出打火的镰石,点着了岩下的荒草。

八

白热的火焰，一下子便升起了浓浓的黑烟。在黑烟下，噼噼啪啪地发出燃烧乱草和杂木的声音。

“这一回，准把这家伙收拾了。”

素盏鸣站在岩顶，手扶长弓，脸上露出狞笑。

火势轰轰烈烈地蔓延开去，鸟儿哀鸣着，飞上红黑的天空，立刻又被浓烟卷住，纷纷落入火中，像是大风吹来了远处的果实，不断地在半空飞舞。

“这一回，真把这家伙收拾了。”

素盏鸣从内心流露出得意的神气，有一种难言的寂寞之感。

这天傍晚，他得意扬扬地交叠着两手，站在宫门口，望着还在冒烟的荒野的上空。那时，须世理姬跑来，悄然地告诉他，晚饭已经备好了。她好像给亲人服孝似的，在黄昏的暗影中，已换上了白衣。

素盏鸣打量着女儿的神情，故意作弄地说：

“你看看这天空，这回，苇原丑男……”

“我知道。”

须世理姬两眼望地，打断了父亲的话。

“那你很伤心吧？”

“当然伤心喽。如果死了爸爸，我还没这样伤心呢。”

素盏鸣眉毛一竖，瞪住须世理姬的脸，可是也没法惩罚她。

“你伤心，就痛痛快快哭吧。”

他背过女儿，大踏步向门内走去，气冲冲地说了一句：

“要是平时，我也不必说话，我会揍你一顿……”

父亲走后，须世理姬又在门口站了一会儿，抬起泪眼，望着被火光照亮的黑沉沉的天空，然后低下头去，默默地走进宫中。

这晚上，素盏鸣总是睡不着，谋杀了苇原丑男，在他心里留下了一个疙瘩。

“我几次三番想谋杀他，可总没像今晚这样地惦在心里……”

他这样想着，在发出一阵阵清香的草席上，翻来覆去地折腾着，久久不能入睡。

这期间，寂寞的晨光，已从黑暗的海外，露出淡淡的寒色。

九

第二天，当早晨的阳光洒遍海面时，没有睡好的素盏鸣，倦眼惺忪地慢慢走到宫门口，出乎意料地看见在宫门的台阶上，正坐着苇原丑男和须世理姬两人，在兴高采烈地谈话。两人一见素盏鸣，吃了一惊，苇原丑男还照样快活，立刻站了起来，拿着一支朱漆的箭说：

“好不容易，把箭找回来了。”

素盏鸣还在惊疑，看看青年平安无事，也感到欣慰了。

“受伤了吗？”

“还好，终于逃了命。火烧过来时，我正捡到这支箭，四边被火围住了，拼命向没有火的地方逃，不管跑得多快，也快不过狂风烈火呀……”苇原丑男说到这儿，停了一下，对听着的父女俩一笑：

“我估量这回得烧死啦，正跑着，脚底下踏了一个空，地面上一块土塌下去，跌进一个大窟窿里。开始里边漆黑一团，什么也瞧不见，后来洞口的荒草也燃着了，火光照进洞里，才见到洞底密密地爬满了几百只野鼠，连泥土都盖住了……”

“哎哟，幸而是野鼠，若是毒蛇……”

须世理姬眼中,又是眼泪又是欢笑,一齐都迸出来了。

“哪里,野鼠也够厉害的,你看,把箭尾的羽毛全咬光了。幸而火没有进洞。从洞口上烧过去了。”

素盏鸣听着听着,又对这走运的青年勾起了仇恨,既然一心想杀死他,目的没有达到,总是不能甘心的。

“是吗,运气真好,运气这东西,有时也要转风的嘛……现在事情已经过去,总算捡回了一条命。好吧,你们两个进来,给我捉捉头发上的虱子吧。”

苇原丑男和须世理姬无可奈何,只好走到他身后,撩开正对阳光的宫门上的白帘帷。

素盏鸣坐在大厅正中,不高兴地打了一个哈欠,动手解开盘在头上的发结,干巴巴的麻似的长发,披散开来像一条小小的河流。

“我的虱子可厉害着呢!”

苇原丑男听他这么说,便动手分开他的白发,打算见到虱子就捻,可是出乎意料,在发根上爬动的,不是小小的虱子,而是红铜色的吓人的蜈蚣。

十

苇原丑男吓慌了,正不知如何动手,旁边的须世理姬早已偷偷拿来一把朴树果和黄土,交到他手里。他把硬壳果在嘴里咬碎,和上黄土,吐在地上,当作捉了蜈蚣。

这时素盏鸣因昨晚没有睡好,已经困了,不知不觉就睡着了。

……素盏鸣被人从高天原驱逐出来,给拔去了趾甲。他趴在山坡上,登上崎岖的山道。山坡上长满羊齿草,乌鸦在叫,头上是青铜色的寒空……他见到的只是一片荒凉的景色。

“我到底犯了什么罪？我比他们强，就是我的罪吗？犯罪的是他们，他们才是满心嫉妒的阴险人物。”

他满怀愤恨地走着一段艰难的道路。路断了，在龟背似的山顶上，挂着六个铃铛，放着一面铜镜，他在山前站下来，无意地瞧了瞧那面铜镜。在发光的镜面上，鲜明地照出了年轻的脸，这不是他的脸，是他几次想杀死的苇原丑男的脸……这一想，他从梦中醒过来了。

他睁开眼睛往大厅四周一看，大厅里淡淡地照着早晨的阳光，苇原丑男和须世理姬已经不见了，而且举头一看，自己的长头发已分作三股，高高地系在屋顶的椽子上。

“混蛋！”

他立刻明白了一切，发起威来，用力把脑袋一甩，宫殿顶上便发出雷鸣似的响声。原来系在椽柱上的头发，把三条椽子一下子拉下来，发出了可怕的响声。可是素盏鸣听也不听，首先伸出右手抓起粗大的天鹿弓，伸出左手拿起天羽箭的箭袋。然后两足一蹬，一下子站起身子，便拖着那三条椽木，像山崩似的傲然冲出宫去。

宫外的朴树林中，震动起他的足音，连躲在树上的松鼠，都吓得纷纷落地。他像一阵暴风似的穿过了树林。

林外是一道海堤，堤下便是大海。他站在堤上，手搭凉棚，向辽阔的海面望去，海中白浪滔天，连天上的太阳也变成了苍色。滚滚的波涛中，那只熟识的独木舟，正向海心急急驶去。

素盏鸣把弓当作手杖，注视着远去的小舟。小舟故意作弄他似的，小小的席帆在阳光中闪烁，顺利地乘风破浪而去，而且还清清楚楚看见船头上是苇原丑男，船尾上是须世理姬。

素盏鸣举起天鹿弓，搭上天羽箭，拉紧了弓弦，用箭头瞄准小舟，可是箭还架在弦上，久久没有射出去。这时候，他眼中显出了似笑非笑的笑意，同时也流出了似泪非泪的眼泪，把肩头松下来，将弓箭扔开，然后发出了一阵憋了很久的、瀑布声似的大笑。

“我祝福你们！”

他在堤上远远向两人挥手。

“祝你们比我更强，祝你们比我更智慧……”

素盏鸣又停了一下，作了更大的祝福：

“祝你们比我更幸福！”

他的祝贺声随着风声响遍大海。这时候的素盏鸣，显出了比他同大日灵贵争吵时，比从高天原被逐时，比在高志斩大蛇时，更近似天神的威灵赫赫的气概。

（楼适夷　译）

秋山图

“……黄大痴，哎，您见过大痴的《秋山图》吗？”

一个秋夜，王石谷到瓯香阁做客，同主人恽南田一边喝茶，一边谈话。

“呵，没有见过，您见过吗？”

大痴老人黄公望，同梅道人、黄鹤山樵，都是元代绘画的神手。恽南田一边说，一边想起曾经见过的《沙碛图》《富春卷》，仿佛还在眼前一般。

“是啊，可以说见过，也可以说没有见过，这是一件怪事哩……”

“那到底见过还是没有见过呢？”

恽南田惊异地瞅着王石谷的脸，问道：

“见过的是摹本吗？”

“不，也不是摹本，算是见过了真迹……不过，不但我，烟客先生（王时敏）和廉州先生（王鉴）与这《秋山图》也都有过一段因缘。”

“您要是有兴趣，我就谈一谈！”

“请吧！”

恽南田拨拨灯檠的火头，便请客人谈谈这件事。

元宰先生(董其昌)在世的时候,有一年秋天,正同烟客翁谈画,忽然问翁,见过黄一峰的《秋山图》没有。您知道翁在画道上是师法大痴的,凡是大痴的画,只要留在世上的,差不多全见过,可是这《秋山图》却始终没有见过。

“不,不但没有见过,连听也几乎没有听说过。”

烟客翁这样回答了,觉得挺不好意思。

“那么,有机会务必看一看吧。那画比《夏山图》《浮岚图》更出色哩。大概可以算大痴老人生平所作中的极品了。”

“有这样好的作品,一定得看一看,这画在谁手里呢?”

“在润州张氏家,您去金山寺的时候,可以去登门拜访,我给您写封介绍信。”

烟客翁得了元宰先生的介绍信,马上出发到润州去。他想,张氏家既收藏这样的好画,一定还有许多历代妙品……因此他在自己西园的书房里待不住了。

可是到润州一访问,一心想往的张氏家,虽然屋院很大,却显得一片荒凉。墙上爬满了藤蔓,院子里长着长草,成群的鸡鸭,见到客来表现出好奇的神气。翁对元宰先生的话都怀疑起来了:这种人家能收藏大痴的名画吗?

但既已来了,也不能过门不入。对门口出来接待的小厮说明了来意,是远道而来,想拜观黄一峰的《秋山图》的,然后,交出了思白先生的介绍信。

不一会儿,烟客翁被请到厅堂里。这儿空空荡荡的,陈设着紫檀木的椅子,上面蒙着一层淡淡的尘土。……青砖地上,飘起一股荒落的气味。幸而那位出来接待的主人,虽然一脸病容,却还风雅,苍白的脸色,纤巧的手势,有贵族的品格。翁和主人作了初见的应对之后,马上提出想拜观黄一峰名画的愿望。翁好像有些迷信的想法,以为现在不马上观看,这画便会烟消云散了。

主人立刻答应。原来这厅堂正墙上,就挂着一幅中堂。

“这就是您要看的《秋山图》。”

烟客翁抬头一看,不觉发出一声惊叹。

画是青绿山水,蜿蜒的溪流,点缀着小桥茅舍……后面,在主峰的中腰,流动着一片悠然的秋云,用蛤粉染出浓浓淡淡的层次,用点墨描出高高低低的丛山,显出新雨后的翠黛,又着上一点点朱笔,到处表现出林丛的红叶,美得简直无法用言语来形容了。好一幅绚烂的图画,而布局又极为宏大,笔致十分浑厚……在灿烂的色彩中,自然地洋溢着空灵淡荡的古趣。

烟客翁完全被迷住了,恋恋不舍地看着看着,真是愈看愈觉神奇。

“怎样,喜欢吗?”

主人笑眯眯地望着翁的侧脸。

“神品,神品,元宰先生的称赏果非虚言,耳闻不如目见,以前我所见过的许多佳作,对此都要甘拜下风了。”

烟客翁一边说,一边眼睛仍没离开画幅。

“是吗,真是这样的杰作吗?”

翁听了这话,不觉吃惊地把目光转向主人。

“什么,您觉得我看得不对吗?”

“不,没有什么不对,实际是……”

主人像少女似的羞红了脸,然后淡淡一笑,怯生生地看着墙上的画,接下去说:

“实际是,我每次看这画时,总觉得好像在睁着眼做梦。不错,《秋山图》是美的,但这个美,是否只有我感觉得到呢?让别人看时,也许认为只是一张平常的画。不知为什么,我总是这样怀疑。这也许是我的迷惑,也许在世上所有的画中,这幅画是太美了,其中必有一个原因。反正我就一直那么感觉,今天听了您的称赏,我才安心了。”

这时烟客翁对主人的辩解,也没特别放在心上,这不仅是因为他看画看入迷了,同时也认为这主人不懂得鉴赏,硬充内行,所以胡乱说出这种话来。

过了一会儿,翁告别了这个荒院一般的张氏家。

可是总忘不了那幅留在眼里的《秋山图》。对于师事大痴法灯的烟客翁,什么都可以放弃,只一心想得到这幅《秋山图》。翁是一位收藏家,在家藏书画中,甚至用二十镒黄金易得的李营丘《山阴泛雪图》,比之这幅《秋山图》的神趣,也不免相形见绌。因之,以收藏家出名的翁,无论如何都想得到这幅稀世的黄一峰的画。

于是,在逗留润州时,他几次派人到张氏家去交涉,希望把《秋山图》让给他,可是张氏家无论如何都不肯接受翁的请求。据派去的人说,那位脸色苍白的主人说:“王先生既然喜欢这幅画,可以借给他,但是不能出让。”这使高傲的翁有点生气了。他想,现在不借,总有一天可以搞到手的,终于没有去借,就离开了润州。

以后过了一年,烟客翁又到润州,再次访问张氏家。那墙上的藤蔓和院中的荒草,仍如过去,可是出来应客的小厮,却说主人不在家。翁告诉他不见主人也行,只要再看看那幅《秋山图》就可以了。可是提了几次,小厮总推托主人不在,不让他进去,最后甚至把大门关上,不理睬了。于是,翁无可奈何,只好想象着藏在这荒院中的名画,怅然而归。

可是后来又见到元宰先生,先生对翁说,张氏家不仅有大痴的《秋山图》,还收藏着沈南田的《雨夜止宿图》《自寿图》那样的名画。

“上次忘记告诉了,这两幅跟《秋山图》一样,可称为画苑的奇观,我再给您封介绍信,务必去看看。”

烟客马上又派急使到张氏家，使者除了元宰先生的介绍信，还带去收购名画的现金。可张氏家仍同上次一样，别的画都可以，不过黄一峰那一幅是决不出让的。于是，翁也只好从此断念了。

王石谷讲到此处，停了一下，又说：

“这是我从烟客先生那里听说的。”

“那么，只有烟客先生见过《秋山图》的了。”

恽南田捋捋长髯，点点头，眼望着王石谷。

“先生说是见到了，可到底是不是真见到，那就谁也说不上了。”

“不是您刚才还说……”

“嗨，您听我讲，等我讲完，您也会同我一样想了。”

这回，王石谷没喝茶，又娓娓地讲下去了。

“烟客翁同我讲这事，是在第一次见过《秋山图》以后，经过快五十年星霜的时候，那时元宰先生早已物故，张氏家也不知不觉到了第三代。所以这《秋山图》已落谁家，是不是已经消灭了，也已无人知晓。烟客翁好像如在手中似的给我讲了《秋山图》的妙处以后，又遗憾地说：

‘这黄一峰的《秋山图》，正如公孙大娘的剑器，有笔墨而不见笔墨，只是一股难言的神韵，直逼观者的心头……正是神龙驾雾，既不见剑，也不见人。’

此后过了约一月，正是春气萌动时节，我独自去南方游历。翁对我说：‘这是一个良机，务请探问《秋山图》下落，倘能再度出世，真画苑大庆了。’

我当然也如此愿望，马上请翁写了介绍信。预定的旅程要到不少地方，一时不容易去访问润州张氏，我藏着介绍信一直到布谷啼叫时，还没有去找《秋山图》。

其间偶然听到传言，说那《秋山图》已落入贵戚王氏之手。在我旅程上烟客给的介绍信中,也有认识王氏的人。王氏既为贵戚,大概事先必定知道《秋山图》在张氏家。据书画界说,张家子孙接到王氏的使者,立地将传家的彝鼎、法书,连同大痴的《秋山图》,全都献给了王氏。王氏大喜,即请张家子孙坐上首席,献出家中歌姬,奏乐设筵,举行盛大宴会,以千金为礼。我听到这消息十分高兴,想不到饱经五十年沧桑之后,这《秋山图》竟然平安无恙,而且到了相识的王氏家。烟客翁多年来费了多少苦心,只想重见此画,鬼使神差,总以失败告终。现在王氏家不费我们的烦劳,自然地将此画如海市蜃楼般展现在我们眼前,正是天缘巧合。我便行李也不带,急忙到金阊王氏府,去拜观《秋山图》了。

现在还记得很清楚,那正是王氏庭院的牡丹花在玉栏边盛放的初夏午后。在匆匆谒见中,不觉就笑了起来:

'闻说《秋山图》今已归府上所有,烟客先生为此画曾大费苦心,现在他可以安心了,这样一想,真是十分快慰。'

王氏满脸得意地说:

'今天烟客先生、廉州先生都约好了要来,先到的请先看吧!'

王氏马上叫人在厅堂侧墙上挂起了《秋山图》。临水的红叶村舍,笼罩山谷的白云,远远近近侧立屏风似的青翠的群峰——立刻,在我的眼前,出现了大痴老人手创的比天地更灵巧的一座小天地。我带着心头的激动,眼睛一眨不眨地注视着墙上的画。

云烟丘壑的气势,无疑是黄一峰的真品,用如此多的皴点,而墨色又如此灵活……着这样重叠的色彩,而看不出一点笔痕,除了痴翁,别人究竟是不可能的。可是——可是这《秋山图》,和烟客翁曾在张氏家所见那幅,却不是同一黄一峰的手笔。比之那幅,这恐怕是比较下品的黄一峰了。

王氏和合座的食客,都在我身边窥探我的脸色,我必须竭力不使

失望之色露在脸上。尽管我十分注意,可是不服气的表情,还是不知不觉透露出来。过了一会儿,王氏带着担心的神色问我:

‘您看如何?’

我连忙回答:

‘神品,神品,难怪烟客先生大为惊奇。’

王氏的脸色,这才缓和起来,可是眉头眼底,好像对我的赞赏还有点不大满足。

这时候,恰巧对我大讲《秋山图》妙趣的烟客先生也到来了。翁同王氏寒暄着,显出高兴的笑容。

‘五十年前在张家荒园看的《秋山图》,现在又在华贵的尊府再度相逢,真是意外的因缘。’

烟客翁如此说着,举头观看墙上的大痴。这《秋山图》究竟是否翁见过的那幅,翁当然是最明白的。因此我也同王氏一样,深深注意翁看图的表情。果然,翁的脸上渐渐笼上了一道阴云。

沉默了一会儿之后,王氏更加不安了,他怯生生地问翁:

‘您看如何,刚才石谷先生也大大赞赏了……’

我担心正直的翁会老实回答王氏,心里感到一阵阵寒意。可是,大概翁也不忍使王氏失望吧,他看完了画,便郑重对王氏说:

‘您得到这画,真是莫大幸运,它给府上的珍藏,又增添了一重光彩。’

可王氏听了,脸上的愁雾却更深了。

那时候,倘使那位迟到的廉州先生不突然到来,我们就会更加尴尬了。正当烟客翁迟迟疑疑不知如何赞赏时,幸而他来了,给座中增添了生气。

‘这就是所谓的《秋山图》吗?’

先生随意打座中招呼了一下,就去看黄一峰的画,看着看着,只是默默地咬嚼口边的胡子。

‘烟客先生,听说您五十年前见过这画呀?’

王氏愈加尴尬起来,又添上了这句话。廉州先生还没听翁说过《秋山图》的妙处。

‘依您的鉴定,如何呢?’

先生吐了一口气,还照样在看画。

‘请不客气地说吧……’

王氏勉强一笑,又向先生催问了。

‘这个吗? 这个……’

廉州先生又把嘴闭住了。

‘这个?’

‘这是痴翁第一名作……请看,这云烟的浓淡,多么泼辣的气概,这林木的色彩,正可说天造地设。那儿不是一座远峰么,从整个布局中,多么生动的气韵呀。’

一直没开口的廉州先生,对王氏一一指出画的佳处,开始大大赞赏了一番。王氏听了,脸色渐渐开朗,那是不消说了。

这期间,我向烟客使了一个眼色,小声地说:

‘这就是那幅《秋山图》吗?’

烟客翁摇摇头,回我一个奇妙的眼色:

‘真是一切如在梦中,也许那张氏家的主人是一位狐仙吧。’

《秋山图》的故事就是如此。”

王石谷讲完了话,慢慢地喝了一杯茶。

“果然,真是一个怪谈。”

恽南田两眼盯视着铜檠的火焰。

“以后王氏又热心地提了不少问题。归根到底,所谓痴翁的《秋山图》,除此以外,连张氏家的子孙也不知道了。过去烟客先生见过的那幅，要不是已隐灭不见，那就是先生记错了，我不明白究竟是怎么一回事，总不至全部是一场幻梦吧……”

“可是烟客先生心中，不是明明留下了那幅奇怪的《秋山图》，而且你心中也……”

“青绿的山岩，深朱的红叶，即使现在，还好像历历在目呢。”

“那么，没有《秋山图》，也大可不必遗憾了吧。”

恽王两大家谈到这儿，不禁拊掌一笑。

（楼适夷　译）

莽丛中

受巡捕官审讯的时候一个砍柴人的证言

是的,那尸体是我发现的。今天我照每天的习惯到后山去砍杉树,忽然看见山后的荒草地上躺着那个尸体。那地方么,是离开山科大路约一里地,到处长着竹丛和小杉树,难得有人迹的地方。

尸体穿的是浅蓝绸子外衣,戴一顶城里人的老式花帽,仰躺在地上,胸口受了刀伤,好像不止一刀。尸体旁边的竹叶全被血染红了,不,血已经不流,伤口已发干,恰好有一只马蝇停在伤口上,没有听到我的脚步声。

我没有发现凶刀,不,什么也没有发现,只有旁边杉树上落着一条绳子。

尸体边便是这两样东西。不过地上的草和落叶,都践踏得很乱,一定在被杀以前有过一场恶斗。什么? 马? 没有马,那地方马进不去,能走马的山路,还隔一个草丛。

受巡捕官审讯的时候一个行脚僧的证言

这个现在已成了尸体的人,我昨天确实遇见过。是昨天……大概是中午,地点是从关山到山科的路上,他同一个骑马的女人一起在走,女的低着头,我没看清她的脸,只见到穿胡枝花纹的衣服。马是棕色的,两绺长鬣披在脸上,马的高度大概是四寸①吧。我是出家人,所以不大内行。男的——不,他带着腰刀,还带着弓箭,有一只黑漆的箭筒,插着二十来支箭。这我现在还记得很清楚。

我可做梦也没有想到,这个人会变成现在的样子,正是人生朝露,电光石火嘛。哎哟,没什么可说的了,真伤心!

受巡捕官审讯的时候捕手的证言

我逮住这个人,他确实叫多襄丸,一个有名的强盗。我逮他的时候,他正从马上跌下来在栗田口石桥上呜呜叫痛。时间么,是昨晚初更模样。那时他穿的就是这件蓝黑绸衫,带一把没鞘的刀子,也就是现在看见的样子,还带着弓箭。对不对,这就是死者生前带的武器——那么,杀人凶手一定是这个多襄丸了。包牛皮的弓,黑漆箭筒,十七支鹰毛箭——就是死者的东西吧。对啦,还有那匹马,就是两绺鬣毛披在脸上的棕色马。他从马上跌下来,也正是因果报应。那马用长缰绳拴在石桥前,正啃路边的青草。

这个叫多襄丸的家伙,在京师大盗中,是出了名好色的。去年秋天,鸟部寺宾头卢大佛后山上杀死一个女香客和一个小女孩,就是他

① 日本古代计马体的高度,以古日尺四尺为基础,单说它的余数。

干的。在他这次杀人之后，那骑马的女人到哪里去了，这个可不知道。我的话说多了，请原谅。

受巡捕官审讯的时候一个老婆子的证言

是的，这个被杀死的人，是我女儿的丈夫。不过，他不是京里人，是若狭国国府的武士，名叫金泽之武弘，二十六岁，性情温和，不幸得了这样的恶死。

女儿么，我女儿名叫真砂，十九岁，是一个有丈夫气的好强女子，除武弘外，没有别的男人。她脸色微黑，左眼角有一个黑痣，小小的瓜子脸。

武弘是昨天同我女儿到若狭去的，不料会发生这样的祸事，真是前生的冤孽。女婿已经完了，可是女儿下落不明，叫我十分担心。务请你们看我老婆子份上，即使砍光了山上的草木，也得找出我女儿的下落。最可恶的是这个叫多襄丸的强盗，他不但杀了我女婿，还把我女儿……（以后痛哭失声，说不出话来了）

多襄丸的口供

这人是我杀的，但我没有杀女的，我也不知道她到哪里去了。慢着，不管你们动怎样的刑罚，我不知道的事情我还是不知道。我已经被逮住了，还有什么可隐瞒的？

是昨天中午过后，我碰见一对夫妻。那时正刮风，笠帽檐的绸绦被风吹起来，我瞧见了女子的容貌——只见了一眼就见不到了。大概正因为这缘故，我觉得这女子好像一位观音，立刻动了念头，一定要搞到这个女子，即使要把男的杀死，也干。

杀一个人，在我是家常便饭，并不如你们所想的，算一件大事。不过我杀人用刀，你们杀人不用刀，用你们的权力、金钱，借一个什么口舌，一句话，就杀人，当然不流血，人还活着——可是这也是杀人呀。要说犯罪的话，到底是你们罪大，还是我罪大，那就说不清了。(讽刺地一笑)

可是能不杀男人，把女人搞到，也没有什么不好。不，当时我是那样想的，尽可能不杀，一定把女的搞到。可是在那条山科大路上，当然不能动手。这样，我就想法子，把那对夫妻带到山窝窝里去。

事情不难办，我成了他们的旅伴，便对他们说，那边山上一座古坟里，刨出了很多古镜同刀剑，我已偷偷埋在山后乱草堆里，如果你们要，随便给多少钱，可以贱卖给你们——那男子听了我的话有点动心了。以后——怎样，贪心这个东西，就是可怕嘛。半小时之后，那对夫妻便同我一起，把马赶上了山路。

我们走到草丛前面，我说宝物就埋在那边，一起去看看吧。男的已起贪心，表示同意，便叫女的在马上等着，因为那草丛中，马是进不去的。我原这样打算，让女的单独留下，带那男子走进草丛里去。

草丛开头尽是一些小竹子，约走了几十丈，就有一些杉树——这真是我动手的好地方，我把草丛拨开，只说宝就埋在杉树下。男子听我一说，就眼望有杉树的地方，急急跑去。这里竹丛已经少了，前边有几棵杉树——我走到那里，出其不意地立刻将他按倒在地。他带着刀子，看样子也有相当武艺，可是禁不起我的突然袭击，终究被我捆在一棵杉树上了。绳子么，我们当强盗的人，随时得爬墙头、上屋顶，绳子总是随身带着的嘛。当然，为了怕他嚷起来，我在地上抓起一把竹叶子，塞满他的嘴，那就不怕了。

我将男子收拾停当，然后跑到女人那里去，说男的突然发了急病，叫她去看。这一着果然成功，女的将头上笠帽脱下，让我拉着手，走进乱草丛中。一到那里,她看见男人被捆在树上——立刻从怀里拔出一把小刀。我从没见过这样烈性的女子,那时如果一个措手不及,刀子便捅进肚子里了,要逃也无处逃,肯定被她戳几刀,至少得受伤,可是我是多襄丸,用不着自己拔刀,就把她的小刀子打落在地。不管多强的女人,手里没家伙也就没有办法了。最后,终于如愿以偿,没杀死那男人,就把女的乖乖地搞到手了。

不杀死那男子,是的,我本不打算杀他,可是当我撇开伏在地上号哭的女人,向草丛外逃跑时,那女人却发疯似的拖住我的胳臂,断断续续地哭喊道:“你死,或是我丈夫死,两个人必须有一个得死,我不能在两个男人面前,受这样的侮辱,这比我死还难受。两个人中,我跟活下来的那个。”——她就是那样,一边喘气一边说。那时候,我才下决心杀死那个男子。(阴沉地兴奋)

我说这话,你们一定以为我比你们残酷。可是,那是因为你们没瞧见她那时两眼射出来的火光,我一见那目光,我觉得即使一下子会被天雷打死,我也必须让这女人做我的妻子,娶她做妻子——这就是我那时唯一的心愿。这不是你们所想的下流的色情,当时我如在色情之外别无念想,早已一脚把她踢翻,一溜烟逃跑了,那男子也就不会用他的血来染红我的刀子了。可是当我在阴暗的草丛中盯住女人的脸时,我已料想到如果不杀死那男子,我便不能离开那里了。

我要杀人,便堂堂正正地杀,我解开了他身上的绳子,叫他同我拼刀(落在杉树上的那条绳子,就是那时忘记拿走的)。那男子满脸通红,拔出腰刀,一言不发,便怒火冲天地向我扑来——这一场恶斗的结果,当然不必说了。

我们斗了二十三个回合,我便刺穿了他的胸膛。第二十三回合,请不要忘记,我直到现在还暗暗地佩服他哩,同我交手,能够上二十回合的,天下还只有他一个人呢。(高兴地一笑)

我把男子杀死，回头去看女人，不知怎的——她已经不见了。我不知她逃到哪里去了，在杉树林里到处找，在落着竹叶的地上，不见她的影子，侧耳一听，只听到男子临死的喘息。

可能在我们开始动刀时，她已逃出去找人叫救命去了。——我一想，现在得保自己的命了，我把刀和弓箭抓在手里，立刻跑回到来时的那条山路上。在那里，刚才女人骑的那匹马，正在安静地吃草。以后的事，就不用多说了。我只在进城时扔掉了那把血刀——这是我的口供，反正我这颗脑袋迟早得挂在樗树上，那便请判我死刑吧。(昂然的态度)

到清水寺来的一个女人的忏悔

当那穿蓝黑绸衫的男人将我强奸之后，回过头去嘲笑被捆在树上的我的丈夫。我丈夫当然十分难堪，使劲扭动自己的身子，可是身上的绳子越勒越紧。我站起身来，连跑带滚到了我丈夫跟前，不，我还没靠近他身边，他便提起一脚把我踢倒在地上。这时候，我见丈夫眼中发出一股无法形容的光，简直不知道要怎样说才好——直到现在想起这眼光，我还忍不住发抖。丈夫虽没开口，但这眼光，已传达了他心里要说的话。这不是愤怒，不是悲哀，而只是对我的轻蔑。多么冷酷的眼光呀，这比踢我一脚，使我更受打击，我忍不住嘴里叫唤着什么，一下子便昏过去了。

等我苏醒过来，那穿蓝黑绸衫的男子已不知哪里去了，我的丈夫还捆在杉树上。我好不容易才从落满竹叶的地上站起来，注视着丈夫的脸。他的眼光还是原来的样子，一点没有变化，又冷酷又轻蔑。羞耻、悲哀、愤怒——我不知怎样说我那时候的心情，我跌跌跄跄走到丈夫的身边。

"夫呀,事已如此,我不能再同你一起生活了。我决心死,不过——不过,你也得死,你已见到了我的耻辱,我不能把你独自留在世上。"

我费了好大的劲,才说出了这些话,可是丈夫还是轻蔑地看着我。我抑止了心头的激动,去找丈夫那把腰刀,刀已经被强盗拿走了,弓箭也已不在草地上。幸而我的脚边还落着一把小刀,我便捡了起来,对丈夫说:

"我现在要你这条命,我也马上跟你一起死!"

丈夫听了我的话,动了一动嘴唇,他嘴里塞满落叶发不出声来,但我马上明白了他的意思。他仍然对我十分轻蔑,说了"杀吧"两个字。我像做梦似的一刀捅进他浅蓝绸衫的胸口。

那时我又昏过去了,等我再醒过来,丈夫依然捆在树上,已经断气,通过竹叶漏进来的夕阳光,照在他苍白的脸上,我憋住哭泣,解开尸体上的绳子。

以后……以后么,我再没有勇气说了,总之,我没有自杀的力气了。我想用小刀刺自己的喉管,我想投身到山下的池沼里,我试了各式各样的死法,我没有死成。我太懦弱了,我还能说什么呢?(寂寞地笑)像我这样无用的人,不知观音菩萨会不会怜悯我,我已失身于强盗,我不知我将如何是好……我……(突然剧烈地痛哭起来)

借巫婆的口,死者幽灵的话

——强盗强奸了我的妻子之后,便坐在那里安慰她。我开不得口,身体又捆在树上,我一次次向妻子以目示意。我想告诉她,不要相信强盗的话,他说的都是谎言。——可是我妻子却默然坐在落叶上,低眼望着自己的膝盖,正在一心地听着。我满心嫉妒,身上好像火烧。可是强盗还花言巧语地说:“你已失身了,再不能同丈夫和好,你跟他去,还不如跟我当妻子好。我会好待你,我去规规矩矩劳动!”这大胆的强盗,最后竟说出这样的话来。

妻子听着,茫然地抬起头来,我从没见过妻子这样美丽。可是这美丽的妻,当着我的面,你猜猜她对强盗如何回答?我现在已到了另一个世界,可是一想到当时妻子回答强盗的话,还是浑身火烧一样难受。我妻子确实是这样说的:“那就随便跟你上什么地方去吧!”(长时间的沉默)

妻的罪恶不仅如此,假使仅仅如此,我现在在黑暗地狱中也不至如此痛苦。可是当妻梦似的让强盗扶着要离开草丛到外边去时,忽然变了脸色,指着捆在树上的我说:“把这个人杀了。他活着,我不能跟你一起。”她发疯地连连叫着:“把这个人杀了!”——这话好似暴风,今天我在这黑暗地狱里,好像还能远远地听到。一个人的口,居然会说出这样恶毒的话,一个人的耳朵,竟然能听到一次这样恶毒的话吗?——(突然发出嘲弄的笑声)听了这话,连强盗也大惊失色了。“把他杀了!”——妻这样叫着,拖住了强盗的胳臂。强盗茫然地望着我妻子,也没说杀,也没说不杀——就在这一刹那,一脚把妻踢倒在落叶上。(又发出嘲笑声)强盗两手抱着胸口,眼望着我说:“这女人怎么回事,你要死?你要活?你点点头!杀不杀?”——听了强盗的话,我愿意饶恕他一切罪过。(又一次长时间的沉默)

当我还没有明确答复强盗时,妻忽然大叫一声,向草丛深处跑去,强盗追上去,好像没有把她拉住,我像看幻影似的看着这个场面。

妻子逃走以后,强盗拿起大刀和弓箭,把捆在我身上的绳子割断了一截。“现在,要看我的命运了!”——当强盗隐在草丛中不见时,我记得听他这样自言自语地说了一句。以后,四周寂然无声。不,我听到人的哭声。我一边自己解开绳子,一边侧耳听这哭声,原来是我

自己在哭。(第三次长时间的沉默)

好不容易,我才从杉树下站起困乏的身体。在我面前,是妻子丢下的一把小刀,我拾起来,一刀刺进自己的胸口。我的口里喷出一道腥血,我一点不觉痛,只觉心头一片冰凉。四周更静寂了。在这山后草丛的顶空中,连一只飞鸣的小鸟也没有,只从竹头树杪漏下淡淡的阳光,这阳光——也渐渐昏暗起来,现在,连竹木也看不见了。我便那样倒在地上,埋葬在静寂中。

这时好像听到轻轻的脚步声,走到我的身边,四周已经黑暗,我看不见是谁——是谁的手从我的胸口拔出了小刀,同时我口里又涌出一阵血流,我便这样落进黑暗中了。

(楼适夷　译)

报恩记

阿妈港甚内的话

我叫甚内。姓么……嗳嗳，很早以来，大家都叫我阿妈港甚内。阿妈港甚内——您听说过这个名字么？不，请不要慌，我就是您知道的那个有名的大盗。不过，今晚上这儿来，不是来打劫的，请放心。

我是知道您的。您在日本神甫中，是一个德高望重的人。也许您现在同一个强盗一起，连一会儿也会觉得不愉快吧。不过，我也不是专门当强盗的。有个时期曾受聚乐公召唤的吕宋助左卫门部下的一个小官，也确实叫甚内；还有给利休居士送来一只叫作“红头”的宝贵的水勺的那位连歌师①，本名也叫甚内；还有几年前，写过一本叫《阿妈港日记》的书，在大村那边当露天通事②的，不是也叫甚内吗？此外，在三条河原闹事那回，救了船长玛尔特奈特的那个和尚，在堺地方妙国寺门前卖南蛮草药的那个商人……他们的名字，也都叫甚内。不，顶重要的，是去年在圣法朗士教堂捐献装有圣玛利亚指甲的

① 连歌师：连歌是日本和歌的一种，由二人互相联作，连歌师是专作连歌的作者。

② 露天通事：专替外国人作口头翻译的人。

黄金舍利塔的，也就是名叫甚内的教徒。

不过今晚我很遗憾，没工夫细说他的经历，只是请您相信，阿妈港甚内，同世上普通人比也没有太特别的地方。是吗，那么，我就尽量简单地谈谈我的来意，我是来请您替一位亡灵做弥撒的。不，这人不是我的亲族，也不是在我刀上留下血迹的人。名字么，名字……嗳，我不知道说出来好不好。为了那人的灵魂——那就说是为一位名叫保罗的日本人，祈求冥福吧。不行吗？——当然受阿妈港甚内的嘱托，办这样的事是不能不慎重的。不过，不管活人死人，请您千万别告诉别人。您胸上挂有十字架，我还是要请您遵守这一条。不——请原谅。(笑)我是一个强盗，怀疑一位神甫，实在太狂妄了。可是，要是不遵守这一条约定，(突然认真地)即使不被地狱火烧死，也会得到现世的惩罚。

那是两年以前的事了。在一个刮大风的半夜里，我化装成一个行脚和尚，在京城街头溜达。我这样溜达，并不是这晚上开始的，前后五夜，每夜过了初更，我便避开人目，窥探人家的门户。我的目的当然不用说了。特别那时我正想出洋到摩利迦去，需要一笔钱花。

街头当然早已没有行人，天上只有星星，风一息不停地呼呼狂叫。我在阴暗的屋檐下穿过，走到小川町，正到十字路拐弯地方，有一所很大的宅子，那就是京师有名的北条屋弥三右卫门的本宅。北条屋虽跟角仓一样是做海上买卖的，但到底还比不上角仓，不过毕竟也有一两条走暹罗、吕宋的沙船，算得上一家富商。我不是专门来找这人家的，但既然碰上了，便打算干一趟买卖。前面说过，这晚正刮大风——这对我们这行买卖正合适。我便在路边蓄水缸里，藏好了箬笠和行杖，一蹦蹦上了高墙。世上大家都说阿妈港甚内会隐身术——您当然不会像俗人一样相信这种话。我不会隐身术，也没魔鬼附在我身上，只是在阿妈港时，拜过一位葡萄牙船医的老师，学过一些高明的本领，实地应用时，可以扭断大铁锁，拨开重门闩，都没什么困难。(笑笑)这种过去没有的盗窃本领——在日本这个未开化的国家，跟洋枪、十字架一样，也是西洋传进来的。

花不了多少时间，我已进了北条屋的内院，走过一条黑暗的走廊，想不到时已深夜，屋子里还透出灯光，而且还有谈话的声音，看样子那里是茶间。

“大风夜的茶话”，我不觉苦笑了一下，便轻轻走过去。我倒不担心人声妨碍我的活动，而是对在这样风雅的屋子里，这家主人和客人的夜半清谈产生了兴趣。

走到隔扇外面，耳朵里果然听到茶炊沸水的声音，和这声音同时，却出乎意料地听到边说边哭泣的声音。谁在哭呢——一听是女人的哭声。在这种富有人家的茶间里，半夜里有女人哭泣可不是一件寻常事，我憋住呼吸，从隔扇缝里透出的亮光中，向茶间悄悄张望。灯光中，看见古色古香的板间中挂着书画，供着菊花的盆景——果然是一间幽静风雅的房间，板间前面——正在我望过去的正面，坐着一位老人，大概就是主人弥三右卫门吧，穿着细花纹羽绸外套，两手抱着胸脯，一眼望去，和茶炊的沸声同样清楚。他的下首，坐着一位端庄的梳高发髻的老太太，只见一个侧脸，正在不断地拭眼泪。

“尽管生活富裕，大概也遇到什么难题了。”我这样想着，自然露出了微笑。微笑——倒并非对这对夫妇存什么恶意。像我这种已经背了四十年恶名声的人，对别人——特别是别人的不幸，是会幸灾乐祸的。(表情残酷)

那时我好似看歌舞伎的场面，很高兴地望着老夫妇在悲叹。(讽刺地一笑)

不过，也不单是我，谁看小说都是爱看悲惨情节的嘛。

过了一会儿，弥三右卫门叹了一口气说：

“已经碰上了这种难关，哭也挽回不了的了，从明天起，我决定把店员全部遣散。”

那时一阵狂风，摇动了茶间，打乱了声浪，我就没听清弥三右卫门太太的话。主人点点头，两手叠在膝盖上，抬眼望望竹编的天花板，粗黑的眉毛，尖尖的颊骨，特别是那长长的眼梢——越看越觉面善，确实是在哪里见过的。

“主，耶稣基督呀，请把您的力量赐给我们吧……”

弥三右卫门闭着眼喃喃祷告起来。老太婆也跟着祈求上帝的保佑。我还是一眼不眨地注视弥三右卫门的脸。屋外又吹过一阵风，我心里一闪，记起了二十年前的往事，在记忆里清清楚楚地现出了弥三右卫门的面影。

二十年前的往事——这不用多说，只简单谈谈事实。那时我出洋到阿妈港，有位日本人的船长，救了我的性命。当时大家没通名姓便分开了。现在我见了这弥三右卫门，原来正是当年的那位船长。想不到会有这种巧遇。

我仍旧注视这老人的脸，看着他宽实的肩身，骨节粗大的手指，还带有当年珊瑚礁的海水气和白檀山的味道。

弥三右卫门做完了长长的祷告，便安静地对老婆子说：

“以后一切，只好听上帝安排了——你看，茶炊开了，大家喝一杯茶吧！”

老婆子重新忍住了心头的悲痛，悄然地说：

“是呀，不过心里后悔的是……”

“得啦，多唠叨有什么用哩，北条丸沉没，全部资本完结了……”

“不，我说的不是这个，我是想儿子弥三郎，如果不把他赶走……”

我听了这场对话，又轻轻一笑，现在已不是对北条屋幸灾乐祸，而是想到自己“有报恩的机会了”，觉得高兴。我这个被人到处缉捕的阿妈港甚内,终于也能报答自己的恩人了。这种高兴——不,除了我自己以外,别人是不会了解的。(讥讽地)世上行善者是可怜的,他们一件坏事也没干过,尽管行善,也不会感到快乐。他们是不懂这种心情的。

“你说什么,这种畜生,世上没有倒还好些呢。”弥三右卫门把目光从灯上移开,说,“如果那家伙可以当钱使,度过今天的难关,那赶走他就……”

弥三右卫门刚说完,突然吃惊地见到我。当然他会吃惊,那时我已不出声地推开了纸隔扇,而且我是行脚和尚打扮,刚才脱掉了箬笠,里面戴的是南蛮头巾。

“你是谁?”

弥三右卫门虽是老人,一下子却跳起来了。

“不,请不要慌,我叫阿妈港甚内……嗳,请放心,我是一个强盗,今晚到府上来,本来另外有事……”

我摘去头巾,坐在弥三右卫门面前。

以后的事,我不说您也可以猜到。我答应了他,为了搭救他于急难,报答他的大恩,在三天之内,给他筹到了六千贯①银子,一天不误。哎哟,门外好像有人。那么请原谅,明天或后天晚上,我再偷偷来一次吧。那大十字架星的光虽照耀在阿妈港的天空,可是在日本的天空中见不到。我没有像星光一样离开日本,今夜特地来请您做弥撒,就为了怕对不起保罗的灵魂喽。

您说我怎么逃走吗?那可甭担心,从这高天窗,从那大烟囱口,我都可以自由出入。现在,千万拜托,为了恩人保罗的灵魂,这话千万别告诉外人。

---

① 日本的一贯,约合七斤半。

北条屋弥三右卫门的话

神甫，请听我的忏悔。您大概知道，近来社会上有一个著名大盗，叫作阿妈港甚内，据说此人曾栖身根来寺高塔上，偷过杀生关白的大刀，还远在海外，打劫过吕宋的太守，他什么事都干得出来。这个人终于被逮住了，最近在一条的回桥头枭首示众，这消息大概您也听到了。我受过阿妈港甚内的大恩，这受恩的事，现在也没什么可说的，原因是遭到了一次大灾难，请您听我详细说明以后，为我祷告上帝，请求宽恕我这个罪人。

两年前冬天，我有一条名为北条丸的海船，遇到接连的大风暴，在海里沉没了，我的全部资产都丧失了——遇到这样的事，我北条屋一家，除了流离四散，再也没有别的办法了。您知道，我们做买卖的人，平时有的是交易对手，真正的朋友是没有的。这一来，我的全部家产，好比一条船翻在大海里，落进十八层地狱了。忽然有一天晚上——我现在还记得很清楚，是刮大风的一夜，我同我女人正在您熟悉的那间屋子里，一直谈到夜深。那时忽然进来一个人，穿着行脚和尚的服装，戴着南蛮头巾，这人就是那个阿妈港甚内。当时我大吃一惊，十分愤怒。听他说，他偷进我家里是来偷盗的，见到茶间有灯光，还听见人讲话，就从隔扇缝里张望进来，认出我弥三右卫门，曾经救过他的性命，是二十年前的恩人。

不错，二十年前确有此事。那时我在走阿妈港的海船“弗思泰号”上当船长，船正靠岸，我搭救过一个没长胡子的日本人。这人喝醉酒同人打架，打死了一个中国人，正被人追得无路可走。现在才知道，这人就是阿妈港甚内，已成了有名的强盗。我听他一说，记起是有这么回事。当时一家人都睡着了，好在没人听见，我便问他来干什么。

甚内说，只要他办得到，为了报答二十年前的救命之恩，要搭救北条屋于灾难中，问我需要多少银子。我忍不住苦笑了，向强盗借银子——这不像话。他虽然是大强盗，如有那么多钱，也不会上我家来偷盗了。可是我说了银子的数目，他低下头想了一想，便说，今晚来不及了，请等我三天，一定办到，一口就答应了。我需要的是一笔六千贯的大款，真能办得到么？心里不大相信。只是出于无奈，只好接受了，知道反正不一定可靠。

这一夜，甚内便在我家慢慢地喝了茶，在大风中回去了。第二天，不见送银子来；又过了一天，仍没有音讯；第三天——这天下雪了，等到夜里，仍无消息。我对甚内的约定本来就没多少信心，可是我还是没把店伙遣散，存着微弱的希望，等待着。就在第三天晚上，我正对着灯火，一心听外面下雪的声音。

约莫过了三更时分，忽然听到屋外院子里有人打架，我心里一动，当然想到甚内，难道被巡捕追上了么？——我马上打开朝院子的隔扇，举起灯望过去。在积满了雪的茶间前，有些竹子被压倒的地方，见两个人正扭在地上——忽然其中一人把另一人一把摔开，立刻蹿到树荫下，翻过墙头逃走了。听见雪块落地和翻墙的声音——后来就没有响动了，大概已落到墙外了。可那个被摔开的人，并没去追，就扑扑身上的雪，安静地走到我的面前：

"我是阿妈港甚内！".

我惊呆地看着他，他那晚仍穿行脚和尚的服装，戴着南蛮头巾。

"嗳，惊吵您了，幸而没人听到。"甚内进了屋子，苦笑道，"刚才我进来，见有个人正爬进屋台下去，我想逮住他，看看他是谁，结果还是逃走了。"我原以为是来逮他的，问他是不是公差。甚内说，什么公差，是一个窃贼呀，强盗逮窃贼——真是奇闻啦。这一回，我苦笑了。当然我还不知道他有没有带银子来，总是不放心的。甚内看出我的意思,不等我开口,便从衣兜里摸出一包包银子,放在火钵前。

“请放心,这里已筹足了六千贯——本来昨天已搞到了大部分,只差两百贯,今天我都带来了,请您把银包收起来。昨天搞到的我已趁你们二老没觉察,放在这茶间地板下了,可能今天来的那偷儿,是嗅到了银子的气味。”我听了这话,疑心自己是在梦里。接受强盗的钱,现在您不说我也知道不对,不过当我半信半疑还不知能否收到时,我也顾不得对不对了,当时总不能再说不要,如果我不收,我一家人也完蛋了,请原谅我那时的心情。我连连向甚内作揖,什么话也不说就哭起来了。

之后我两年没听到甚内的消息,我一家人没有破产,过着平安的日子,这都靠了甚内的搭救。我在背地里总是向圣母玛利亚祈祷,保佑他平安无事。最近在街上听说甚内被捕了,砍了头,挂在回桥头示众,我大吃一惊,偷偷掉了眼泪。当然恶有恶报,无话可说,多年没受到上帝惩罚,本来已是意外,可是身受大恩,我总得为他祈求冥福——这样,我今天就急忙独自跑到一条的回桥头去看示众的头。

到回桥头大街上,挂人头的地方已围了大批观众,宣布罪状的告示牌,看守人头的公差,都同平常一样。三根竹子搭成的架子上,挂着一颗人头——啊,多么可怕,一颗血淋淋的人头,我简直不知怎样说才好。在吵吵闹闹的人群中我抬头一望苍白的人头,突然发起愣来,这不是他,不是阿妈港甚内的头颅。粗黑的浓眉,突出的下颌,眉间的刀痕,一点也不像甚内呀。——突然,在太阳光中,四周的人群,竹架上的人头,一下子都消失到遥远的世界去了,我好似受了天雷的打击。这不是甚内的头,是我自己的头呀,是二十年前的我——正是救甚内时的我——弥三郎。那时我的舌头要是转一转,我就会这样叫出来了,可是我出不得声,我浑身发抖了。

弥三郎!我着魔似的望着儿子的头,这人头脸上的眼睛半开着,直瞪着我,这是怎么回事呢?为什么把我的儿子错当了甚内呢?只消仔细想想,这种误会是绝不会发生的。难道阿妈港甚内就是我的儿子,那晚来我家的那个假和尚是冒名顶替的吗?不,不会有这种事。能在三天之内,一天不误搞到六千贯银子的,在这么大的日本,除了甚内还有谁呢?这时候,两年前下雪的夜里在院子里同甚内打架的那个人的影子,忽然出现在我的眼前。那人是谁,难道就是我的孩子吗?当时见到一眼,样子确实像我的儿子,难道仅仅是一时眼花吗?说不定真是我儿子呢——我如梦初醒,一眼不眨地看着这个人头,只见发紫的半开的嘴,好像带着茫然的微笑。

示众的人头会笑——您听了一定不信,我当时也以为只是自己的幻觉,再仔细一看,果然在干枯的嘴角上确是带着微笑。我久久地注视这奇怪的微笑,不知不觉地,我自己也笑了,我一边笑,一边流下了眼泪。

"爸爸,请原谅我……"

在无言的微笑中,好像听他说:"爸爸,请原谅我的不孝之罪。两年前的雪夜,我偷偷回家来向您谢罪,白天怕给店伙看见不好意思,因此打算深夜敲您卧室的门,再来见您,恰巧见茶间里还有灯光,我正怯生生走过来,忽然不知什么人,一言不发,一把抱住了我。

爸爸,以后的事您已经知道,我因突然见到了您,忙将那人摔开,跳墙逃走了。从雪光中看那个打架的人,像是行脚和尚,后来见没人追来,我又大胆回到茶间外,从隔扇缝里偷听了你们的谈话。

爸爸,甚内救了北条屋,是我们全家的恩人。我便许下心愿,如果他有危难,我一定豁出命来报他的恩。只有已被家里赶出来的我,一个流浪人,才能报他的恩。两年来我一直在等这个机会——这机会终于来了。请原谅我的不孝,我已经到了另一个世界,可我也已经报答了全家的大恩人,我心里是安慰的。……"

在回家的路上，我又是笑，又是哭，我钦佩我儿子的勇气。您不知道，我的儿子弥三郎同我一样，是入了教门的，还起了一个教名叫保罗。可是——我儿子是一个不幸的人，不，不但我儿子，我自己如不是阿妈港甚内搭救，使我一家免于破产，今天我也不会来这儿哭诉了。我虽恋恋难舍，但也只好如此了。一家人没有流离四散，是件好事，但我儿子如果不死，岂不是更好么——（一阵剧烈的痛苦）请救救我吧，我这样活下去，我也许会仇恨我的大恩人甚内呢……（长时间的哭泣）

保罗弥三郎的话

啊，圣母玛利亚！等天一亮，我的头就要落地了。我的头落地，我的灵魂却会像小鸟似的飞到您的身边。不，我干了一辈子坏事，也许到不了天堂，将落进地狱的火里。但我是心甘情愿的，二十年来我的心从没有像现在这样欢乐过。

我是北条屋弥三郎，但我的挂出来示众的头，叫阿妈港甚内。我就是那个阿妈港甚内——多么痛快呀，阿妈港甚内——怎么，这不是一个很好的名字吗？我口里叫这个名字时，我在黑暗的牢狱里，我的心却好像开满了蔷薇和百合。

难忘的两年前的冬天，一个大雪的夜里，我想找一些赌本，偷偷溜进父亲的家里，见屋内透出灯光，正想上前张望，突然有一个人，一言不发地抓住了我的后襟，我向后一摔身子，他又抓住了我——我不知这是什么人，我们扭打了两三回合，忽然茶间的隔扇打开来，有人提着灯走到院子里来，原来是我父亲弥三右卫门，我拼命将被抓的身体摔开，跳过墙头逃跑了。

可是跑了约十几丈路，我躲在人家屋檐下，向街头两边一望，黑暗的街上下着纷纷大雪，一个行人也没有，那人并没追来，他是谁呢？匆忙间只知是一个行脚和尚的模样，他臂力很大，当然不是一个寻常的和尚，为什么这和尚在雪夜里跑到我家来呢？——这事太怪了。我想了一想，便决定冒险重新溜到茶间外探察。

后来约过了一小时，这奇怪的行脚和尚趁大雪未停，向小川町走去了。这个人是阿妈港甚内。武士、连歌师、商人、得道和尚——他常常变换身份，是京师著名大盗。我从身后紧紧盯住他，那时我心里的高兴是从来没有过的。阿妈港甚内，阿妈港甚内，我连做梦也向往他。就是甚内，偷了杀生关白的大刀；就是甚内，骗取了暹罗店的珊瑚树；还有砍备前宰相家沉香木的，抢外国船长泼莱拉的怀表的，一个晚上破了五个地下仓库的，砍死了八个三河武士的——此外，还干了许多将会世代传下去的恶事的，都是这个阿妈港甚内。这甚内现在正斜戴着一顶箬笠，在光亮的雪地上向前走着——光看看他也是一种幸福，我心里还想得到更大的幸福。

当我走到净严寺后面时，便追上了他。这里没有人家，只是一带长长的土墙，即使在白天，也是避开人眼最好的地方。甚内见了我并不惊慌，平静地站定，手里提着行杖等我开口，自己并不作声。我怯生生地向他作了个揖，看着他平静的脸色，嗫嚅得发不出声来。

“啊，对不起。我是北条屋弥三右卫门的儿子弥三郎。”

火光照着我的脸，好不容易我才开口了。

“有事想请求您，我是仰慕您才跟上来的……”

甚内点点头，并不说话。我又胆小，又激动，鼓了勇气双膝在雪上跪下，告诉他，我是被父亲赶出家门的，现在堕落成流浪汉，今晚想回家偷些东西，不料碰上了您，我偷听了您和父亲的谈话——我简单地说了这些话，甚内仍不作声，冷冷地注视着我。以后，我双膝移前，偷窥着他的眼色。

"北条屋一家受了您的大恩,我也是受恩的一人。我将一辈子不忘记您,决心拜在您门下。我会偷窃,我也会放火,我干一切坏事,不比人差……"

但甚内仍不做声。我更激动了,继续热心地说:

"请收我做您的徒弟,我一定尽力干。京师、伏见、堺、大阪——那些地方我全熟悉。我一天能跑九十里,一只手可以举起百五十斤的麻包,也杀过几个人。您叫我干啥我就干啥,要我去偷伏见的白孔雀,我就去偷;您叫我烧圣法朗士教堂的钟楼,我就去烧;您叫我拐右大臣家的小姐,我就去拐;您要奉行官的脑袋……"

我还没说完话,他却突然一个扫堂腿,把我踢翻在地。

"混账!"他大喝一声,便走开去了,我发疯地抓住了他的法衣:"请收留我,我无论怎样都不离开您,刀山火海,我都替您去。《伊索寓言》中的狮大王,不是还搭救一只耗子吗?我就当这只耗子吧,我……"

"住嘴,我甚内不受你的报答。"甚内把我一推,我又倒在地上。

"你这个败家子,好好去孝敬你老子吧!"

在我第二次跌倒时,我心里充满了懊丧。

"可是,我一定要报恩!"

但甚内却头也不回,急匆匆地在雪地上走了。此时已有月光,照出箬笠的影子……以后两年中,我一直没见到甚内。(忽然一笑)"我甚内可不受你的报答!"……他是这样说的,可是到天一亮,我便要代他砍头了。

啊,圣母玛利亚!两年来,我为了要报恩,已吃过多少苦!为了报恩——不,也为了雪恨,可是甚内在哪里呢?甚内在干什么呢?——有什么人知道吗?甚至也没人知道甚内是怎样一个人。我见到的那个假和尚,是四十岁前后的矮个儿;在柳町的花柳巷,他是一个不满三十岁、红脸的有胡子的流浪人;扰乱歌舞伎戏院时,人家见他是一个弯腰曲背的红毛鬼;打劫妙国寺财宝时,人家说他是一个披前刘海的年轻武士——这些人既然都是甚内,那么要识他庐山真面目,到底是非人力所及的。后来,到去年年底,我得了吐血的病。

我一定要报仇雪恨——我身体一天天坏起来,可心里还光想着这件事。有一天,突然灵机一动,我想出了一条妙计。啊,圣母玛利亚!是您的恩惠使我能想出这条妙计。我决心拼掉这个身子,拼掉这个害吐血病只剩皮包骨头的衰弱身子——只要我决心这样做,我就能达到我的愿望。这晚上,我高兴得独自笑起来,嘴里叨念着一句同样的话:"我代替甚内抛弃这颗脑袋吧!我代替甚内抛弃这颗脑袋吧!……"

代甚内砍头——天下还有比这更出色的报恩吗?那样一来,甚内的一切罪恶,都跟我一起消灭了,从此他可以在广大的日本,堂堂正正地高视阔步了。这代价(又笑了一笑)……我将在一夜之间,成为一代大盗:当吕宋助左卫门的部下,砍备前宰相的沉香木,骗暹罗店的珊瑚树,破伏见城的金库,杀死八个三河武士——所有甚内的荣誉,都变成我的了。(第三次笑)

我既帮助了甚内,又消灭了甚内的大名,我给我家报了恩,又给自己雪了恨——天下,天下再没比这更痛快的报答了。这一夜,我当然高兴得笑了——即使这会儿我在牢里,我也不能不笑呀!

我想定了这条妙计,便进王宫去偷盗,黑夜溜进大内,望见宫帘中的灯光,照见殿外松林中的花影——我心里有准备,从长廊顶上跳下无人的宫院,马上,跳出四五个警卫的武士,依照我的愿望,一下子就将我逮住了。这时一个压在我身上的有胡子的武士,一边拿绳子把我使劲捆住,一边喃喃地说:"这一回,终于把甚内逮住了。"是的,除了阿妈港甚内,谁还敢进王宫偷盗呢?我听了这话,一边拼命挣扎,一边忍不住笑起来。

“我甚内不受你的报答!”他是这样说的。但一到天亮,我便要替他砍头了。这是多么痛快的讽刺。当我的脑袋挂在大街上时,我等他来。他会从我的脑袋中,听到无声的大笑:“瞧,弥三郎的报恩!”——大笑中将会这样说:“你已不是甚内,这脑袋才是阿妈港甚内,那个天下有名的日本第一大盗!”(笑)啊,真痛快呀,这样的痛快事,一生只能遇到一遭。倘若我父弥三右卫门见了我示众的脑袋,(痛苦)请饶恕我吧,爸爸!我害了吐血病,我的脑袋即使不落地,我也活不过三年了,请宽恕我的不孝。我虽离开了这婆娑世界,毕竟替我们全家报了大恩呀……

（楼适夷　译）

阿富的贞操

明治元年五月十四日午后，就是官厅发布下列布告的那一天午后发生的事："明日拂晓，官军进剿东睿山彰义队匪徒，凡上野地区一带居民，应立即紧急迁离。"下谷町二丁目杂货店古河屋政兵卫迁离的空屋里，厨房神坛前，有一只大花猫，正在静静地打盹。

屋子里关上了门窗，当然在午后也是黑魆魆的。完全没有人声，望不见的屋顶上，下着一阵阵急雨，有时又下到远处去了。雨声一大，那猫儿便睁大了琥珀似的圆眼睛，在这个连炉灶在哪儿也看不见的黑厨房里，发出绿幽幽的磷光。猫儿知道雨声之外没别的动静，便又一动不动地眯缝起了眼睛。

这样反复了几次，猫终于睡着了，再也不睁开眼来。但雨声还是一阵急一阵缓。八点，八点半——时间在雨声中移到日暮去了。

可是在将近七点时，猫又忽然惊慌地睁开眼来，同时将耳朵竖起来。那时雨声比刚才小多了，街上有轿杠来往的声音——此外并无别的响动。可是在几秒钟的沉静后，黑暗的厨房里透进一道光亮，安在狭小板间中的炉灶，没有盖子的水缸的反光，供神的松枝和拉天窗的绳子——都一一地可以瞧见了。猫儿不安起来，瞅瞅门口明亮的下水口，马上将肥大的身子站了起来。

这时候，下水口的门从外边推开来了——不，不但门推开，连半腰高的围屏也打开了，是一个淋得落汤鸡似的乞儿。他把包着烂头巾的脑袋先探进来，侧耳打量了一会儿这空屋内的动静，知道里面没人，便轻轻溜进厨房，弄湿了地上的新席子。猫儿竖起的耳朵放下来，往后退了两步。但乞儿并不惊慌，随手关上身后的围屏，慢慢摘掉头巾，显出满脸的毛胡子，中间还贴着两三个膏药，眼睛鼻子很脏，却还是一张平常脸孔。

“大花，大花！”

乞儿捋去头发上的水珠，又抹抹脸上的水，小声叫了猫的名字。猫儿可能听声音是熟悉的，伏倒了的耳朵又竖起来，却仍站在那里，带着怀疑的神气注视着乞儿的脸。乞儿把卷在身上的席子解开，露出两条连肉也看不见的泥巴腿，对着猫儿打了一个大哈欠。

“大花，你怎么啦？……人都走了，大概把你落下了。”

乞儿独自笑着，伸出大巴掌摸摸猫的脑袋。猫儿正准备逃，可是没逃，反而蹲下来了，渐渐地又眯缝了眼睛。乞儿摸猫之后，又从旧布褂怀里，掏出亮光光的手枪，在暗淡的光线中开始摆弄。四周带“战争”空气的没有人的空厨房里，进来一个带枪的乞儿……这确实有点像小说。可是冷眼旁观的猫儿，却仍然弓起了背，好似懂得全部秘密，满不在乎地蹲着。

“大花啊，一到明天，这一带就变成枪林弹雨啰。中一颗流弹就没有命了，你可得当心呢，不管外边怎样闹，躲在屋顶下千万别出去呀。”

乞儿摆弄着手枪，继续同猫儿说话：

“咱俩是老朋友了，今天分了手，明天你得受难了。也许我明天也会送命。要是不送命，以后不能同你一起扒拉垃圾堆了，你可以独享了，高兴吧？”

此时又来了一阵急雨，雨云压到屋顶上，屋瓦都蒙在雾气里了。厨房里光线更暗了。乞儿还是埋头摆弄着手枪，然后小心地装上了子弹。

“咱俩分了手，以后你还想念我吗？不会吧，人家说‘猫儿不记三年恩’，你会不会那样……不过忘记了也没有关系，只是我一走……”

乞儿忽然停下口来，他听到门外好像有人进来，忙把手枪揣进怀里，同时转过身去。门口的围屏嘎啦一声推开来。乞儿马上提高警惕，转脸对着进来的人。

推开围屏进来的人，见到乞儿反而吓了一跳。“哎哟”一声叫，是一个赤着脚带把大黑伞的年轻女子。她冲动地退出到门外雨地里。然后从开头的惊慌中恢复过来，通过厨房里微微的光线注视着乞儿的脸。

乞儿也愣了一愣，抬起包在旧袖子里的膝头，盯着对方的脸，神色便不紧张了。两人默默对峙了一会儿，双方的视线便合在了一起。

“哎呀，你不是老新吗？”

她镇定下来，便向乞儿叫了一声。乞儿尴尬地笑笑，连连向她点头：

“对不起，雨太大了，进来躲躲雨……可不是乘没人在家来偷东西的。”

“吓我一大跳，你这家伙……不偷东西也不能乱闯呀！”

她甩掉雨伞上的水，又气呼呼地说了：

“快出来，我要进屋啦。”

“好，我走我走，你叫我走我就走，阿姐，你还没有撤退吗？”

“撤退了，可是……这你不用管。”

“可能落了东西吧……哎哟，进来呀，你站在那儿还要淋雨哩。”

她还在生气，不回答乞儿的话，便在门口板间坐下来，把两只泥脚伸进下水口，用勺子舀水洗起脚来。乞儿仍安然盘着膝头，擦擦毛胡脸，看着女子的行动。她是一位肤色微黑、鼻梁边有几点雀斑的乡下姑娘，穿的是女佣们常穿的土布单褂，腰里系一条小仓带。大大的眼睛，周正的鼻梁，眉目灵巧，肌肉结实，看去叫人联想起新鲜的桃梨，很漂亮。

“风声那么紧，你还往回跑，落了什么宝贝啦，落了什么了？嗨嗨，阿姐……阿富姐。”

老新又问了。

“你管这个干吗？快走吧。”

阿富生气地说，又想了一想，抬头看看老新，认真地问：

“老新，你见我家的大花没有？”

“大花？大花刚才还在这里……哎哟，跑到哪里去了？”

乞儿向四边一望，这猫儿不知什么时候，已跑到橱架上擂钵和铁锅中间，又在打盹了。老新和阿富同时发现了这猫儿。阿富便把水勺子放下，急忙从板间站起，不理身边的老新，高兴地笑着，咪呜咪呜唤起架上的猫来。

老新不看架上的猫，却惊奇地把眼光移向阿富。

“猫吗？阿姐你说落下了东西，原来就是猫吗？”

“是猫怎么啦……大花，大花，快下来呀！”

老新呵呵地笑了。在雨声中，这笑声显得特别难听。阿富气得涨红了脸，大声骂道：

“笑什么？老板娘发觉落下了大花，怕它被人打死，急得直哭，差一点发疯了。我心里过意不去，所以冒着大雨跑回来的呀！”

“好好，我不笑了。”

可是，他还笑着，笑着，打断了阿富的话：

“我不笑了，好，你想想。明天这儿就开火，不过是只猫……你想，这还不可笑吗？本店这位老板娘太不懂事，太不通气，即使要找猫，也不该……”

“你少胡扯！我不愿听人讲老板娘的坏话！”

阿富生气地跺起脚来，可是乞儿并不怕她，而且毫不客气地一直看着她的发作，原来那时候的样子表现了粗野的美。被雨淋湿的衣服、内衣……紧紧贴住她的身体，周身映出了里面的肌肉，显出了年轻处女的肉体。老新眼睛不眨地看着她，又笑着说：“即使要找猫，也不该叫你来，对不对？现在上野一带的人家全搬走了，街上一个人影子也没有，当然啰，狼是不会来的，可是也难说不会碰上危险……难道不是这样吗？”

“用不着你替我担心，快把猫儿给我逮下来……”

“这可不是开玩笑，年纪轻轻的姑娘，在这种时候，一个人跑路，不危险也危险呀。比方现在在这儿，只有我同你两个人，如果我转个坏念头，阿姐，我看你怎么办呢？”

老新像开玩笑，又像认真地说出了下流话来，可是阿富亮晶晶的眼中仍没有一点害怕的神情，只是她的脸涨得更红了。

“什么，老新……你想吓唬我吗？”

阿富反过来好像要吓唬老新，一步冲到他的跟前。

“吓唬？不光是吓唬呢。这会儿戴肩章的坏蛋可多得很，何况我是要饭的，不光吓唬吓唬，如果我真的转个坏念头……”

老新话还没说完，头上吃了一雨伞，这时阿富又跳到他身边，把雨伞举起来：

“你敢胡说八道！”

阿富往老新脑瓜上用雨伞狠狠揍下去。老新往后一躲，伞打在披着旧袷子的肩头上。这一吵把猫惊动了，踢翻了一只铁锅，跳到供神的棚上去，把供神的松枝和长明灯碰倒，滚到老新头上，老新连忙避开，又被阿富揍了几雨伞。

“你这个畜生，你这个畜生！”

老新挨了打，终于把雨伞夺来，往地上一扔，一纵身扑到阿富身上，两个人便在狭窄的板间里扭成一团。这时外边雨声更急了，随着雨声加大，光线也更暗了。老新挨了打，被抓了脸，还使劲想把她按倒在地上，不知怎的一脱手，刚要把她按住，却突然像颗弹丸似的，让她逃到下水口那边去了。“这妖婆……”老新背对着围屏，盯住了阿富。阿富已披散了头发，坐在地板上，从腰带里掏出一把剃头刀，反手紧紧握着，脸上露出一股杀气，同时也显得特别艳丽，像那只在神棚上弓背的猫儿。两人你瞧我，我瞧你，有好一会儿。老新哼哼冷笑了一声，便从怀里掏出手枪来。

“哼哼，瞧你多厉害，瞧瞧这玩意儿。”枪口慢慢对准阿富的胸口。她愣了一下，紧瞅着老新的脸，说不出话来了。老新见她不闹了，又不知怎的转了一个念头，把枪口向上，对准了正在暗中睁大两只绿幽幽眼睛的猫儿。

“我开枪了，阿富，行吗？”

老新故意让她着急似的，笑着说：“这手枪砰的一声，猫儿便滚到地上来了，先给你做个榜样看看，好吗？”

他正要去扳动枪机。

“老新！”阿富大叫一声，“不行不行，不许用枪！”

老新又回头望望阿富，枪口仍对准猫儿。

“不行吗？我知道不行。”

“打死它太可怜了，饶大花一条命吧！”

阿富完全改变了样子，目光忧郁，口唇微微颤动，露出细白的牙齿。老新半捉弄半惊异地瞧着她的脸，才把枪放下，这时阿富的脸色才缓和了。

“那么我饶了猫儿一条命，你就得报答报答我……”

老新强横地说道：

“把你的身体让我使一使。”

阿富转过脸去，一下子在心里涌起了憎恨、愤怒、伤心，以及种种复杂的感情。老新深深注意着她情绪的变化，大步走到她身后，打开通茶间的门。

茶间当然比厨房更黑，主人搬走后，留下的茶柜、长火钵，还可以清楚见到。老新站在那里，目光落在微微出汗的阿富大襟上凸出的胸部上。阿富好像已经感觉到，扭过身子望望老新，脸上已恢复开头时一样灵活的表情，可是老新倒反而狼狈了，奇妙地眨眨眼，马上又把枪口对准猫儿。

“不，不许开枪……”

阿富一边阻止，一边抛落手里的剃刀。

老新冷冷一笑：

“不开枪就得依我！”

阿富无可奈何地嘟哝了一句，却突然站起来，像下了决心，跨出几步走进茶间去。老新见她这么爽气，有点惊奇。这时雨声已停，云中露出了阳光，阴暗的厨房渐渐亮起来。老新站在茶间外，侧耳听着茶间里的动静，只听见阿富解去身上的小仓带，身子躺到席子上的声音——以后便没声响了。

老新迟疑一下，走进微明的茶间，只见茶间席地上，阿富独自仰身躺着，用袖子掩了脸……老新一见这情况，连忙像逃走似的退到厨房里，脸上显出无法形容的既像嫌恶又像害羞的奇妙表情，一到板间，便背对茶间，突然发出苦笑来：

“只是跟你开开玩笑的，阿富姐，开开玩笑的，请你出来吧……”

过了一会儿,阿富怀里抱了猫儿,手里提把雨伞,同正在摊开席子的老新,随意说着什么。

“阿姐,我想问你……”

老新不好意思地,连阿富的脸也不敢看。

“问什么?”

“不问别的……一个女人,失身是大事,可是你,阿富姐,为救一只猫……就随随便便答应了,这不太那个吗?”

老新才住口,阿富便轻轻一笑,抚抚怀中的猫。

“你那么爱猫儿吗?”

“可是大花,大花多可爱呀……”

阿富暧昧地回答。

“在这一带,你是出名忠于主人的,倘把猫打死了,你觉得对不起主人么——也许你是这样想的吧?”

阿富侧着脑袋,眼光望着远处:

“我不知怎样说才好……那时候,觉得不那样,总不安心嘛!”

——又过了一些时候,只有老新独自一人留在这里。他抱着包在旧褂子里的膝盖,茫然坐在厨房里,疏雨声中,暮色已渐逼近屋内,拉天窗的绳子,下水口边的水缸……已一一消失在黑暗中。忽然,上野的钟声一下下响起来,在雨空中传开沉重的余响。老新惊醒过来,向四周扫了一眼,然后摸索到下水口,用勺子舀起水缸里的水,喝了起来。

“村上新三郎,源氏门中的繁光①,今天得好好干一杯了。”

他嘴里念叨着,很有味地喝着黄昏的凉水……

---

① 这句话的意思,表示这个名叫村上新三郎的乞儿老新,出身源氏门阀。

明治二十三年三月二十六日，阿富同她丈夫和三个孩子，走过上野的广小路。

那天，在竹台举行第三届全国博览会开幕典礼，黑门一带的樱花，大半也正在开放。广小路上的行人，挤得推也推不开。从上野开会归去的马车、人力车，排满长队，拥挤不堪。前田正名、田口卯吉、涩泽荣一、迁新次、冈仓觉三、下条正雄①……这班乘马车、人力车的贵客，也在这些人群里。

丈夫抱着五岁的儿子，衣角上还扯着大男孩，拥挤在往来的人流中，还时不时回头照顾身后的阿富。阿富搀着最大的女孩，见丈夫回过头来，便对他笑一笑。经过了二十年岁月，当然已显出一点老相，水灵灵的眼睛，却还跟过去一样。她是在明治四五年间，同古河屋老板政兵卫的外甥，现在这丈夫结婚的。那时丈夫在横滨，现在在银座某街开一家小钟表店。

阿富偶尔抬起头来，恰巧面前跑过一辆双马车，安安泰泰地坐在车上的，正是那个老新……老新的身份已经今非昔比，帽子上一簇鸵鸟毛，镶着绣金的边，大大小小的勋章和各种荣誉的标志，挂满胸膛，可是花白胡子的紫脸膛，还是过去在街上要饭的那一张。阿富不觉吃了一惊，放缓脚步。原来她有过感觉……老新可不是一个平常的乞儿。是由于他的容貌，是由于说话的声气，还是当时他手里的那支手枪？总之，那时已经有点感觉了。阿富眉毛也不动地注视着老新的脸。不知是故意还是偶然，老新也正在看着她的脸。二十年前雨天的回忆，一下子逼得她气也透不过来，清清楚楚出现在眼前。那时为救一条猫的命，她是打算顺从老新了。到底是什么动机，自己也说不上来。可是老新在那样的时候，对于已经躺倒的她的身体，却连指

① 这一串人名，都是明治维新时期的社会名流。

头也没碰一碰,那又是为什么呢?……她也不知道,尽管不知道,她仍觉得这些都是自然而然的事情。马车从她身边擦过去,她的心里怦然一动。

马车过后,丈夫又从人流中回过头来望望阿富,阿富一见丈夫的脸,又微微一笑,心里觉得安静了。

(楼适夷　译)

六宫公主

一

六宫公主的父亲，是过去的一位宫女生的。他是一个落后于时代的古板人物，官也没有升到兵部大辅以上。公主跟父母住在六宫边一座树木高大的庭院里，六宫公主的名字便是这样来的。

父母非常宠爱公主，但也只是一味溺爱，没替她找个合适的女婿，只是待字深闺，等人家来求婚。公主依照父母的教养，平静地过着日子，是一种既无忧虑也无欢乐的生活。她从未经历世事，对眼下的生活，也没有什么不如意，一心所想的是“只要双亲健康长寿就好了”。

古池边的樱花树，每年开放几丛寥落的花朵。不知不觉地，公主已长成一个静淑幽娴的美女。当作靠山的父亲，因为年老酗酒，突然成了故人，母亲怀念亡人，郁郁不乐，最后约莫隔了半年，也跟父亲一起去了。公主不但悲伤，而且更不幸的是前途茫茫，不知如何是好了。这位一向娇生惯养的千金公主，除了一位乳母，再没有可以依靠的人了。

乳母忠心耿耿，为了公主，不惜拼命劳碌，可是家里传下来的螺钿嵌镶的手箱，白金的香炉，都一件件地变卖了。男女下人，也开始一个个告辞而去。公主终于渐渐明白生计的艰难。可是要改变这种景况，却不是她力所能及的。她依然只是面对着寂寞的庭院，同过去一样，弹弹琴，吟吟诗，一天天过去。

在一个秋天的傍晚，乳母走到公主面前，迟疑了好一会儿，终于说了这样的话：

“我的当和尚的外甥对我说，有一位在丹波国当过国司的官人，非常倾慕公主，想同你结识，那人长得一表人才，性情温和。他父亲也是一位地方官，上代还当过三品京官，您可以同他见见吗？现在日子这样艰难，也不无小补呀！”

公主低声地哭了，为了补助艰难的生活，将身体给男人，不是同卖身一样吗？当然她也知道，世间这样的事很多。想到这儿，更加伤心了。公主面对着乳母，在秋风落叶声中，把玉容深深埋在了衫袖里。

二

从此以后，公主也就每夜和这男子相会了①。那男子正如乳母所说，是个性情温和的人，容貌也风雅，而且谁都能看出来，他对美貌的公主是十分倾慕的。公主对他也并不感到讨厌，有时还觉得终身有了依靠。可是在印花帐幕里，映着刺目的灯光和那男子相亲相爱的时候，却没有一夜是感到欢乐的。

这期间，院子里开始添了新气象，凉棚和窗帘都换上了新的，下人也增加了，乳母管理家务也放手了。但公主对这种变化，仍看得非常冷淡。

---

① 日本古代行多妻制，正妻之外，往往结识几个女人，晚来朝去，作为外室。

有一个雨夜，男子和公主对坐饮酒，讲了丹波国一个可怕的故事。有一个到出云去的旅客，投宿在大江山下一家宿店里，恰巧这宿店的女人临产，就在那夜平安地生了一个女孩。旅客忽然看见产妇屋子里跑出一个大汉，嘴里说着："寿命八岁，自害而死。"那人很快地跑到外边不见了。过了九年，这旅客因上京过路，又投宿到这家宿店，果然，知道那女孩在八岁时意外地死亡了。她从一株树上跳下来，恰巧地上有一把镰刀，刺进了她的喉头。——故事就是如此。公主听了很难过，感到人生有命，想想自己有这个男人可以依靠，比之那个女孩，还算是幸运的。

"一切都是命定的嘛。"公主想着，脸上露出了笑容。

屋檐下的松树，被大雪压断了枝条。公主白天跟往常一样，弹弹琴，玩玩双六，晚上同男子在一个被窝里，听水鸟跳进池塘的声音，过着有点悲哀又有点欢乐的生活，并从这种懒散安逸的生活中，得到了暂时的满足。

可是这安逸的日子，又突然到了尽头。刚入春的一个晚上，当屋子里只有两人的时候，那男子忽然说出不祥的话来："同你相处，今天是最后一夜了。"原来他的父亲，在除夕那天，刚被任命为陆奥守，因此他得跟父亲上冰天雪地的陆奥去。同公主分离，他心里当然也很悲哀，可是他跟公主的关系是瞒着父亲的，现在再要声明，已来不及了。男子垂头丧气地对她慢吞吞地说明了原委——

"不过满了五年任期，我们就可以重新团聚了，请你等着我吧！"

公主已经哭倒了。即使谈不到什么爱情，总是一个依靠终身的男人，一旦分手，这悲哀就不是言语能形容的了。男子抚着公主的背脊，再三安慰她，鼓励她，可是眼泪已把话声哽咽住了。

这时候，还不知这事的乳母，和一个年轻的女佣，正端着酒壶杯盘进来，告诉他们，古池边的樱花已经长出骨朵来了……

三

第六年的春天到来了，到陆奥去的男子，终于没有回京。这几年中，公主的下人已一个不留地到别处另投主人去了。公主住的东房，在某年大风中吹倒了。从那以后，公主和乳母两人住在下人的屋子里。那屋子又小又破，不过聊蔽风雨罢了。自从搬到这里，乳母一见可怜的公主，总禁不住掉泪，有时候，又无缘无故发脾气。

厨房移到凉棚下，天天吃的也只是大米和青菜。到了目前，公主的衣服，除了一身之外，再无多余。有时没有柴烧，乳母便上倒塌的正房去拆木板。可是公主仍同过去一样，弹弹琴，吟吟诗，消遣岁月，静静地等着那男子。

于是，这年秋天的一个月夜，乳母又走到公主跟前，迟迟疑疑地说：

"官人是不会回来的了，您还是忘了他吧。近来有一位典药之助，很想结识公主，一直在催问呢……"

公主听了，想起六年前的事来。六年前的那件事，一想起来就哭个没完。可是现在，身心都已疲殆了，一心只望"安安静静地老朽下去"……再也没有别的想法。听完了话，抬眼望望天上的月亮，懒懒地摇摇头：

"现在，我什么也不要了，活着反正跟死了一样……"

正在同一时候，那男子在遥远的常陆国的庭院里，和新娶的妻子对坐饮酒。这妻子是父亲给他找来的，是国守的女儿。

"哎哟，什么声音？"

这男子吃惊地望望透进月光的窗子，在他的心中忽然出现了公主鲜明的面影。

"是树上掉下来的栗子啊!"

常陆的妻子回答他,又把壶中的酒斟满了他的杯子。

四

到第九年的晚秋时节,那男子才回到京都。他同他常陆妻子的一家人——在回京途中,为挑一个吉利日子,在粟津停留了几天,进京那天,为了不惊动人,特别挑了黄昏时候。当男子在郊外时,已几次派人打听京都妻子的消息,有人一去不回,有的回来了也没找到公主的庭院,没打听到消息。

因此他一进了京,心里更加想念,把妻子平安地送到丈人家后,马上连旅装也不换,就亲自到六宫去了。

走到六宫,从前的四柱大门,桧皮屋顶的正院、厢房,全没有了,院子里只留下一堆废墟。他茫然地站在荒草地上,看着这片遗址。池塘已大半填满了土,中间长了些水草,在新月光中,水草轻轻摇曳着。

他见原来是正院的地方有一间倒塌的板房,跑过去往里面张望,好像有人,他便叫了一声。从月光中走出一个老尼姑来,有一点面善。

尼姑见了男子,默默地哭起来了,以后,才抽抽噎噎地讲了公主的情况。

"您忘了么,我的女儿在这儿当过使女,从老爷您走后,还在这儿待过五年,后来我同丈夫上但马去了,我女儿才离开这儿。只因近来想念公主,我一个人专门上京来探望。可是您瞧,已经连房子也没有了。刚才我正在一个人发愣,公主到哪里去了呢。您还不知道,我女儿还在这儿的时候,公主的日子实在是一言难尽呀。"

男子听了这番诉述,便脱下一件内衣送给老尼姑,低着头在荒草地上默默地走回去了。

五

第二天，男子又跑遍京城到处去找，可是到哪里也找不到公主。

于是，又过了几天，在一个傍晚，为了躲雨，他站在朱雀门前西曲殿廊下，这地方，除他之外，还有一个叫花和尚也在躲雨。雨在大红门顶上飒飒地下着。他背对和尚，心里烦躁，在石级上走来走去。忽然听见阴暗的门窗内好像有人，他无意地从窗棂中张望进去。

窗内有一个尼姑，在铺一张破席，安顿一个好像是病人的女子。那女子在暗淡的光线中看去，瘦得不成样子，可是，只一眼便看出来，一点不错，正是那位公主，他正想开口叫唤，可是看了她的模样，终于没有出声。公主并不知外边有人张望，却躺在破席上，发出悲苦的声音，吟起诗来：

曲肱支颐眠
寒风吹枕边
此身今已惯
随处得平安

男子听到吟诗声，忍不住叫了一声公主的名字。公主从枕上抬起头来，一见男子，忽然低叫一声，又伏到草席上去了。尼姑——那位忠心的乳母，马上同跑到席边去的男子一起，慌慌张张地抱起了公主，可是看看公主的脸色，两个人都惊慌了。

乳母疯了似的跑去找那叫花和尚，请他为临终的公主念经。和尚跟乳母走来，坐在公主身边，他没有念经，却对公主说：

“往生天堂，不能借助他力，要自己虔诚念佛。”

公主躺在男子的怀里,小声地念着佛号。忽然惊恐地望着门上的图案,叫道:

"啊,那里有一辆火烧的车子……"

"不要害怕,赶快念佛呀。"

和尚又鼓励她。公主又念了一会儿,做梦一般喃喃地说:

"现在,看见了金色的莲花,像华盖大的莲花……"

和尚正要说话,公主又断断续续地说:

"现在,又看不到莲花了,只有一片黑暗,风吹着。"

"一心念佛啦,为什么不一心念佛?"

和尚叱责了。可是,这会儿,公主好像要断气了,只是反复地说同样的话:

"什么……什么也看不见了,一片黑暗,只有风在吹……只有寒风在吹。"

男子和乳母含着眼泪,嘴里也喃喃地念着佛。那和尚两手合十,也帮公主大声念佛。交织的佛声和雨声中,躺在破席上的公主,脸上渐渐出现了死色……

以后又过了几天,在一个月夜,劝公主念佛的那个和尚,仍在朱雀门前的曲殿里,穿着破烂的僧衣,抱着膝盖坐在那里。这时有一个武士,嘴里呜呜地哼着,在月光下大步走过来。他一见和尚,便停下脚来,随口问道:

"近来朱雀门边,常听到女人的哭声吧?"

和尚蹲在石阶上,说:

"你听!"

武士侧耳一听,除了唧唧的虫声没有别的音响。四周的夜暗中,漂浮着松树的气息。武士正想开口,忽然不知从哪儿送来了女人低低的叹息声。

武士手按刀柄，声音从曲殿空间拖着一条长长的尾音，远远地消失了。

“念佛吧！”和尚抬起头来，“这是一个不知天堂也不知地狱的没心肝的女魂呀，念佛吧。”

武士没回答，仔细打量了一会儿和尚的脸，立刻吃惊地拜伏在他面前：

“您，您就是内记上人吧，为什么在这儿？”

俗名庆滋保胤，世上称他为内记上人，是空也上人弟子中一位德高望重的沙门。

（楼适夷　译）

戏作三昧[①]

一

天保二年[②]九月某日午前，神田同朋町的松汤澡堂，照例从一早起就来了许多洗澡的客人。几年前出版的式亭三马的滑稽小说《包罗神道、佛教、爱欲和无常的浮世澡堂》[③]中描写的情景，至今还没有什么两样。一个老婆髻[④]在浴池里唱祭神歌；一个本多髷[⑤]坐在池岸上绞浴巾；一个圆脑门大银杏[⑥]往刺花的脊梁上浇水；一个由兵卫奴从一开头就光洗脸；还有一个和尚头，坐在水槽边用水淋脑袋。还有

---

① "戏作"是日本德川幕府末期流行的一种小说体裁。写社会人情、风俗、怪谈和历史故事的长篇通俗读物，称为"戏作"，意为这是一种游戏笔墨，消闲文章，不登大雅之堂。其中有许多作家，如式亭三马、山东京传及这篇小说的主人公泷泽马琴，都是一时的大家。

② 天保二年：1831 年。

③《包罗神道、佛教、爱欲和无常的浮世澡堂》：简称《浮世澡堂》，有周启明中译本。

④ 老婆髻：当时下层社会男子的一种发式，把全头短发松松地束在头顶，突出一蓬剪齐的发来。

⑤ 本多髷：另一种发式，前疏后密，用纸芯卷成发卷。

⑥ 大银杏：又一种发式，全部向后梳，形如银杏树叶。

一大群飞虻，很起劲地在竹桶和瓷金鱼上飞舞。一条狭狭的流水边，便是这些各色人等，光赤着水淋淋的身体，在蒙蒙蒸汽和从窗中射入的朝阳中，模模糊糊地活动着。浴池的水声，浴桶搬动声，讲话声，唱戏声，吵成一片。最后是掌柜的一次次用拍子木拍柜台的声音。因此，石榴口①内外，闹得简直像一个战场，外加有人从外面推开软帘，进来做小买卖的，讨小钱的，当然还有新到的洗澡客人，加入到这片混乱中来。

有一位六十多岁的老人，小心地走到犄角上，独自在乱杂杂的人群中，静静地擦身上的泥垢。这人年过六十，两鬓已见枯黄，眼睛也好像不大方便，可是瘦削的身子骨，还很硬朗、结实，臂腿的皮肤已经发皱，却还有一股抵抗衰老的力量。那脸也一样，颚骨突出的面腮，略显阔大的嘴角，显出旺盛的精力，差不多和壮年人一样。

老人专心擦净上身的泥垢，也不用手桶浇水，又洗起下身来，可是用发黑的绸巾擦了半天，在失了光泽的皱皮肤上，却擦不出什么污垢来。可能这使他忽然感到凄寂，只把左右脚轮流泡在水桶里，好像有点乏力了，停止了浴巾的摩擦，把眼睛落在混浊的水桶面上鲜明映出来的窗外的天空，挂在屋顶边上鲜红的柿子，点缀着疏落的树枝。

此时老人忽然想到了“死”，但这“死”并不使他觉得可怕和讨厌，而是像映在水桶中的天空，是静得动人的平和寂默的意识，倘使能脱去一切尘世的烦恼，安眠于“死”的世界——像天真烂漫的孩子进入无梦的酣睡，那该多么高兴呀。他不但感到生活的烦劳，而且对几十年没完没了的写作生涯，也实在感到疲倦了。

老人感慨地抬起眼来，四周依然是热闹的谈笑和大群光腚子在浓浓蒸汽中活动，石榴口的祭神歌中，又添上“啊啊”、“嗨嗨”的声调，在这里，当然没一件东西能在他心中留下长久的印象。

---

① 石榴口：浴池边上装上板栏，保护水温，中留一口，入池时须屈身进去。

"啊唷,先生,在意外的地方碰见您了,曲亭先生来洗早汤,真是做梦也没想到哪!"

老人被这突然的招呼吓了一跳,原来身边有一个红光满身、身材适中、梳小银杏发的人正坐在水桶边,用湿浴巾擦脊梁,精神十足地笑着。这人刚从浴池上来,在用净水淋身。

"你倒还是很好呀!"

马琴·泷泽琐吉笑了一笑,俏皮地回答了。

二

"哪里的话,一向都不好呀。要说好,只有您老啰,《八犬传》不断地写出来,愈出愈奇,写得真好呀!"

这小银杏把肩头浴巾扔进桶里,唠叨得更有劲了:"船虫扑到瞎婆身上,打算杀死小文吾,一朝被逮住审问,结果救了庄介,这一段写得实在没说的,以后又成了庄介和小文吾重逢的机会,到底不是坏人嘛。我近江屋平吉,虽然没出息,开个小杂货铺,可是对小说也算懂行。您老这《八犬传》,我看就是没说的,真正了不起。"

马琴又默默地洗脚。他一向对自己小说的热心读者是怀好意的,可并不因有好意,便改变对人的看法。这对于头脑清醒的他,完全是理所当然的。

更妙的是他也完全不因对人的看法,影响对人的好意。因此他对同一个人,既可轻视,又怀好意。这位近江屋平吉,正是这样的一位读者。

"总而言之,写出这样的东西,费的力量实在非同小可,难怪目前大伙都说,您老才是日本的罗贯中哩——不不,对不起,我说得太直率了。"

平吉说着,大声笑起来。可能这笑声惊动了旁边一个正泡在池里的黑瘦的小银杏独眼龙,他回过头来向两人扫了一眼,做了个怪脸,呸的一口痰吐在了水沟里。

“你还在热心地做发句[①]吗?”

马琴巧妙地换了话题,倒不为留意了那独眼龙的怪脸,他自己的视力,幸而也衰弱得没看清。

“承蒙提起,惶恐惶恐,我只是爱好,瞎胡诌,今天诗会,明天诗会,到处老着脸皮胡诌几句,搞不出什么好诗。您老不大爱作歌写发句吧?”

“哪里,写这玩意儿,我可不行,虽然有一个时期也搞过。”

“您太客气啦!”

“不,不合性情嘛,到现在还写不好哩。”

马琴把“不合性情”四字说得特别重。他不认为自己不能写短歌和发句,自信对此道也不乏了解,可是他对这艺术形式一向轻视,以为把全部精力费在这种写作上,未免大材小用,不管一句一行表现得多出色,抒情也罢,写景也罢,只够充当他小说中的几行,认为这是第二流的艺术。

三

他把“不合性情”四字说得特别重,已含有轻视的意思,可是不幸得很,近江屋平吉却没有听出来。

“啊,那就对了,我看像您老这样的大家,写什么都行呀——大伙都盼您写些好诗出来哪。”

平吉把浴巾绞干,使劲把皮肤擦得发红,似乎有些顾虑地说了这

① 发句:日本旧式诗体,发句原为和歌中的第一句,后来单独成一首,如俳句。下面说的短歌,也是一种诗体。

一句话。可是马琴自尊心强，见对方把自己的客气当实话，心里便不快了，特别平吉那带顾虑的口气，更使他不对胃口。他把浴巾和体垢撩到水流中，慢慢站起半身，做出苦脸，傲然地说：

“当然啰，像目前那种诗人宗师的水平，我是可以写的。”

可是刚说出口，立刻感到自己这种孩子气的自尊心，有点难为情了。刚才听平吉用最高的赞语吹捧自己的《八犬传》，也没特别感到高兴，可是这回被人看作不能写诗的人，马上就不高兴了，这明明是一个矛盾。在一刹那的反省中，好像要掩饰内心的狼狈，他慌忙用手桶淋自己的肩膀。

“那当然啰，没有那种才气，怎能写出这样的杰作，您老要是写起诗歌来，我看也是了不起的，这点眼力我还是有的嘛。”

平吉又大声笑起来，刚才那独眼龙此时已不在旁边，他吐的那口痰，也同马琴的浴汤一起冲走了。当然马琴听了平吉那句话，比刚才更感到惶惑了。

“哎哟，光顾上说话了，我得进池里泡一泡呀！”

他不好意思，随口敷衍了一句，对自己有点生气，缓缓站起身来，终于在这位老好人热心读者的面前打退堂鼓了。平吉看他那副傲然的神气，觉得自己作为他的热心的读者，也是很有面子的。

“那么，您老，最近请您写些短歌发句吧，行吗？可别忘了。我也得就此告辞了。知道您挺忙的，几时请过来谈谈，我几时也准备来打扰您哪！”

平吉追上去说了几句，又把浴巾在水桶里揉了一揉，眼望马琴向石榴口走去的背影，心里在想，今天回家去，得和老伴儿吹一吹，碰见了曲亭先生。

四

石榴口内部昏如夕暮，再加腾腾水汽比雾气还浓，眼睛不大方便的马琴，小心翼翼从人缝里挤进去，才到浴池的犄角，将皮肤发皱的身体泡了进去。

浴汤太热，脚指头有些发烫，他深深地嘘出口长气，抬起脑瓜一望，阴暗中有七八个脑袋漂在水面，说话的说话，唱戏的唱戏，溶化着人体脂肪的油光光的水面，反照着从石榴口射入的混浊光线，闷沉沉地波动着，一股难闻的浴汤气味冲进了鼻子管。

马琴的幻想有浪漫的倾向，在浴池的汤气中，他想象着自己要写的一个小说镜头，好像身子坐在篷船上，篷外的海上暮色苍茫，吹来一阵阵的海风，听到油脂般浓重的海浪打着船舷的声响。船篷吃了风，像蝙蝠翅膀似的啪啪有声。一个船老大从船边往外望去，雾气蒙蒙的海空上，挂着一轮红沉沉的娥眉月……

他的想象突然破碎，听到石榴口中有人在评论他的小说，声音很大，好似故意说给他听的。马琴原准备离开池子了，听了这话声便留下来，想听听人家说些什么。

“曲亭先生自称著作堂主人，口气很大，可是他写的东西都是拿别人的作品改头换面的。比方那《八犬传》，便模仿中国的《水浒传》，粗看似乎不错，实际还是中国货，只要仔细一读就可以看出来。更没有道理的是，他还剽窃山东京传①的作品。”

马琴眯起眼睛远望这个讲坏话的家伙，在水汽中看不大清楚，好像就是刚才那梳小银杏头的独眼龙。可能他刚才听平吉大捧《八犬

① 山东京传(1761—1816)：小说家、画师。马琴曾为他的门人，后来两人闹翻了。

传》,起了反感,这回特地当着马琴的面发泄出来了。

“马琴写东西,第一就是绕笔头,没有什么内容,好像三家村老学究讲四书五经,同当前世界毫无关系。只消看他写的全是古代的事,就可以证明了。比方阿染久松,他不叫阿染久松,偏偏叫作松染情史秋九草。马琴大人这种调调儿,还可举出许多例子。”

马琴对自己一向抱优越感,听了这恶意的攻击,也不想生气。他一边对这种话感到触心,一边对说话的人也并不憎恨。他只是要表示表示对这种批评的轻视,可是大概由于年龄的关系,到底还是没有开口。

“同他比起来,一九①和三马②就了不起,他们写出来的人物,就是活生生的,绝不卖弄学问,玩小手法,毕竟跟这位蓑笠轩隐者③大不相同哩!”

照马琴的经验,听人讲自己作品的坏话不但不痛快,而且也有不少危险。并非听了坏话就丧失勇气,倒是为了否定别人的意见,在以后的创作动机上,会增添一种反感的情绪,从这不纯的动机出发,便有产生畸形艺术的危险。对于一味迎合读者的作家不去说他,凡是多少有点气魄的作家,是容易犯这种毛病的。所以对于那不好的批评文章,他一向尽可能不去看它,可是另一方面,倒还是受到诱惑,想听听这类批评。这回在浴池里听到这小银杏头的恶骂,多半也出于这样的诱惑。

他这样想时,觉得自己泡在池里也太愚蠢了,便一面听小银杏头的话声,一面使劲站起身来,跳出了石榴口。走到外边,望见窗外的

---

① 一九:即十返舍一九(1765—1831),小说家。

② 三马:即式亭三马(1776—1822),小说家。

③ 蓑笠轩隐者:马琴的别号。

晴空和阳光下的红柿子。马琴便在水槽前，平心静气地洗起来。

“总而言之，马琴不过是一个文丐，算什么日本的罗贯中！”

浴池里那家伙，还当马琴仍在池子里，依然继续猛攻。可能他由于只有一只眼睛，没瞧见马琴已出了石榴口吧。

五

可是从澡堂出来，马琴的心情是沉重的。那独眼龙的恶骂，至少在这点上已收到了预期的效果。在秋高气爽的江户街头，缓缓地走着，把澡堂里听到的批评过细一琢磨，觉得无论从哪点说，都可以马上证明那是不足挂齿的愚论，可是被扰乱了的心情，一时却难以平复下来。

他抬起不快意的眼，望望两边的店铺，这些店铺同他现在的心情全不相干，他们都正忙着自己本月份的营业。那些“各地名烟”的柿色布帘，“道地黄杨”的黄色梳形市招，“轿灯”、“卜易算命”的旗子……乱杂杂排了一街，在他眼里溜过去。

“干吗要为这种无聊的攻击去操心呢？”

马琴又想：

“使我最不快的首先是那独眼龙的恶意，被人抱有恶意，不管是什么原因，总是叫人不舒服的。”

他这么一想，觉得自己太沉不住气，有点不好意思。实际上，像他这样目中无人的人是很少的，而像他这样对别人的恶意如此敏感的人，也是很少的。

他也觉察到自己这两种相反的情况，实际出于同一原因——同样是神经作用。

“使我不痛快的还有另外一点，是我同独眼龙处在了对立的位置。我一向不爱同人对立，所以从来不爱比输赢，也是出于我的本性。”

他这样一分析，心情更是发生了意外的变化。只见他紧闭的嘴唇，忽然松了下来，便可以看出来了。

“最后一点，同自己处在对立位置的，是那个独眼龙，这事实便更使自己不快，如果对方是高一点的人物，倒还能挑起自己对这种不快的反抗心。现在对方是那个独眼龙，那真是无话可说了。”

马琴苦笑了一下，抬眼望望天空，空中一群鸟雀叫，同阳光一起，同雨一样落到头上来，他沉闷的心情渐渐觉得开朗了。

“让那独眼龙去大肆攻击吧，也不过叫我不痛快一下罢了。乌鸦尽管乱嚷嚷，太阳还是照样在转动。我一定得把《八犬传》好好写完，那时候，日本就有一部大传奇了。”他好不容易恢复了自信，然后徐步拐进小巷，向自己的家走去。

六

回到家里，走进阴暗的门间，见踏阶上放着一对熟悉的木屐，马琴的眼里立刻出现那客人的一张平板的脸，心想，时间又得给糟蹋了。

“今天这半天白白浪费了。”

这么想着，跨上了台阶，女佣阿杉慌忙跑出来迎接，两手撑地，抬眼望着他说：

“和泉屋先生正在书房里等您回家。”

他点点头，把湿浴巾交给阿杉，不想马上进书房。

“阿百呢？”

“拜佛去了。”

“阿路也一起去了吗?”

“是,哥儿也一起去了。”

“小子呢?”

“到山本家去了。”

家人一个也不在,他觉得有点失望,无可奈何推开大门边书房的纸门。一进屋,只见一位脸色白净、油光闪闪、神色安详的客人,正叼着一只细细的银烟袋,端坐在蒲团上。他的书房,除了屏风和板间里挂着两条红枫黄菊的条幅,是什么装饰也没有的。靠墙是五十多只书箱,发出古老的铜色,悄悄排列在一起。糊着的窗纸已过了一冬,灰白的窗纸上,映着秋阳所照出的破叶芭蕉摇摇晃晃的影子,跟客人华奢整洁的服装,显得很不协调。

“哎哟,先生回来啦。”

客人见他进来,马上热情地招呼着,恭恭敬敬低下脑袋来。这客人是当时出版风行一时、仅次于《八犬传》的《金瓶梅》①的书店老板,叫和泉屋市兵卫。

“劳您久等了,今天难得去洗了一个早汤。”

马琴本能地皱皱眉头,照例有礼貌地坐上主座。

“嗨嗨,洗个早汤,原来如此!”

市兵卫发出同感的声音。不管遇到什么小事,像这样容易产生同感的人不多,不,不是同感,只是做出同感的样子。马琴徐徐地抽起烟来,然后,照例向客人问明来意,他特别不爱看和泉屋那张动不动就表示同感的脸。

“那么,今天有何见教呢?”

“嗳,是想求您写点稿子。”

---

①《金瓶梅》:马琴的作品。

市兵卫把烟袋在指尖上轻轻一晃，发出女人似的软绵绵的嗓音。这人有一种怪脾气，外表的行动和内心的主意，多半是不一致的，不但不一致，甚至是恰恰相反的。因此他主意越坚决，发出来的口气越是软和。

马琴一听声气，又本能地皱皱眉头：

“要我写稿，这可是为难了。”

“嗨嗨，倘若方便的话……”

“不是什么方便不方便。今年要写的读本①，大部分已经接受下来了，再写合卷②可没有工夫了。”

“原来这样忙呀。”

市兵卫说着，磕磕烟袋的灰，装作忘记了刚才的要求，忽然谈起小耗子③次郎大夫的话来。

七

小耗子次郎大夫是一个知名的大贼，今年五月上旬被逮住了，到八月中旬一直关在牢里。他专门上大名④人家的宅院，把偷来的钱救济贫民，当时把这窃贼叫作义贼。

“我说先生，实在吓人呀，据说他一共偷过七十六家大名，三千一百八十三两二钱银子，真是一个了不起的大贼哪。”

马琴听着听着，不觉起了好奇心。这市兵卫也讲得津津有味，以为现在讲这故事，可以给作家提供资料。马琴看他那得意的神气，当

---

① 读本：以文字为主，专供阅读的小说，如中国古时的“话本”。

② 合卷：以图画为中心的，专供文化水平较低的读者阅览的故事小说。

③ 小耗子：日本古时，一般称盗贼为小耗子。

④ 大名：受封的世家。

然也讨厌，可还是好奇地听着。艺术天才丰富的他，在这种地方是很容易受诱惑的。

“啃，果然厉害，我也听人说过，可没想到那么厉害呀。”

“可说是窃贼大王吧。据说这人以前当过荒尾但马守家的下人，所以对大名宅院的门路是很熟悉的。有人在他游街示众时见过他，是一个胖胖的长得很漂亮的汉子，那时他身上披一件越后绵绸外套，里面是白汗衫，倒有点像您老作品中的人物呢。”

马琴嗯嗯地应着，又点起了一袋烟。市兵卫这个人，对于嗯嗯之类的回答，当然不会介意。

“怎么样，可不可以请您把这次郎大夫的人物，写进您老的《金瓶梅》里去？我知道您忙，还是希望您能答应。”

讲着小耗子，又回到要稿上去了。马琴已习惯了他这套手法，仍然不肯答应，而且比刚才更讨厌他了。懊恼刚才上了他的当，带着几分好奇心去听他讲故事。他又抽了几口烟，然后讲出理由来：

“第一，要我勉强写，是写不好的；不消说，这也与销路有关，对你没有好处，所以还是不要硬叫我写，对双方都方便。”

“是吗？那么，请您写想写的东西，怎么样呢？”

市兵卫说着，把眼光在马琴脸上“摸了这么一下子”（这是马琴形容和泉屋眼光的话），便从鼻孔里一缕缕地冒出青烟来。

“实在不能写，要写也没有工夫，真是对不起得很。”

“这个，这个可叫我为难了。”

于是，又突然谈起作家们的逸话来，那条银烟袋还是叼在嘴上。

八

“听说种彦[1]又有一部新作要出来了。他的作品写得很华丽，全是哀情小说，像那样的东西，的确是他的独门。”

市兵卫不知何故，谈到作家们的时候，总是直呼他们的名字。马琴每次听到，总是在想，他在背后同人家讲自己的时候，一定也是“马琴，马琴”的。这种人很轻薄，从来就把作家当作自己的下人，真犯不着给他写稿——心里不高兴时，他就这样想。今天听他谈到种彦，一张苦脸显得更苦了，可是市兵卫一点也没有觉察。

“我们想出春水[2]的东西，先生您是不大喜欢他吧。不过一般读者还爱读他的作品。”

“啊，是这样的吗？”

马琴记忆中曾见过这位春水，一脸的庸俗气，据说他公然对人说：“只要读者欢迎，我就写艳情。”因此他对这种也算作家的作家，当然是压根儿瞧不起的。现在听市兵卫提到他，依然禁不住感到一阵不快。

“写艳情小说，他毕竟还是一位高手。”

市兵卫说着，向马琴脸上瞥了一眼，马上把眼光移到叼在嘴巴上的银烟袋上去了。这刹那间的表情显得格外卑劣，至少马琴这样觉得。

“他写那么多东西，拿起笔来嗖嗖地写，一口气写上两回三回，那支笔就是不停的。先生您也是一手快笔哦！”

---

① 种彦：即柳亭种彦（1783－1842），当时的作家。

② 春水：即为永春水（1790－1844），也是一位作家。

马琴既不高兴，又感到压力。把他同春水、种彦那种人去比出笔的快慢，对于自尊心很强的他，当然很不高兴。而且他又是一位慢笔，有时也为自己的无能感到有些寂寞，也有时认为这是出于自己的艺术良心，倒是应当受人尊敬的。他更不愿意叫俗人去议论他。于是他把目光瞟到板间的红枫黄菊上去，毫不在意地说：

“那得看什么时候，什么场合，有时快，有时慢。”

“看时候，看场合，对啰，对啰！”

市兵卫又第三次表示同感，当然仍不是真正的同感。然后，他又回到老题目上去了。

“那么，多次求您写了，无论如何得答应呀，比方春水……”

“我跟为永先生不同！”

马琴一生气，下唇就歪到左边去了，这时候已歪得更厉害了：

“啊，实在抱歉——阿杉，阿杉，把和泉屋先生的木屐收拾好了吗？”

九

马琴赶走了和泉屋市兵卫，独自靠在廊下的柱子上，眺望小院的景物，费了好大劲，才压住肚子里那股没有消散的火气。

阳光充满院内。破叶的芭蕉、光秃的梧桐、苍翠的罗汉松和漪漪绿竹布满了和煦的秋日小院。水缸边的芙蕖只剩了几朵残花，短垣外的丹桂，散发出阵阵的芳香，空中的鸟雀，不时送来鸣啼。

对照自然的景色，他更感到世间的卑俗和生活于这俗世的人们的不幸。一天到晚被包围在卑俗的气氛中，连自己也不得不做出许多卑俗的行径。

现在自己赶走了和泉屋市兵卫。把人赶走当然不能算高尚的行径,可是由于对方的卑俗,迫使自己也不得不卑俗,终于还是把他赶走了。可见自己也同市兵卫一样卑俗了。总之,就是这样堕落了。

想到这里,他又记起不久以前发生的一件同样的事。去年春天,他收到一封信。来信人想当他的入门弟子,是在相州朽木上新田一个叫长岛政兵卫的人。信中说,本人自二十一岁成了聋子,现在二十四岁,立志从文,希望博得闻名天下,专门写作读本。不消说,他是《八犬传》《巡岛记》的热心读者。因为生活在偏僻的乡下,缺少学习的条件,所以想到您家来当食客。信外寄来六册长篇的稿子,请加斧正后,介绍书店出版。大体就是说了这些话。对马琴来说,这样的请求实在太冒失了。他自己眼睛有毛病,对耳聋的人,多少也有点同情,虽然他不能接受来信人的请求,还是郑重地写了回信。结果,第二封信来了,从头到尾,是一片谩骂,别的什么也没说。

你那又长又臭的《八犬传》《巡岛记》,我还花了极大的耐心读完了。可是我的稿子只有六册,你却连看一看也不肯,这说明了你人格的卑鄙——信是这样开头的。最后的结尾是说,一个前辈不肯收后辈当食客,正看出你的卑鄙和吝啬。马琴大为生气,马上又写一封回信,说我的作品给你这样轻薄的人去看,实在是莫大的耻辱。这信发出以后,再也没有消息了,不知道这人是不是还在写读本,梦想有一天全日本人会读他的大作……

马琴记起此事,既觉得长岛政兵卫这种人太无聊,同时也感到自己的无聊,而觉得难言的寂寞。可是阳光中还散发着丹桂的幽香,芭蕉和梧桐的叶子寂然不动,而鸟雀则还在高声地啼鸣——到十分钟后,女佣阿杉来请他吃午饭,他一直像做梦似的靠在廊柱上。

十

独自冷清清吃完了午饭，终于进了书房。为了使不快的心情平静下来，他拿起了好久不翻的《水浒传》，一打开便见到豹子头林冲风雪山神庙，从酒肆出来，望见草料场失火。这个戏剧性的场面，引起了他平时的兴趣，可是再往下看，心里反而不平静了。

出去拜佛的家人还没有回来，屋子里鸦雀无声，他收起阴郁的脸，把《水浒传》放在桌上，抽起了并不爱抽的黄烟。在朦胧烟雾中，想着一直留在心头的一个疑问。

这是作为道德家的他和作为艺术家的他，两者之间互相纠葛的一个疑问。他一向相信"先王之道"，公开宣称他的小说是"先王之道"的艺术表现，因此这两者是不矛盾的。可是在"先王之道"给予艺术的价值和他自己的心情给予艺术的价值之间，却存在着意外的距离。因此作为道德家的他肯定的是前者，而作为艺术家的他则肯定了后者。当然不是没有一种廉价的妥协思想来克服这个矛盾。事实他就是在表面上拿这种不成熟的调和论面对群众的，可是在背地里，却偷偷掩藏着他对艺术的暧昧态度。

但他可以欺骗别人，却欺骗不了自己。他否定"戏作"的价值，主张"文以载道"，可是一遇到汹涌心头的艺术感兴，便立刻觉得不安了。——《水浒传》的一个场面，在他心情上引起了意外的结果，原因正在于此。

在思想上怯懦的马琴，便默默地抽着黄烟，尽力把心思转到不在家的家人身上去。可是眼前放着一本《水浒传》，这不安的心情成了他思想的中心，很不容易抛开。这时候，恰巧来了一位好久不上门的华山渡边登①。他穿一件对襟大褂,腋下挟一个紫布书包,大概是来还书的。

马琴高高兴兴跑到门口去迎接这位老友。

"今天我把借去的书还来,顺便来看看您。"

华山跨进书房,说道。书包之外还有一个纸卷,大概卷着一张画。

"您有工夫请看看!"

"好极了,马上就看!"

华山压制着心里的兴奋,笑眯眯地打开纸卷里的画幅。画的萧条的寒林,林下站着两个人正在抵掌谈笑,地面散落黄叶,树梢头一群乱鸦——整个画面飘溢着寒秋的气象。

马琴眼光落在这幅枯淡的《寒山拾得》上,渐渐射出激动的光芒。

"您画得越来越精神了。这使我想起王摩诘的两句诗来:'食随鸣磬巢乌下,行踏空林落叶声。'正是这样的境界呀!"

十一

"这是昨天画的,我自己还满意,如果您喜欢,就想送给您。"

华山摸摸须根发青的脸腮,得意地说:

"请您看看,比过去画得如何——难得画一张自己满意的东西呀。"

"那太感谢了,真不好意思老是收您的礼物。"

马琴一边看画,一边嘴里喃喃道谢。不知为什么,这时候心里忽然想起自己还没写完的大作来。华山呢,大概还是在想他的画:

"每次看古人的画,心里总是想,怎样能画成这样子呢,木、石、人

---

① 华山渡边登:德川幕府末期的南画家,在政治上反对幕府的锁国政策,主张吸取欧洲文化,遭统治者的迫害,曾被禁锢乡里,后于天保十二年(1841年)自杀。

物都是同样的木、石、人物，可是其中有一种古人的心情，活生生地如在眼前，这真是了不起。像我这样，在这点上还只是一个小学生哪。”

“古人不是说过‘后生可畏’吗？”

马琴见华山只谈自己的画，不免有点嫉妒，便说了一句平常很少说的俏皮话。

“这就是‘后生可畏’嘛，我是夹在古人和后生之间，挤得只能推一推、动一动罢了。这不但是我们，在古人，在后生，其实也都是这样的嘛。”

“要是不前进，就立刻被推倒，所以最主要的，是要有进一步前进的功夫。”

“对啰，这是最主要的。”

主客二人被自己的谈话激动了声音，暂时沉默下来，倾听秋日静寂的声音。

“《八犬传》还在继续写下去吗？”

华山转了话题方向。

“唉，一直构思不好，真是无奈，这也比不上古人嘛！”

“您老这么说，太叫人为难了。”

“要说为难嘛，我比谁都为难呢。不过，无论如何还是得干吧。所以近来我就是铁了心同《八犬传》拼命啰！”

马琴说着，有点难为情地苦笑了一下。

“所以嘛，说是‘戏作’、‘戏作’，说说也不是那么容易的。”

“我画画也跟您一样，觉得自己好像已经走到尽头了。”

“那就大家一齐努力吧！”

两人都大声地笑了。在笑声中，只有两人自己懂得那种寂寞的心情，主客二人也同时在这寂寞的心情中感到一种强烈的兴奋。

“不过您画画，比我这行好得多，它不会受到人家的非难，这就比什么都好了。”

这会儿，马琴又变换话题了。

十二

“没有这样的话……像您老写的东西，还有什么批评呢？”

“不，大大的有。”

马琴举出检查官检查图书时故意刁难的例子，在他一篇小说中，写到一个官僚受贿的事，就通不过，奉命改写。他又补充说：

“检查官这种家伙，他越是刁难人，越会露出自己的尾巴来，您说可笑不可笑。因为他自己是要受贿的，所以就不爱别人写官僚受贿的事。又如他们自己心眼龌龊，凡是遇到写男女的爱情，不管三七二十一，就一律说作淫秽。他们自以为道德比作家高，到处找作家的茬儿。好比‘猢狲照镜子，越照越生气’，他看镜子里自己一副丑嘴脸挺不舒服嘛。”

华山听马琴这个激愤的比喻，不觉失笑了，说：

“这种情形可能不少，可这不是您老的耻辱，不管检查官怎样说，从来好的作品，都写这类事嘛。”

“可是蛮不讲理的地方太多了。有一回写到牢监里给犯人送衣食，就被勾掉五六行。”

马琴这么说着，又同华山一起吃吃地笑起来。

“是啊，可过了五十年、一百年，那检查官不知到哪里去了，而您的《八犬传》还是会流传下去的。”

“不管《八犬传》流传不流传，可是检查官这个东西，到什么时候还是会有的。”

“是么，我可不这样想呀。”

“不，检查官也许没有了，可是像检查官那样的人，在这个世界上是不会绝种的。您以为焚书坑儒单是古代的事吗，我可不是这样看呢。”

“您老近来老讲悲观的话。”

“不，不是我悲观，是这个到处是检查官的世界叫我悲观呀！”

“那，咱们就得好好儿干呗。”

“对啰，此外也没有别的办法。”

“在这一点上，也一样得拼命嘛！”

这回，两人没有笑，不但不笑，马琴还紧张地看着华山的脸，在华山那句随便的闲谈中，感觉到一股刺人的力量。

“不过，青年人首先就要看清这个世界，拼命呢，处处都得拼呀。”

过了一会儿，马琴又说了一句。他是知道华山的政治倾向的，这时候，忽然觉得一阵不安。可是华山只是笑了一笑，没有回答。

十三

华山走后，马琴趁着留下来的一股兴奋，照旧坐在写字桌边，去处理《八犬传》的原稿。在继续写下去以前，又重读一遍昨天写好的部分，这是他的老习惯。他将几张密密的字里行间加过朱笔的原稿，慢慢仔细地看下去。

可是，不知什么缘故，越看越不对劲，有不少疙里疙瘩的句子，而且到处都有破坏全体结构的地方。开头，他以为是自己心情恶劣的缘故。

“今天心情不对，已经写了的地方，暂时不去管它吧。”

这样想着，又重读了一遍，还是平不下心来。他似乎失去了老年人的沉稳，心里有点动摇了。

“看看再前面怎么样？”

他又看再前面的稿子，又都是粗糙的句子，杂乱的堆积。他又看更前面更前面的，一直看上去。

越看越觉得结构笨拙，文气混乱，满眼是缺乏形象的写景、没有实感的咏叹和思路不清的议论。花了几天工夫写成的稿子，看来是一大堆废话，他的心像刀割似的痛苦。

“都得从头写！”

他在心里这样叫了一声，十分懊丧地把稿纸推开，一手托起脑袋，在桌上伏倒身子。可是心里还放不下，眼睛仍不离开桌上的稿子。在这张桌子上，他写过《弓张月》，写过《南柯梦》，现在又写这《八犬传》。桌上一方端砚，一个蹲螭的文镇，一只蛤蟆形铜水盂，一张有狮子牡丹花纹的青瓷砚屏，还有一只雕着兰草的竹笔筒——这些文房用具好久以来，都是他辛勤写作生活中最亲密的伴侣。他看着这一切东西，好像觉得今天的失败，给他一生的劳作投上了阴影。他对自己的才能产生了根本的怀疑，而引起一种惶惑的不安。

“我一直想写出一部本朝独一无二的大作品，看来这也不过是庸人的幻想罢了。”

这不安给他带来了比什么都难堪的落寞和孤独。他一向对自己所崇拜的中国和日本的天才是谦虚的，正因此，他对同时代的庸庸碌碌之辈，特别表示傲慢和不逊。这怎么能使他轻易承认，自己也不过是“辽东的白猪”，同他们没有什么两样。而且他的强大的“自我”，要他逃避到“自觉”和“绝望”中去，他的热情又太炽烈了。

他伏身在桌子上，好像一位遭难的船主望着他沉下海去的沙船，眼睁睁瞧着失败的原稿，静静地同绝望的威力斗争。如果这时候，不是身后的纸门突然打开，听到一声“爷爷您好！”并且有一双娇嫩的小胳臂勾到他的脖子上来，那么，他陷在这种忧郁的气氛中不知何时才得解脱呢。孙子太郎刚一进门来，就以孩子的大胆和爽直，一下子跳上祖父的膝盖：

“爷爷，您好！”

“哎哟哟，你们回来啦！”

《八犬传》作者说这话的同时，紧蹙着的脸立刻好像变了一个人，现出高兴的笑影来。

十四

茶间那儿，听见老伴阿百大声嚷嚷和儿媳阿路文静说话的声音，中间还夹着粗嘎的男音，好像儿子宗伯也回家了。太郎趴在祖父膝盖上，好像要说什么话，忽然做出认真的脸色，小眼睛望着天花板。刚从外边进来，脸上也红红的，小鼻子呼呼喘着气。

“喂，爷爷！”

穿着梅花图案布衫的太郎，突然叫了一声爷爷。小脑袋好像想着什么，竭力忍住了笑，脸上小酒窝忽隐忽现——把马琴逗乐了。

“每天，每天。”

“什么每天每天？”

“好好地用功吧！”

马琴噗的一声笑了起来，一边笑，一边问：

“那么，怎样呢？”

“那么……嗳嗳，不要老是动肝火。”.

“呵呵，就是要对我说这话吗？”

“还有呢。”

太郎向上仰起短发齐额的小脑袋，连自己也笑起来了，眯缝着小眼睛，露出白牙齿，小酒窝一笑就变大了。看着这样的脸，真叫人难以相信，将来也会变成世上那种讨厌的脸孔。马琴全身掉进幸福的温流中，心里这样想着，觉得动心。

“还有什么？”

“还有好多呢。”

“好多什么？”

“嗳嗳——爷爷，您会变个大人物。”

“大人物？”

“所以，您得忍着点儿。”

“忍着点儿？”马琴的声音认真了。

“要好好儿，好好儿忍着呀。”

“这话是谁教你说的？”

“那个……”

太郎故意作弄似的，看着祖父的脸，笑了。

“您说谁啊？”

“对啰，今天你去拜佛，是寺里老和尚对你说的吧？”

太郎连忙摇摇头，身体从马琴膝盖上挺起来，把小脸靠拢祖父。

“谁啊？”

“唔唔。”

“是浅草的观音菩萨说的嘛。”

孩子一说，发出全家都能听到的大声，高兴地笑着，害怕被马琴抓住，连忙从他身上跳开去。因为蒙住了爷爷，特别高兴地拍着小巴掌，滚球似的逃到茶间里去了。

刹那间，马琴的心中感到一种严肃的东西，这时，他嘴上现出幸福的微笑，同时眼里含上了泪水。不管这些话是孩子自己想出来的，还是他母亲教他说的，从孩子嘴里听到这样的话，是奇怪的。

“真是观音菩萨说的嘛，好好用功，别动肝火，而且要好好忍着。”

六十多岁的老艺术家，含泪微笑，像孩子似的点了点头。

十五

这天晚上。

在光线暗淡的圆灯下,马琴又开始续写《八犬传》的原稿。在他执笔时,家里的人是不进书房来的。寂静的屋子里,只有灯芯吸油和蟋蟀鸣叫的声音,伴着长夜的寂寞。

刚拿起笔,他的头脑里便闪烁出点点的星光,十行二十行地写下去,这光便渐渐扩大了。凭经验,马琴知道这光是什么意思。他全神贯注地运着手中的笔,神来的灵感像一蓬火,如果不知道这火,点燃了的火便会很快地熄灭。

"别着急,得尽量尽量地深深思索。"

马琴小心翼翼地警惕着走动的笔,一次次对自己低声叮嘱。现在,刚才头脑中星火似的闪光,已汇成一条急湍的洪流,越流越有力地推着他前进。

他耳朵已听不到蟋蟀的鸣声,圆灯的光也不再刺痛他的眼睛,手里的笔自己活了起来,嗖嗖地在纸上飞行。他以与天神搏斗的姿态,几乎是拼着老命在写啊写的。

脑中的河流,像天上的银河似的泛滥起来。趁着这股气势,有时他也会想到,万一自己的体力支持不住呢。于是,他把手里的笔紧一紧,又一次鼓励着自己。

"加油,加油写下去。现在写出来的东西,此刻不写,过一会儿就写不出了。"

可是发光的河流,一点也不减低速度,却在奔腾汹涌中淹没了一切,向他冲击过来。他已完全成了它的俘虏,把一切都忘了,顺着这河流的趋向,像暴风雨般地驱笔前进。

这时,他的王者似的目中,既无利害的观念,也无爱憎的感情,干扰心情的毁誉,早已不在他的眼里,有的只是一种奇妙的愉悦,一种恍恍惚惚的悲壮的激情。不知道这种激情的人,是不能体会戏作三昧的心境的,是无法了解戏作者严肃的灵魂的。在此,洗净了一切“人生”的渣滓,像新的矿石,美丽晶莹地出现在作者的眼前……

那时候,在茶间灯下,老伴阿百和儿媳阿路,正对坐在那儿做针线活。

太郎已被送上床睡着了。离开一点的地方,身体病弱的宗伯正在搓药丸。

“爸还没睡觉吗?”

一会儿,阿百拿缝针擦擦头油,不满地说。

“准是又写得出神了。”

阿路眼睛离开针线,回答道。

“真是要命,又搞不到多少钱。”

阿百说着,看看儿子和媳妇。宗伯只装没听见,没有作声。阿路默默地动着针线。在这屋里,在书房里,蟋蟀依然唧唧地悲吟着清秋的长夜。

(楼适夷　译)

山鹬

一千八百八十年五月某日傍晚，别了两年又来耶斯那亚·波利雅那做客的屠格涅夫，和主人托尔斯泰一起，到伏龙加河对岸的杂树林去打山鹬。

同去的人，除了两位老人之外，还有尚未失去青春的托尔斯泰夫人和带着一只猎狗的孩子们。

到伏龙加河的路，大半要通过麦田。夕暮的微风，吹过麦穗，静悄悄地送来泥土的香味。托尔斯泰肩上扛着枪，走在大家的前头，不时地回过头来，对和托尔斯泰夫人并肩走着的屠格涅夫说话。每一次，这位《父与子》的作者，总是吃惊地抬起眼来，高兴而流畅地回答他的话，有时候，则摇晃着宽阔的肩头，发出沙嘎的笑声。这是比粗野的托尔斯泰显得文雅的，同时又带女性气的回答。

走到下坡路的时候，对面走来两个兄弟似的村里的孩子，他们一见托尔斯泰就停下来行了一个注目礼，又抬起赤脚的脚底跑上坡去了。托尔斯泰的孩子中，有一个在他们身后大声叫唤了什么，但他们只装没听见，一下子就跑进麦田里去了。

“农村的孩子真好玩呀。”

托尔斯泰脸上映着夕阳的余晖，回头对屠格涅夫说。

“听他们说话，常常出乎意料，教育我一种直率的说法。”

屠格涅夫笑了一笑。今天的他已非昔比，从托尔斯泰的话中感到对孩子们的感动，便自然地觉得滑稽。

“有一次我给他们上课——”托尔斯泰又说，“忽然有一个孩子从课室里跑出去，问他去哪里，他说石笔不够吃了。他不说去拿石笔，也不说去折一段来，干脆说不够吃了。只有常常拿石笔在嘴里咬的俄罗斯孩子，才能说出这种话，我们大人是说不出来的。”

“是呀，只有俄罗斯孩子会说这种话。我听到了这种话，才感到自己已经回到俄国来了。”

屠格涅夫又向麦田那边扫了一眼。

“就是么，在法国，孩子们是抽烟的嘛。”

“可是您最近好像完全不抽了。”

托尔斯泰夫人，把客人从丈夫的嘲笑中救出来。

“唔，完全不抽了。巴黎有两位漂亮的太太，她们说我嘴里有烟草气，不肯和我接吻嘛！”

现在，托尔斯泰苦笑了。

这期间，他们已过了伏龙加河，走到打山鹬的地方。那里是一块离河不远、林木稀疏、有点潮湿的草地。

托尔斯泰把好的猎场让给屠格涅夫，自己走到相距约一百五十步的地方，找定了打鸟的位置。托尔斯泰夫人在屠格涅夫的旁边，孩子们在他们尽后面，各人分好了位置。

天空还有夕阳的红光，在空中摇曳的树杪，发出朦胧的雾霭，大概已抽出芳香的嫩芽来了。屠格涅夫举起枪来注意着树杪，光线暗淡的林木中，荡漾着微风。

“有知更鸟和金翅雀的叫声呢。”

托尔斯泰夫人注意地听着，自言自语地说。

大家无言地听着，半小时过去了。

那时候，天空似水，只有远远近近的白桦树干，显出了白色。知更鸟和金翅雀的声音没有了，代替它们的只有五十雀偶然送来的啼鸣——屠格涅夫再一次从稀疏的树林中望过去，现在森林深处已沉入苍茫的暮色中了。

突然，从森林中，发出一声枪响，等待在后边的孩子们，不等枪声的回音消散，便带着狗跑去捡猎物了。

"咱先生可抢先了。"

托尔斯泰夫人回头向屠格涅夫笑笑。

一会儿，第二个孩子伊利亚从草丛中向母亲跑来了，报告爸爸打到了一只山鹬。

屠格涅夫从旁问道：

"谁发现的？"

"是朵拉找到的——找到时还活着呢。"

伊利亚红光满脸地向母亲报告了找到猎物的经过。

在屠格涅夫的心中，便浮现出了"猎人日记"的一个场面。

伊利亚走后，四周又静寂了。暗沉沉的森林里，散发着一股春天草木抽芽和潮湿的泥土的香气。远远地听到归巢鸟儿的啼声。

"那是什么鸟？"

"青斑鸟呀。"

屠格涅夫马上回答。

青斑鸟的啼声忽然停止了，有好一会儿，森林中的鸟声突然没有了。天空连一丝微风也没有，在没有生气的森林顶上，渐渐变成暗蓝色。

突然，有一只猫头鹰，在头上轻轻地飞过。

又一声枪响，打破了林间的静寂，那已是一小时之后了。

“略夫·尼古拉维支即使打山鹬，也是想压倒我呀。”

屠格涅夫笑着耸了耸肩膀。

孩子们的跑声和朵拉一阵一阵的吠叫声，一会儿就安静下来了。点点寒星，已散布在空中，森林里，凡是刚才还能瞧见的地方，都已被夜色笼罩，树枝也静静地纹丝不动。二十分钟，三十分钟，沉闷地过去了，已被吞入夜暗中的潮湿的土地在足边开始升起了微微可见的春雾。可是他们的身边，还不见出现一只啼鸣的飞鸟儿。

“今天是怎么回事呀。”

托尔斯泰夫人自言自语地说，好似带着遗憾的口气。

“像今天这样鸟儿这样少的日子是很少的……”

“夫人，你听，夜莺在叫。”

屠格涅夫故意把话题从打鸟岔开。

黑暗的森林深处，果然清晰地传来夜莺的歌唱。两人沉默着，各自想着自己的心事，听着夜莺的歌声。……

忽然，照屠格涅夫自己的说法，“忽然，感觉到”，那是一种只有猎人特有的感觉，在面前的草丛中，随着一声啼叫，飞起了一只山鹬。在树枝下垂的林木中，一只山鹬闪烁着白色的翅膀，消失在夜暗中，屠格涅夫立刻举起肩上的猎枪，很快开了一枪。

一股浓烟和短促的火光——枪声在静静的森林深处发出了长时间的回响。

“打中了吗?”

托尔斯泰向他走过来，小声地问。

“打中了，像石头一样滚下来了。”

这时孩子们已和狗一起回到他们身边。

“快去找!”

托尔斯泰吩咐他们。

孩子们便抢在狗前面，到处去找猎物了。可是找来找去找了半天，却找不到山鹬的尸体。朵拉也到处乱跑，时时在草丛中蹲下来，发出不满的嘘声。

最后，托尔斯泰和屠格涅夫也出动了，帮孩子们一起找，可是那山鹬到哪儿去了，连一根羽毛也不见。

“没打中吧？”

二十分钟之后，托尔斯泰站在阴暗的林间，对屠格涅夫说道。

“一定有，我明明看见像石头那样滚下来的……”

屠格涅夫边说，边在草丛中来回找。

“可能打是打中了，只是伤了羽毛，掉下来又逃走了。”

“不，不光打了羽毛，我明明是打中了的。”

托尔斯泰不大相信地皱皱粗大的眉毛。

“那狗一定会找到，咱们这朵拉，只要打中的鸟儿，是一定找得到的。”

“不过，确实是打中了的，”屠格涅夫抱着猎枪，做了一个懊恼的手势，说，“打中不打中，连孩子们也能区别，我是明明见到的嘛。”

托尔斯泰嘲弄似的瞧着他的脸说：

“那么，狗儿怎么样了？”

“狗是怎么回事我不知道，不过我只是说，我是明明看见像石头那样滚下来……”

屠格涅夫挑战似的盯住托尔斯泰的眼睛，不觉发出尖刻的声音说：“I lest tombé comme pierre,je t'assure!”①

“可是朵拉为什么找不到哩？”

---

① 这一句是法文，意思是“我确实看见，像石头似的滚下来的”。

幸而这时候托尔斯泰夫人向两位老人做着笑脸,从中调解,说明天叫孩子们再找吧,现在先回家去。屠格涅夫马上表示同意。

“那就这样,到明天就明白了。”

“对啦,到明天就明白了。”

托尔斯泰还有点不大甘心,也故意这么重复了一句,背过屠格涅夫,向林子外面走去了……

屠格涅夫回到寝室里,已经是晚上十一点左右了。剩下独自一人安安静静坐在椅上,茫然向周围眺望。

这寝室是托尔斯泰平日使用的书房。大书架、龛座中的半身像、三四个照片镜框、装在墙上的公鹿头——这些东西映在烛光中,形成暗淡而冷冽的空气,包围在他的四周。可是剩下了独自一人,对今晚的屠格涅夫来说,却感到特别的轻松。

——回到寝室以前,他和主人一家团坐在茶几边,作夜间的闲谈。他尽量装成谈笑风生的样子。可那时的托尔斯泰,还是脸色阴沉地不大开口,把屠格涅夫搞得非常尴尬,只好故意不注意主人的沉默,和一家老小谈些风趣的话。

每当屠格涅夫说得有趣的时候,别的人都高兴地笑起来,特别是孩子们,见他模仿汉堡动物园大象的叫声和巴黎青年男子动作的姿态,更笑得格外热闹。可是一家人越是热闹,屠格涅夫的心里也越是感到别扭。

“你知道最近出了有希望的新作家么?”

话题转到法国文学时,这位感到别别扭扭的社交家,终于忍不住用轻松的口气对托尔斯泰提问了。

“不知道,什么新作家?”

“德·莫泊桑——基·德·莫泊桑,这至少是一位有无比观察力的作家。在我提包里，恰巧有一本他的短篇集“La Maison Tellier”①，你有工夫可以看一看。”

“德·莫泊桑？”

托尔斯泰狐疑地向客人瞥了一眼，也没说要不要看。屠格涅夫记起自己小时候，被年长的坏孩子欺侮的事——觉得那时正是这样的滋味。

“新作家，这里也出了一位特异的人物呢！”

托尔斯泰夫人发现了他的窘态，马上谈起一位来访的怪客。约在一月前的一个傍晚，来过一位服装落拓的青年人，提出要见这家的主人。只好请他进来。他一见先生的面，开口便说：“请您先给我一杯伏特加，加上一碟青鱼尾巴。”这已经叫人觉得怪异，后来知道这位怪青年，还是一位多少已有点名气的新作家，那更叫人吓了一跳。

“这人名叫加尔洵。”

屠格涅夫听了这名字，觉得可以把托尔斯泰拉进谈话的圈子里来了。因为托尔斯泰那么沉默，除了越来越不高兴以外，另一个方面，也因屠格涅夫曾向他介绍过加尔洵的作品。

“加尔洵吗？——他的小说写得不坏。你后来还读过他什么作品吗？”

“是不坏。”'

托尔斯泰仍旧冷冷淡淡的，随口回答了一声。

屠格涅夫好容易站起身来，摇摇白发的脑袋，在书房里走了起来。桌子上的烛火，在他走动的时候，把他的影子照在墙上，发出忽大忽小的变化。他默默地把两手反结在身后，没精打采的眼睛，始终望着那张空床。

---

① “La Maison Tellier”：《泰利埃公馆》。

屠格涅夫的心中，历历如新地回忆起自己和托尔斯泰二十多年的友谊。经过长期流浪，回到彼得堡他的老家来投宿的军官时代的托尔斯泰——在涅克拉索夫的一个客厅里，傲然地看着他，将乔治·桑攻击得忘了一切的托尔斯泰——在斯巴斯科艾森林里，同他一起散步，突然停下来赞叹夏云的奇峰，写《三个轻骑兵》时代的托尔斯泰——最后，在弗特家里，两个人大吵大骂，抡起老拳打架时的托尔斯泰——从这些回忆中，可以看出托尔斯泰的倔脾气，他压根儿见不到别人的真实，认为人都是虚伪的。这不但在别人的言行跟他矛盾时是这样，即使同他一样放浪成性的人，他对自身可以原谅的地方，就不肯原谅别人。他不能马上相信别人同他一样感到夏云的美丽，他不喜欢乔治·桑，也由于怀疑她的真实。有一个时候，他差一点同屠格涅夫绝交了。这回屠格涅夫说打中了山鹬，他仍旧觉得是说谎。……

屠格涅夫打了一个哈欠，在龛座前停下脚来。龛中的大理石像，从远远的烛光中，映出一个模糊的影子——这是略夫的长兄尼古拉·托尔斯泰的胸像。尼古拉也是屠格涅夫的好友，自从成为故人，不觉已经过了二十多年的岁月。略夫如果有他老兄那样一半的对人的热情——屠格涅夫久久地向这狭暗的柜内投射着寂寞的眼光，竟不觉得春天的长夜已渐渐深沉。

第二天早晨，屠格涅夫很早就到这家人用作餐厅的楼上的客厅里去。客厅墙上挂着托尔斯泰家上代祖先的几幅肖像——托尔斯泰正坐在其中一幅肖像下的桌边，看当天收到的邮件，除他之外，还不见一个孩子出来。

两位老人点头打了招呼。

屠格涅夫乘机瞧瞧他的脸色，只消他表示一点点好意，便准备立刻跟他和好。可是托尔斯泰还是闷沉沉的，说了两三句话之后，仍旧看他的邮件。屠格涅夫没有法子,只好拉过身边的一把椅子,坐下来默默地看报纸。

沉闷的客厅里,除了短暂的茶炊的沸声,再也没有别的声响了。

“昨天晚上睡得好吗?”

看完了邮件,托尔斯泰不知想起什么来,向屠格涅夫这样问了。

“睡得很好。”

屠格涅夫把报纸放下,等托尔斯泰再说别的话,可是主人提起银环的茶杯,在茶炊里倒了茶,便再也不开口了。

这样过了一会儿,屠格涅夫瞧着托尔斯泰沉闷的脸色,渐渐感到不快了,特别是今天早晨旁边再无别人,更使他觉得不知怎样才好。要是有托尔斯泰夫人在——他脑子里这样想了几次,不知什么原因,这时候还没有人到客厅里来。

五分钟,十分钟,——屠格涅夫到底耐不住了,把报纸扔开,从椅子上慌张地站起来。

这时候,客厅门外,突然传来很多人的说话声和脚步声,从楼梯上争先恐后地跑上来——马上有人一把把门推开,五六个孩子,嘴里嚷嚷着,跑进屋子里来了。

“爸爸,找到啦!”

第一个是伊利亚,得意扬扬地举起手里的东西一晃。

“是我第一个发现的。”

面孔很像她母亲的泰齐亚娜,抢在弟弟之前,大声地报告。

“掉下来的时候,挂在白杨树的枝条上了。”

最后说明的,是年纪最长的塞尔盖。

托尔斯泰吃了一惊,扫望着孩子们的脸色。知道昨天的山鹬果然找到了,他那长满大胡子的脸上,忽然现出了笑容:

“真的?挂在树枝上啦?难怪狗没有找到。”

他从椅子上站起身来,跟孩子一起挤到屠格涅夫跟前,伸出了粗大的右手:

“伊凡·塞尔盖维支,这一下我可放心了。我可不是说谎的人,这鸟儿要是落到地上,朵拉是一定会找到的。”

屠格涅夫有点不好意思地紧紧握住托尔斯泰的手。找到的是山鹬呢,还是《安娜·卡列尼娜》的作者——在这位《父与子》作者的头脑里,简直有点迷糊了,他高兴得几乎掉下泪来:

“我也不是说谎的人嘛,瞧瞧我这手腕,就是一枪打中了。枪声一响,鸟儿便石头似的滚下来了……”

两个老人你瞧瞧我,我瞧瞧你,不约而同地大声哄笑了。

(楼适夷　译)

河童

请将"河童"读作"Kappa"。

序

这是某精神病院第二十三号病人逢人便说的故事。他大概已经三十出头了,但乍看上去却是个年轻得多的疯子。他这半生的经历嘛……咳,也不用去管它了。他只顾一动不动地抱着双膝,时不时望望窗外(镶满铁格子的窗外,一株栎树的枝杈伸展在大雪将至的灰暗空中,上边一片枯叶都没剩下),一直在向院长S博士和我喋喋不休地讲着这个故事。不过他也不是一点儿不动,譬如说到"吓了我一跳"的时候,他会猛地朝后一仰身子……

我觉得自己已经相当准确地把他讲的故事记录下来了。如果有谁对我的记录还不够满意的话,不妨亲自去探访东京市外××村的S精神病院。那个看上去比实际岁数年轻的第二十三号病人,大概会先郑重其事地俯首鞠躬,用手示意你坐那把没有坐垫的椅子,然后苦笑着,轻声细语地再讲一遍那个故事。最后——我还记得他讲完故事时的表情——他会一站起身来就立刻不顾对象地乱挥着拳头大声咆哮:“滚出去!坏蛋!你这小子也是个弱智的醋坛子、不要脸的下流胚、狂妄残忍的吸血鬼!滚出去!你这个坏蛋!”

一

那是三年前的夏天,我跟别人一样背着登山包,想要从上高地的温泉旅馆去攀登穗高山。你们也知道,要登穗高山只能沿着梓川往上爬。我以前当然登过穗高山,就连枪岳山也爬上去过,所以这次连向导也没带,就沿着晨雾笼罩的梓川向上攀登。梓川峡谷弥漫着晨雾,走着走着,雾气不仅总不散去,倒反而愈益浓重起来,以至我走了一个来钟头后,不由得起了返回上高地的念头。可就算要回上高地,好歹也得等雾散了才行,而雾却一刻也不停歇地越来越浓。我心想:“唉,干脆爬上去得了!”于是分开眼前的山白竹继续前行,这样才能不偏离梓川峡谷。

然而,眼前完全被浓浓的迷雾遮挡住了,只是间或还能看到山毛榉和冷杉的粗枝在雾中垂着葱郁的绿叶,再就是放牧的马、牛也会突然在我面前露脸,但都是眼一眨就重又隐匿到浓浓迷雾中去了。走了一会儿,我开始感到腹空腿乏,更何况登山服和毛毯被雾气湿透,比平日重了不少。我终于服输了,便循着岩石弹溅的水声,朝着梓川峡谷走了下去。

我在水边的岩石上坐下,准备先吃了饭再说。打开咸牛肉罐头,捡些枯枝点火……干这些事就花了十来分钟。干着干着,讨厌的雾气不知什么时候开始消散了。我边啃面包边瞟了一眼手表,竟然已经过了一点二十分。但更让我吃惊的是,圆圆的表玻璃上忽然闪过一个可怕的影子。我惊得回过头去,于是,就在这一刻,我第一次看到了河童这玩意儿。我身后的岩石上有一只跟画上一模一样的河童，它一手抱着白桦树干，一手搭在额头上，好奇地俯视着我。

我愣住了，一动不动了好一阵子。河童好像也很吃惊，连搭在额头上的手也没动弹。愣了一会儿，我飞身朝岩石上的河童扑了过去，河童敏捷地躲开了。不，恐怕是逃走了，因为它一闪身就忽然不见了踪影。我心里越来越慌，在山白竹丛中东张西望，这才发现它正摆出一副要逃走的架势，在两三米外回头看着我。这一点儿也没什么好奇怪的，令人称奇的倒是那河童身上的颜色。刚才河童在岩石上看着我时，浑身一片灰色，而现在全都变成了绿色。"畜生!"我大声一喝，又向河童扑了过去，河童自然还是跑掉了。尔后，我穿过山白竹丛，越过岩石，不顾一切地追赶了河童半个来钟头。

河童跑起来快得像只猴子，我拼命地追赶，好几次差点儿让它跑丢了，不仅如此，我还频频滑倒。跑到一棵枝叶繁盛的硕大橡树下时，幸亏一头放牧的牛堵住了河童的去路。那头牛挺着粗壮的犄角，瞪着充血的大眼，河童一见便像翻跟头似的哀号着，跳进山白竹丛里去了。"太好了!"我满心高兴地紧跟着追了进去。展现在眼前的是一个不知深浅的窟窿，我刚伸手摸到河童那光溜溜的背脊，转眼之间便倒栽葱似的滚落到深邃的黑暗中去了。唉，我们人类在这种千钧一发的时刻想的净是些荒唐无稽的事。在刚来得及"啊"一声的瞬间，我想到的竟然是上高地温泉旅馆的那座"河童桥"。后来呢？……后来想到的事情就都不记得了。我只感到闪电般的亮光出现在眼前，不知不觉便失去了意识。

二

不久之后终于恢复神志时，我正仰面倒在地上，被许多河童围着。更有一只肥喙上架着夹鼻眼镜的河童跪在我身旁，用听诊器在检查我的心肺。见我睁开了眼睛，他立刻用手示意我“别说话”，然后朝身后的一只河童说道：“Quax，Quax。”话刚说完，两只河童抬着担架不知从哪里走了过来。他们把我放到担架上，穿过大群的河童，轻手轻脚地朝前抬了几百米。两旁的街景完全敌得过银座大街，山毛榉的街树后边，各种店铺的遮阳帘连绵不绝，好几辆汽车正行驶在这条林荫道上。

过不多久，拐进一条小巷，我躺着的担架被抬到了一幢房子里。后来我知道，这是那个戴夹鼻眼镜的河童——人称恰克大夫的家。恰克安排我躺在一张干净的床上，又让我喝了一杯不知是什么的透明药水。躺到床上以后，一切都得听凭恰克摆布，因为我已经浑身关节疼得几乎没法动弹了。

恰克一天之中必定来为我诊察两三次，还有我最早遇到的那个河童——渔夫巴戈，也会过三天就来看看我。与我们人类对河童的了解相比，河童对人类的了解要更为透彻。这大概是因为河童捕获的人类比我们人类捕获的河童多得多。“捕获”这个词是有点儿不太恰当，但在我之前已经有过好多次，人类确实是来到了河童国，而且好多人还在这河童国里度过了余生。之所以会有这种情况，是因为我们是人而不是河童，因而在这里便可享有不劳而获的特权。听巴戈说，真的有过一个年轻的筑路工，他意外来到河童国后，竟娶了一只雌河童，跟她在这里厮守了一辈子。不过话得说回来，那个雌河童可是河童国的第一美女，而且为了勾引那个筑路工，她更是使尽了各种手段。

过了一个来星期，按照河童国的法律规定，我作为“特殊庇护居民”，被安置在恰克的隔壁住了下来，那是一座造得小巧玲珑的房子。当然，这个国家的文明与我们人类社会的文明——至少与日本的文明相比，没有太大差异。临街客厅的一角放着一台小钢琴，墙壁上还悬挂着镶框的蚀版画。只是这至关重要的房子以及桌椅都是按河童的身高制作的，这一点使我颇感不便，就像是被塞进了儿童住的小房间。

我总是在黄昏的时候请恰克和巴戈到这房子里来，向他们请教河童语言。不，不光是他们。因为我是个特殊庇护居民，谁都对我很好奇，譬如一个叫盖尔的玻璃公司老板，他每每特意去叫恰克来为我量血压，自己也会跟着一起到我房子里来。不过在开始的半个来月里，还是那个渔夫巴戈跟我来往得最热络。

一个温暖宜人的黄昏，在我的房子里，我与渔夫巴戈面对面坐在桌子两旁。只见巴戈像是想起了什么，突然一言不发地盯着我，那双大眼睛瞪得更圆了。我自然有点儿莫名其妙，便开口问他："Quax, Bag, quo quel, quan?"这些话翻译成日语的意思就是："嗨，巴戈，你怎么了？"可是巴戈并不答话，而是一下子站起身来伸出舌头，样子就像一只跳跃的青蛙似的，仿佛要向我扑过来。我越发感到恐惧，便轻轻地从椅子上站起来，想要尽快从房间里逃出去。幸好就在这当口，恰克大夫进屋来了。

"喂！巴戈，你这是干什么？"

恰克戴着夹鼻眼镜，双眼怒视着巴戈那副可怕的样子。巴戈一下子好像胆怯了，不停地拍着脑袋向恰克大夫道歉：

"实在对不起。其实我是觉得这位老爷害怕的样子挺有意思的，所以忍不住跟他开了个玩笑。请这位老爷宽恕我吧。"

三

在接着把故事讲下去之前，我得先说明一下河童是怎么回事。

是不是真的有河童这种动物,现在还是个问号。而我既然在他们中间生活过,当然对河童的存在毫不怀疑。说起河童是什么样的动物,其实与《水虎考略》①等书里的描写有显著差别,它们头上自然长着短毛,手脚的趾头间有蹼,身高在一米左右。据恰克大夫说,它们体重约为二三十磅,个别大河童有五十磅重。河童头顶中间有个椭圆形的盘子,那盘子随着年龄增长似乎会越来越硬。上了年纪的巴戈头上的那个盘子跟年轻的恰克的相比,摸上去的感觉就不一样。但最神奇的大概要算河童的皮肤颜色了。河童不像我们人类一样有固定的皮肤颜色,它总是会变得跟周围的颜色一样。譬如,躲在草中间时,它会像草一样变成绿色;爬到岩石上时,又会像岩石一样变成灰色。这种机能不仅河童有,变色龙也有,这或许是因为河童的皮肤组织与变色龙的很相似吧。当我发现这种现象时,想起了民俗学方面的有关记载,那上面说九州的河童是绿色的,而东北地区的河童是红色的。我还记得追赶巴戈时,他转眼间消失得无影无踪的情景。而且,河童的皮肤下面好像有相当厚的脂肪,因为尽管深处地下的河童国里温度很低(平均温度在华氏五十度左右),但他们却不知什么叫穿衣服。当然,这些河童也能像人类一样戴着眼镜,拿着烟盒和钱包,但他们像袋鼠那样有一个肚袋,可以很方便地把这些东西放进袋里。我唯一感到奇怪的是,他们腰上不围任何东西遮住下身。有一次我问巴戈他们为什么会有这种习惯,巴戈一听,前仰后合地笑得合不拢嘴,他反过来问我:"我也奇怪,你们为什么要把那地方遮住呢?"

---

①《水虎考略》:原书为古贺侗庵(1788—1847)依据中国北魏郦道元的《水经注》等中日两国文献于1820年所编,后不断增补,另有《水虎考略后编》两册。河童即水虎的别称。

四

我渐渐学了一些河童的日常会话，也就开始能理解他们的风俗习惯了。其中最令我不解的是，我们人类觉得很平常的事，他们会感到很可笑，而我们眼中很可笑的事，在他们看来却很正常——人类与河童的有些习惯竟然完全相反。譬如，我们人类认为正义与人道是普世公理，可河童一听我这么说便捧腹大笑。这或许是因为他们观念中衡量滑稽的标准，与我们是截然不同的吧。有一次我与恰克大夫谈起计划生育的事，恰克大夫一听，咧开大嘴笑得夹鼻眼镜差点儿掉下来。见他这样，我当然很生气，问他有什么可笑的。恰克的回答可能有些小地方我会搞错，因为那时我还不能完全理解河童的语言，但我记得他大致上是这么说的：

"做父母的考虑问题时只图自己方便，是很可笑啊，这也太自私了吧。"

而换到我们人类的角度来看河童生孩子，觉得其实没什么大惊小怪的，因为我在那儿待了一阵子之后，已经去巴戈的小房子里见识过他妻子生产了。河童产婴时与我们人类一样，也是请医生和产婆来接生的。但到了临产的时候，当父亲的会像打电话似的，把嘴贴着产道口大声问话："你先想清楚了再回答：愿意到这个世界上来吗？"巴戈当时也是跪在地上这样问了好几遍，然后又用桌上的消毒药水漱了漱口。他妻子腹中的胎儿显得有点儿战战兢兢，细声细气地答道：

"我不想生下来。因为首先是我父亲有精神病基因遗传下来，就这已经够我这辈子受的了，再说我一直不想生到世上当个河童。"

听到这种回答，巴戈臊得挠起头来。等在一旁的产婆见状立刻把一根粗玻璃管插进他妻子的产道，注射了一种液体。注射完后，巴戈妻子出了一口大气，像是定下心来了。就在同时，刚才还胀鼓鼓的肚子像个漏气的气球一样，瘪瘪地缩了下去。

河童的孩子没生下来就能这样回答问题，那定是一生下来就会走路说话的了。听恰克说，以前有个孩子，他在出世后的第二十六天，就能讲演是否有神的问题。不过那孩子在两个月的时候死掉了。

就着生孩子的话题，顺便讲一下巨幅宣传画的事。那是我来河童国三个月时在街头偶然发现的。那张巨幅宣传画的下部画着十二三只河童，有的吹着喇叭，有的手持利剑，宣传画上面写满了钟表发条似的螺旋形河童文字。这些螺旋文字翻译过来后的意思大致如下，翻译得也许有些小错误。这是跟我同行的一个叫拉普的河童学生先大声念给我听，我再逐一记在笔记本上的。

马上参加遗传义勇队吧!!!
身心健全的男女河童们!!!
为了彻底消灭不良遗传，
去与残障的河童结婚吧!!!

不用说，当时我就告诉拉普，这种事是行不通的。我刚说完，不光是拉普，站在宣传画附近的河童们全都大声笑了起来。

“行不通？你自己讲的那些故事，倒是让人觉得你们也和我们一样为人处世啊。那你说公子哥儿爱上女仆、千金小姐迷上司机，都是为了什么？那其实就是在下意识地消灭不良遗传啊。我觉得最重要的就是，与你前不久所说的你们人类的义勇队——就是为了争夺一条铁路而互相厮杀的那种义勇队——相比，我们的义勇队要高尚得多。”

拉普说得倒是郑重其事，可他那胖墩墩的肚子却在上上下下滑稽地起伏着。但我哪有工夫笑啊,我正忙着要去抓一只河童呢,因为我发觉那河童趁我一不留神偷走了我的钢笔。然而要抓住皮肤滑溜溜的河童谈何容易。那只河童一个出溜,便飞似的逃走了。只见那瘦小的身体紧贴着地面,像只蚊子似的。

五

拉普这只河童对我的照顾赶得上巴戈。但在河童国最令人难忘的,是一个叫托克的河童讲给我听的事。托克是河童中的诗人,他也留着长发,这一点跟我们人类中的诗人没什么不同。我常会到托克家去解解闷。那间窄小的屋子里,托克总是摆着不少高山植物的盆景,他写写诗,抽抽烟,日子过得优哉游哉。屋子角落里,一直有只雌河童(托克奉行自由恋爱,所以他没有娶妻)在搞搞编织之类。托克一看到我来,总是微笑着(不过河童的微笑可不太让人受用,至少我在开始的时候,反倒感到可怕)说道:

"哎呀,欢迎! 快坐那椅子上吧!"

托克经常谈论河童的生活与河童的艺术。他固执地认为:普通河童的生活,其实是最为荒唐愚蠢的。共同生活的亲子、夫妇、兄弟姐妹,都是以相互折磨为自己唯一的乐趣。特别是他们的家庭制度,更是荒唐到了无以复加的地步。有一次他手指窗外唾骂道:"你瞧!那边那个蠢货!"这时窗外的街上,正走着一只上气不接下气的年轻河童,他把七八只河童吊在脖子周围,有雌有雄,里头一两只像是他的父母。然而我却很佩服那只年轻河童的牺牲精神,于是反唇相讥,赞扬了年轻河童的坚强意志。

"哼,你在这个国家里也已经有公民资格啦。……我倒想问问,你是社会主义者吗?"

我自然回答说："Qua。"(这在河童的语言里表示"对"的意思)

"这么说，你为了一百个庸人，自然会心安理得地牺牲掉一个天才喽。"

"那你又是什么主义者呢？我听是听人说过，你信奉的是无政府主义……"

"我吗？我是超人(他说的原话直译过来是'超河童')！"

托克充满自豪地直言不讳。

这位托克在艺术方面也有独特见解。他坚信艺术就是为了艺术的艺术，它是不受任何东西支配的。因而艺术家也必须是超人，他们首先必须超然于善恶之外。这种观点当然不光是托克的个人意见，他的那些诗人朋友好像都具有与此相同的观点。实际上我常常跟托克一起到超人俱乐部去玩。超人俱乐部里聚集着诗人、小说家、戏剧家、评论家、画家、音乐家、雕刻家和一些业余艺术爱好者，这些人全都是超人。他们总是在灯火辉煌的沙龙里快活地交谈着，不时还展示一下各自的超人风采，得意地露一露拿手好戏。譬如在巨大的全缘贯众①盆景之间，就有个雕塑家抓住年轻的雄性河童，肆意猥亵取乐。还有个雌性小说家，她站在桌子上，当众喝下六十瓶苦艾酒，但在喝第六十瓶酒时滚到桌下，眨眼之间就命归西天了。

一个明朗的月夜，我和诗人托克挽着胳膊从超人俱乐部回家。托克不知什么时候突然眉头紧锁，不再吭声。过不多久，走过一扇点着灯的小窗前，只见窗子里边有一对河童夫妇和两三只小河童，正一起围着桌子吃晚饭。望到此情此景，托克突然叹息着对我说：

"我自认为是超人的恋爱家，然而看到那种家庭情景，还是感到羡慕啊。"

---

① 全缘贯众：鳞毛蕨科植物，生于海边岩石缝。

"可你不觉得自己的想法怎么说也是矛盾的吗?"

托克在月光下抱着双臂,一动不动地注视着那扇小窗里边,望着五只河童围坐着的那张祥和的晚餐桌,过了好一会儿才回答道:

"不管怎么说,那里的炒鸡蛋总比恋爱对健康有好处吧。"

六

实际上,河童的恋爱与我们人类的恋爱相去甚远。雌性河童一找到自己中意的雄河童,就会不惜一切手段将那只雄河童弄到手。连最老实的雌河童追起雄河童来也是不顾一切的,我就看到过雌河童疯狂追逐雄河童的情景。而且,事情还不这么简单呢。不光是年轻的雌河童,就连她的父亲母亲、兄弟姐妹,也都会帮她一起追逐。最可怜的是雄河童了,因为就算他狼狈鼠窜最终有幸逃脱得了追逐,也得累倒在床上躺上两三个月。有一次,我正在家里读托克的诗集时,那个叫拉普的学生忽然冲了进来。他跌跌撞撞地进门就倒在了地上,上气不接下气地说道:

"不好了! 我还是被她给抱住了!"

我急忙抛开诗集,把门锁了起来。可是从钥匙孔里朝外一看,只见一只矮个子的雌河童,脸上涂着硫黄粉,正在门口不耐烦地走来走去。从那一天起,拉普在我的床上躺了好几个星期。而且祸不单行,他的喙也彻底烂掉了。

不过,也不能说没有雄河童偶尔拼命追逐雌河童的情况,但那其实是雌河童勾引得雄河童兴奋起来才会追她的。我就见过一只猛追雌河童的雄河童。前边那只雌河童逃跑的时候还故意一会儿停下来,一会儿趴在地上,做给雄河童看。到了雄河童正好最兴奋的时候,雌河童就装出一副精疲力竭的样子,让雄河童轻松地抓住自己。我看到的那只雄河童一抓到雌河童,就倒在地上好一会儿没爬起来。等终于勉强站起来的时候,他的脸上可怜极了,是后悔?还是失望?总之那表情让人难以形容。可这还算是好的呢。还有一次,我看到一只雄性的小河童在追雌河童。雌河童照例是边跑边撒娇引诱,这时有一只巨大的雄河童从对面街上喘着粗气走了过来,雌河童不知怎么忽然看到了这只雄河童,她立刻尖叫起来:“不好了!救救我呀!他要杀我!”这只巨大的雄河童一听,自然马上抓住小河童,将他按倒在了街上。只见那小河童伸着带蹼的手,在空中抓了两三下,就一命呜呼了。而就在此时,那只雌河童已经狞笑着紧紧搂住了大河童的脖子。

我认识的每只雄河童都被雌河童追逐过,就连已有女人孩子的巴戈也不例外,而且还被抓住过两三次。只有那个叫玛格的哲学家(这只河童是诗人托克的邻居)一次也没被抓住过。这一来是因为在河童中玛格本来就丑得屈指可数,二来是只有他老是待在家里,不大上街。我也时常去这个玛格的家里闲聊,玛格总是在昏暗的屋子里点上七彩玻璃的角形灯,自己一直趴在高脚书桌上啃着厚厚的书本。我又一次跟这位玛格谈到了河童的恋爱。

“对于雌河童追逐雄河童的事,政府为什么不管制得更严一些?”

“这首先是因为官吏中雌河童比较少。雌河童比雄河童的嫉妒心更强,只要雌河童的官吏增加了,雄河童被追逐的情况肯定会比现在好,不过效果也是可想而知的,因为官吏中的雌河童也会追她们的雄性同事的。”

“那像你这样生活,可算是最幸福的了吧?”

听了这话,玛格离开椅子,握住我的双手叹息着说道:

“你不是我们河童,不明白也没什么奇怪。其实我有时也会巴望那可怕的雌河童来追逐自己呢。”

七

我经常跟诗人托克去听音乐会,但令我至今难忘记的,是第三次去听的那一场。场子里的格局倒是与日本的没多大差别,座位也是梯形的,三四百只河童人手一张节目单,全神贯注地坐在位子上倾听演奏。那次去听音乐会时,除了托克和他的女友之外,哲学家玛格也跟我们一起坐在第一排的位子上。大提琴独奏完后,一只眼睛小得出奇的河童漫不经心地夹着乐谱登上了舞台。按照节目单上的介绍,他就是著名作曲家科拉巴克。节目单上还介绍说……咳,其实用不着看什么节目单,科拉巴克也是托克所属的那个超人俱乐部的会员,所以至少他那张脸我还是认识的。

"Lied—Craback"①(这个河童国的节目单一般是使用德语的)。

科拉巴克在热烈的掌声中对观众略施一礼之后,沉着地走到钢琴前,依旧像是漫不经心似的弹起了自己创作的曲子。用托克的话来说,科拉巴克是河童国诞生的音乐家中空前绝后的天才。而我不仅欣赏科拉巴克的音乐,对他闲暇时写作的抒情诗也很感兴趣,所以一直在专心致志地倾听那巨大的三角钢琴发出的声音。托克和玛格或许听得比我还要入神,只有那只美丽的(至少河童们都这么认为)雌河童一直紧紧攥着节目单,不时烦躁地伸伸她的长舌头。玛格告诉过我,大约是在十年前,她想抓科拉巴克而没能抓到,所以至今一直对这位音乐家怀恨在心。

科拉巴克满怀激情,还在全神贯注地演奏着钢琴,忽然间,场子里响起一声雷鸣般的吼叫:"禁止演奏!"这响彻整个场子的叫声使我

① Lied—Craback:德语,意为"作曲:科拉巴克"。

大吃一惊。我不由得回头一看,只见最后一排有个又高又大的警察,那声音毫无疑问就是他喊出来的。我看到他的时候,他用更大的嗓门又一次喊道:“禁止演奏!”但依然不慌不忙地坐着没动。后来……

后来场子里变得混乱不堪。“警察太霸道了!”“科拉巴克,接着弹! 弹下去!”“混蛋!”“畜生!”“闭嘴!”“别怕他!”喧嚣的声浪中,椅子七翻八倒,节目单漫天横飞,不知什么人扔的空汽水瓶、小石头块和啃了几口的黄瓜也从天而降。我目瞪口呆,想问托克究竟是怎么回事。可托克好像也激动起来了,他站到椅子上,不停地大声喊叫:“科拉巴克,接着弹! 弹下去!”那只雌河童似乎也不知不觉之中忘了对科拉巴克的怨恨,大骂“警察霸道”的劲头丝毫不比托克逊色。我无奈只得去问玛格这是怎么回事。

“怎么回事?这在我们河童国是常有的事啊。本来绘画、文艺这些嘛……”

每当在有什么东西飞过来时,玛格都会缩缩脖子,但他仍然很镇静地解释给我听。

“绘画、文艺这些东西表现的是什么,本来就是谁都能一望而知的,所以我们河童国绝不会禁止它们的发行、展览。会禁止的只有音乐演奏,这是因为只有音乐这东西,不管它表现的是多么伤风败俗的内容,没有音乐鉴赏力的河童是听不出来的。”

“可是,那个警察听得懂音乐吗?”

“是啊,这就说不清啦。恐怕是今天演奏的音乐旋律,他听着听着,就联想起跟老婆一起睡觉时自己猛烈的心跳了吧。”

我们说话的短短时间里,场子里闹得越来越凶了。科拉巴克依然坐在钢琴前,正高傲地转过头来望着我们。但不管他有多高傲,也无法不躲闪飞过去的各种东西。就是说,他只好隔两三秒钟就因此而改变一下自己的姿势。但他总算好歹保持着大音乐家的尊严,那双小眯缝眼始终闪烁着锐利的目光。而我呢，我为了避免危险，也自然只能让托克的身体来当挡箭牌，但还是忍不住好奇地继续跟玛格热烈讨论着。

"这种音乐审查是不是太不讲理了？"

"你说什么呀！我们的审查比所有其他国家宽松多了。你看看××吧，就在最近一个月之前……"

刚说到这儿，一个空瓶正好砸在了玛格的头顶上。他才"quack"(这只是一个感叹词)了一声，就失去了知觉。

八

我也不知道为什么自己会对玻璃公司老板盖尔很有好感。盖尔是个数得上的大资本家。在这个河童国中，恐怕盖尔的肚子是最大的。然而左右簇拥着荔枝般身材的夫人和黄瓜般长相的子女，自己坐在安乐椅上，是何等幸福啊！我常跟着法官佩普和医生恰克去盖尔家吃晚饭。还凭着他的介绍信，去参观了与他和他朋友有点关系的各种工厂。这些工厂中，我最有兴趣的是书籍制造公司的工厂。我跟着一个年轻的河童技师走进厂里，看到水力发电驱动的大机器时，对河童国机械工业超乎想象的先进程度惊叹不已。据说这里年产书籍七百万部，但让我吃惊的并不是出书数量之多，而是制造如此大量书籍竟然如此便捷。原来河童国造书时只需把纸张、油墨和灰色粉末倒进一个漏斗形的口子里，这些原料进入机器之后，几乎用不了五分钟，就会被制造成无数十六开、三十二开、正度三十二开等各种大小的书籍。我望着瀑布般流淌出来的书，问昂首挺胸的河童技师，那种灰色粉末是什么。听了我的问题，那技师站在油黑锃亮的机器前动也没动，满脸不屑地答道：

“你问这个？是驴子的脑浆啊。喏，让它干燥以后再弄弄碎就行了。现在一吨是两三分钱吧。”

这种工业奇迹自然不仅仅出现在书籍制造公司，绘画制造公司、音乐制造公司里也同样有奇迹出现。盖尔还告诉我，河童国里一个月平均发明七八百种新机器，无论什么都能不靠人力大量生产，因此又要有四五万职工被解雇了。然而，我每天看河童国的报纸，却一次也没看到过罢工的消息。我觉得这有些不可思议，于是有一次和佩普、恰克应邀去盖尔家晚餐时，我提出了这个问题。

“都吃掉了呀。”盖尔吃完饭后衔着雪茄烟，满不在乎地说道。但我不明白“都吃掉了”是什么意思。戴夹鼻眼镜的恰克像是看出了我的疑惑，从旁向我进一步解释道：

“那些职工被杀掉了，他们的肉都拿来当了副食品。你瞧这条新闻，这个月刚解雇了六万四千七百六十九只河童，所以肉价也跟着跌下来了。”

“那些职工都是老老实实等着被杀的吗？”

“他们就是闹也没用啊，因为有《职工屠宰法》嘛。”

说这话的是佩普，他正一脸不快地站在杨梅盆栽前面。这话当然令我心里很不舒服，但东道主盖尔就不用说了，连佩普和恰克看来也认为这种做法是合情合理的。盖尔还笑着揶揄我说：

“这就是由国家出面来帮他们避免饿死和自杀的麻烦。其实只是让他们闻闻毒气，没什么大痛苦。”

“可是，吃他们的肉……”

“别开玩笑啦。让那个玛格听到了，一定会哈哈大笑的。你们国家那些劳动者阶级的女儿不都在当妓女吗？只有感伤主义才会对吃职工的肉都要愤愤不平呢。”

盖尔一直在听我们的对话，他指着跟前桌上放三明治的碟子，满不在乎地劝我吃：

“怎么样？来一块试试？这里边也有职工的肉。”

我自然无言以对。不，岂止是答不出话来呀，我转身冲出盖尔家的客厅，只听到佩普和恰克在背后笑着。正好要变天了，房屋上方的夜空看不到一点星光。我摸黑朝着自己的住所走去，一路上不停地呕吐，尽管是在黑暗之中，我还是看到吐出来的东西有点儿发白。

九

不过，玻璃公司老板盖尔实在是个容易接近的河童。我经常跟他一起到他所属的那个俱乐部去，享受一个愉快的夜晚。这一来是因为这个俱乐部比托克所属的超人俱乐部更让人无拘无束，更因为盖尔说的话虽然没有哲学家玛格那样的深度，但它令我窥见了一个崭新的世界——一个广阔的世界。盖尔总是用纯金茶匙搅着咖啡，愉快地跟我神聊天南地北。

那是在一个雾气浓浓的夜晚，我又和盖尔聊天，一盆冬蔷薇放在我们中间。记得那屋子装修成脱离派①的风格，就连桌椅都是白色上镶着细金边的。盖尔满面微笑地谈论着当时执政的 Quorax 党内阁，脸上比平时还要得意扬扬。“Quorax”是个感叹词，本身并无意义，只能翻译成“哎呀”，它自我标榜是个最重视“全体河童利益”的政党。

“领导 Quorax 党的是著名政治家洛斐。俾斯麦说过‘坦诚是最好的外交手段’这句话吧，而洛斐还把坦诚运用到了内政方面……”

---

① 脱离派：19 世纪末以维也纳为中心兴起的新艺术运动，以直线为主体，在细部留有曲线装饰。

"可洛裴的演说……"

"这个嘛,你还是先听我说吧。他的演说是一派胡言,但就因为谁都知道那是胡说八道,所以归根到底跟坦诚不就没什么不同了吗?用'说谎'来全盘否定他,那只是你们的偏见。我们河童可不像你们那样……算了,你爱怎么说就怎么说吧。我现在想告诉你的是洛裴的事:洛裴是在领导着 Quorax 党,但洛裴又是受 Pou-Fou 报社(Pou-Fou 也是本身没有意义的感叹词,非要翻译过来的话,只能译成'啊')的社长傀傀领导的,然而傀傀并不能主宰他自己,因为我——你面前的盖尔才是领导傀傀的人。"

"可是……恕我冒昧,Pou-Fou 报好像是支持工人的报纸吧。你说这家报纸的社长傀傀受你领导……"

"Pou-Fou 报的那些记者当然是工人一伙的,但能控制记者的,不是只有傀傀吗?更何况傀傀要是少了我盖尔的资助就会撑不下去了。"

盖尔依然在微笑着玩弄那把纯金的茶匙。望着说出这种话来的盖尔,一种感情在我心里油然而生:我恨是恨他,但更同情 Pou-Fou 报的那些记者。盖尔看来立刻从我的沉默里感觉到了这种同情,于是挺起大肚子又说道:

"你知道吗?Pou-Fou 报的那些记者也并不都是支持工人的,因为至少对我们河童来说,不管支持谁,首先得别跟自己过不去。……可是,更难办的是连我盖尔自己也得受别人领导。你猜是谁?这个人就是我妻子,美丽的盖尔夫人。"

盖尔说着大笑起来。

"那倒得说你运气好啊。"

"不管怎么说,我是够满足的了。可这也只能跟你说啊……你不是河童,所以我才能对你推心置腹,开诚布公。"

"这么说来,Quorax 内阁是控制在盖尔夫人手里?"

"也可以这么说吧。……不过,七年前的那场战争是一只雌河童引爆的。"

"战争? 河童国里也发生过战争?"

"当然发生过啦。将来什么时候再发生我不知道,但只要有邻国存在……"

其实是这时候我才知道,河童国也不是个孤立存在的国家。盖尔进一步告诉我,河童一直是将水獭作为假想敌的,而且水獭拥有的武器装备也足以与河童匹敌。河童与水獭进行战争的话题引起了我莫大的兴趣(因为不用说《水虎考略》的作者了,就连《山岛民谭集》[1]的作者柳田国男[2]都不知道水獭是河童的强敌这个新发现)。

"当然了,那次战争爆发之前,两国就都在警惕地相互窥伺,因为他们彼此都害怕对方。这时候有一只水獭造访了一对河童夫妇。而那只雌河童一直打算杀死自己的丈夫,因为她丈夫是个游手好闲的懒汉,而且河童夫妇买的人寿保险或许多少也是她要杀夫的诱因。"

"你认识这对夫妇吗?"

"认识……不,我只认识那只雄河童。我妻子她们说这只河童是个坏蛋,可要让我说的话,与其说他人不好,倒不如说他是个患有受害妄想症的疯子,老是害怕被雌河童抓住。……于是,那只雌河童就在丈夫的可可杯子中放了氰化钾,但不知怎么搞错了,她把这杯可可让来做客的水獭喝了下去。那只水獭自然必死无疑,接下来……"

"接下来就发生战争了?"

"是啊,偏偏那只水獭又是得过勋章的。"

---

① 《山岛民谭集》:柳田国男之日本民俗学著作,1914 年 7 月发行。柳田国男称其为"河童之书"。

② 柳田国男(1875—1962):日本民俗学家、作家。

"后来哪国打赢了?"

"当然是我们河童国打赢了。虽然有三十六万九千五百只河童壮烈殉国,但跟敌国相比,这点儿损失也算不了什么,现在我们河童国一提到毛皮,基本上指的就是水獭皮。那场战争期间,我除了制造玻璃,还往战场上运送煤渣。"

"送煤渣干什么?"

"当然是当粮食啦。我们河童要是饿了,是不管什么都吃的。"

"让他们吃煤渣?我说的你可别生气,这样对待前线的河童官兵……在我们国家的话,就是丑闻啊!"

"在河童国当然也是丑闻啦。但既然我自己已经这么说了,自然就没人再把它当成丑闻了。哲学家玛格好像也说过吧:'汝恶汝自言,其恶当自消。'……而且我除了赚钱之外,也还有满腔的爱国热情嘛。"

说到这儿的时候,俱乐部的侍者走了进来。他向盖尔鞠躬行礼,随即像朗诵似的禀报道:

"贵宅隔壁起火了。"

"起……起火?!"

盖尔惊慌地站了起来,我当然也站了起来。但侍者从容不迫地又补了一句:

"不过,已经扑灭了。"

盖尔似哭非哭似笑非笑地目送着侍者离去。望着他这副表情,我觉察到刚才自己一直在憎恶这个玻璃公司老板,可是现在站在这儿的盖尔已经不是什么大资本家,又变成了一只普通的河童。我从花瓶中抽出冬蔷薇,递到盖尔手里。

"火虽然扑灭了,但夫人想必受了惊吓。来,把这花带回去送给她吧。"

“谢谢!”

盖尔握住我的手,随后狡诈地微微一笑,小声对我说道:

“隔壁是我的出租房,所以火灾保险金还是能领得到的。”

盖尔当时的那种微笑,现在回想起来仍然历历在目,那是一种让我既无法小视又恨不起来的微笑。

十

“怎么了?今天干吗又是那么愁眉苦脸的?”

那次发生火警的第二天,我衔着烟卷,对坐在我客厅椅子上的学生拉普问道。当时拉普左脚跷在右脚上,呆呆地望着地板,头低得连他那烂喙都看不见了。

“拉普,你怎么回事啊?”

我又问了一遍,拉普总算抬起头来,齉声齉气地说道:

“不,没什么,是点儿小事……我今天望着窗外,顺口自言自语了一句:‘哎呀,捕虫堇开花了。’谁知我妹妹一下子沉下脸来朝我发火了:‘你说我是捕虫堇,我就是好啦!’加上我娘又是最护着她的,所以也凭空把我训了一顿。”

“你这句‘捕虫堇开花了’怎么会惹火你妹妹呢?”

“怎么说呢?大概是以为我影射她要去抓雄河童了吧。这时,跟我娘关系本来就不好的婶子也掺和了进来,吵架吵得越来越厉害。我爹一年到头都喝得醉醺醺的,这会儿听到吵架声,也不分对象地乱打起人来。这边吵架还没收场呢,那边我弟弟又趁乱偷走了我娘的钱包,出去看电影什么的了。我呀……我实在是已经……”

拉普两手捂着脸,哭着不吭声了。我当然很同情他,这时自然又想起了诗人托克对家庭制度的鄙视。我拍着拉普的肩膀,尽力安慰他说：

“这种事情在哪儿都是很常见的。别哭了，坚强点儿！”

“可是……可是我的喙要是不烂就好了……”

“喙烂的事还是想开点儿吧。走，咱们到托克家去。”

“托克看不起我，因为我不敢像他那样大胆地抛弃家庭。”

“那就到科拉巴克家去吧。”

那场音乐会之后，我也成了科拉巴克的朋友，所以决定还是先带拉普到这位大音乐家的家里去。科拉巴克的生活比托克阔绰得多，但这不是说他过着像资本家盖尔那样的生活。他屋子里摆满了塔纳格拉[①]陶俑和波斯陶器之类各种古董，其间放着土耳其风格的长椅，科拉巴克总是在自己的肖像下面跟孩子们嬉戏。但今天不知为什么，他却抱着双臂，绷着脸坐在椅子上，脚边还撒满了纸片。拉普按说也是经常和诗人托克来这里见科拉巴克的，但今天科拉巴克这副样子看起来却令他望而生畏，他朝科拉巴克鞠躬之后，就默不作声地在屋子角落里坐了下来。

“你怎么啦？科拉巴克。”

我没跟他寒暄就直截了当地问道。

“你猜怎么着？这个白痴评论家。他竟然说我的抒情诗无法跟托克的相比！”

“可你是音乐家呀……”

“他要是光这么说我倒也气得过，可他说比起洛克来，我就没法算是音乐家了。”

洛克是个常被人们拿来跟科拉巴克比较的音乐家。不巧的是他并非超人俱乐部的会员，所以我一次也没跟他说过话，但他的翘喙和

---

① 塔纳格拉：希腊古城，此地古坟中出土的陶俑很有名。

那张怪异的脸倒是屡屡在照片上看到。

“洛克无疑也是个天才，但他不具备洋溢在你音乐中的那种现代热情。”

“你真是这么认为的吗？”

“当然是啊。”

科拉巴克一听，立即站起身来，抓起一个塔纳格拉陶俑，使劲朝地上砸了下去。拉普像是吓了一跳，惊叫了一声就想逃出去。而科拉巴克却朝拉普和我做了个“别慌”的手势，然后冷冰冰地说道：

“那是因为你也像俗人一样听不懂。其实，我挺怕洛克的……”

“你怕他？别假装谦虚啦！”

“谁假装谦虚了？首先，这谦虚与其装给你们看，还不如到评论家跟前去装呢。我科拉巴克是天才，在这方面我并不怕洛克。”

“那你害怕什么呢？”

“怕那些说不清道不明的东西，譬如说，那种控制洛克的星星。”

“我不明白你说的意思。”

“那这么说你就会明白了吧：洛克不会受我的影响，而我却会不知不觉地受到他的影响。”

“那是因为你的感应能力……”

“不，你还是听我说吧。那不是感应能力的问题，洛克总是安于做些非他莫属的事情，而我却很容易焦躁不安。这在洛克看来，或许我与他只有一步之差，但我却觉得自己差他十英里。”

“可先生您的《英雄曲》……”

科拉巴克的小眼睛眯得更小了，他厌恶地瞪着拉普说道：

“住嘴！你懂什么？我是了解洛克的，比那些对他点头哈腰的狗腿子更了解洛克。”

“你冷静点儿！”

"我冷静得下来吗？……我经常在想,有一种未知的力量,它让洛克站在我面前,就是为了嘲笑我。哲学家玛格其实对这个一清二楚,别看他整天只顾趴在七彩玻璃的角形灯下啃那些破书。"

"你怎么知道的?"

"你看看玛格最近写的这本《傻瓜的话》吧……"

科拉巴克递给我一本书——其实他是扔给我的,然后又抱着胳膊没好气地说道:

"那我今天就失陪了。"

我跟垂头丧气的拉普重新回到了大街上。街上行人川流不息,山毛榉街树背后鳞次栉比的商店依旧五光十色。我们漫无目的地默默走着,恰逢留长发的诗人托克从旁路过。一见我们,托克就从肚袋里掏出手绢,擦了好几遍额头。

"哎呀,久违久违。我正要去找科拉巴克,好久没到他那儿去了……"

我可不想让这两位艺术家吵起来,就把科拉巴克情绪极坏的事委婉地告诉了托克。

"是吗？那就不去了吧。科拉巴克是有神经衰弱的呀。……这两三个星期我也一直睡不着,浑身没劲。"

"那跟我们一起散散步怎么样?"

"不啦,今天还是算了吧。……哎呀!"

托克忽然惊叫一声,一下子紧紧抓住了我的手臂,而且浑身不知什么时候冒出了冷汗。

"怎么回事?"

"你怎么了?"

"我好像看到一只绿色的猴子,它从那辆汽车的窗子里伸出头来了。"

他这副样子令我多少有些担心，于是劝他还是先去找那个恰克大夫看看。但我好说歹说，托克全当耳边风，而且还一脸狐疑地不停打量我们俩，嘴里竟然说道："你们给我好好记住，我绝不是无政府主义者！……好吧，我走啦。我才不会去找什么恰克呢！"

我们目瞪口呆地站在那里，望着托克渐行渐远的背影。我们……不，已经不能说"我们"了，学生拉普不知什么时候叉开两腿站到路当中，正弯腰从胯下窥视络绎不绝的汽车与行人。我慌忙把拉普拉起来，心想这只河童不会也发疯了吧。

"你干什么？这可不能开玩笑！"

而拉普却出人意料地镇静，他边揉眼睛边回答我说：

"没什么。我太闷了，所以把这个世界颠倒过来看了看。可还是一样的啊。"

十一

以下是哲学家玛格写的《傻瓜的话》的部分章节：

×

傻瓜总是相信自己以外的人都是傻瓜。

×

不得不承认，我们之所以热爱自然，也是因为自然并不憎恶嫉妒我们的缘故。

×

过日子时，对那个时代的习惯既等闲视之又不违秋毫，才是最明智的。

×

我们最想炫耀的恰恰是我们没有的东西。

×

既无人反对打碎偶像，也无人不愿成为偶像，然而能稳坐于偶像宝座之上的，必为最受诸神宠惠者——傻瓜、恶棍或英雄。（这一节留有科拉巴克的爪痕）

×

我们生活的指导思想或许在三千年前便已干涸，我们只不过是重新点燃老旧的柴草吧。

×

我们的特长是惯于超越自我意识。

×

假如幸福伴随着痛苦，和睦伴随着厌倦，……？

×

自我辩白难于为人辩护，不信请看律师。

×

自负、爱欲、怀疑——三千年来，所有罪恶均源于此三者，所有德行或也因此三者而生。

×

降低物质欲望未必带来和平，为了得到和平，我们还须降低精神欲望。（科拉巴克在这一节也留下了爪痕）

×

我们比人类还要不幸，人类尚未进化到河童的水平。（读到这一节时，我情不自禁地笑了）

×

我们做的是做得成的事，做得成的事我们才做。毕竟我们的生活无法摆脱这一循环逻辑——即始终处于不合理的循环中。

×

波德莱尔①变成白痴后，把自己的人生观表述为一个词——“女阴”。然而，能概括其本人的未必是这个词，倒是换成“天才”更妥当——他因为依仗足以维持生存的赋诗天才，才不用时刻牵挂“肚子”这个词。（这一节也留有科拉巴克的爪痕）

×

倘若始终尊崇理性，我们自然得否定我们自己的存在。伏尔泰②奉理性为神灵，从而得以幸福地终其一生。这昭示着人类的进化尚不及河童。

十二

一个冷飕飕的下午，我读《傻瓜的话》读得腻了，便去拜访哲学家玛格。走到冷清的街头，见一只瘦得像蚊子似的河童有气无力地靠在墙上。而且我没看错，他就是曾经偷走我钢笔的那只河童。我心中暗喜，叫住了一个正好路过的魁梧的巡警。

“请你查一下那只河童，一个来月前就是他偷走了我的钢笔。”

巡警举起右手的警棍（河童国的巡警不带佩剑，使用的是赤皮栎木的棍子），“喂”地叫了一声那只河童。我本以为那只河童说不定会立刻逃走，没想到他不慌不忙地踱到巡警面前，还肆无忌惮地抱着肩膀，轻蔑地直视着我和巡警。而巡警也并不恼怒，立刻从肚袋里掏出

① 波德莱尔（1821—1867）：法国19世纪最著名的现代派诗人、象征派诗歌先驱。

② 伏尔泰（1694—1778）：法国思想家、文学家、哲学家，被誉为“法兰西思想之王”“法兰西最优秀的诗人”“欧洲的良心”。

记事本,对他盘问起来:

“你叫什么?”

“格鲁克。”

“干什么的?”

“两三天以前还是个邮递员。”

“好。这个人举报说,是你偷走了他的钢笔。”

“对,是一个来月以前偷的。”

“为什么要偷他钢笔?”

“想给我孩子当玩具。”

“你孩子呢?”

巡警注视那只河童的目光变得严厉起来。

“一个星期以前死了。”

“有死亡证明吗?”

瘦骨伶仃的河童从肚袋里掏出一张纸来,巡警朝那张纸扫了一眼,脸上一下子变得笑嘻嘻的。他拍了拍那只河童的肩膀,说道:

“没事了。打搅了。”

我看得目瞪口呆,怔怔地望着巡警的脸。不一会儿,那只骨瘦如柴的河童甩下我们走远了,边走嘴里还自言自语地嘟哝着什么。我总算回过神来,向巡警问道:

“你为什么不把那只河童抓起来?”

“因为他是无罪的呀。”

“难道偷我的钢笔……”

“他不是为了给孩子当玩具的吗?而孩子已经死了呀。你有什么疑问,就去查刑法第一千八百二十五条好了。”

巡警撂下这句话,就头也不回地走了。我无计可施,只得赶紧朝玛格家走去,边走嘴里边反复念叨着“刑法第一千八百二十五条”。

哲学家玛格很好客，那天那间昏暗的屋子里也正好聚集着法官佩普、医生恰克和玻璃公司老板盖尔那么几个人。我进去的时候，他们正在七彩玻璃的角形灯下衔着烟卷，吞云吐雾。法官佩普也在这里，对我来说真是太好了。我在椅子上一坐下来，不去管他什么刑法第一千八百二十五条，而是直截了当地向佩普问道：

“佩普法官，恕我冒昧，贵国是不是不处罚罪犯呀？”

衔着金嘴香烟的佩普先慢条斯理地吐了一口烟雾，然后爱理不理地答道：

“当然处罚啦。有的还要判死刑呢。”

“可是我一个来月之前……”

我说完来龙去脉之后，又请教他那个刑法第一千八百二十五条说的是什么。

“嗯，那一条是这么说的：‘不论犯有何种罪行，在导致该犯罪的原因消失后，不得处罚该罪犯。’就说你这件事吧，那只河童曾经是孩子的父亲，而现在他已经无法称为父亲了，所以他犯的罪也自然消失了。”

“那可太不讲理了。”

“这可开不得玩笑。把曾为人父的河童与现为人父的河童相提并论才是不讲理呢。对了对了，日本法律是把这两种情况等同对待的吧。在我们看来，那真是太荒唐了。哼哼哼哼哼哼哼哼哼。”

佩普扔掉烟头，牙缝里漏出轻蔑的讪笑。这时，与法律无甚关系的恰克也来凑热闹了。他正了正夹鼻眼镜，向我问道：

“日本也有死刑吗？”

“当然有啦。日本还有绞刑呢。”

我对佩普那副冷冰冰的架势有些反感，于是想乘机狠狠挖苦他一下：

“贵国的死刑大概比日本文明得多吧？”

"当然很文明啦。"

佩普仍然很镇定。

"我国不使用绞刑什么的,偶尔会用用电刑。但电刑也基本上不使用,我们只是把罪名通知罪犯。"

"光通知一下罪名,河童就会死吗?"

"当然会死啦,因为我们河童的神经功能要比你们的微妙得多。"

"这种方法不仅用于死刑,还有人把它用来杀人呢……"

盖尔老板的脸被七彩玻璃灯照得成了紫色,上面泛着迷人的笑容。

"前不久有个社会主义者骂我是窃贼,气得我差点儿心脏麻痹。"

"这种情况多得你想象不到。我认识的一个律师就是这样被气死的。"

我回头望了望那只插话的河童,是哲学家玛格。只见他像往常一样满脸讥讽地讪笑着,谁也不看地自说自话道:

"那只河童被人家骂他是蛤蟆。想必你也知道吧,在河童国里要是被人说成是蛤蟆,那就等于骂他是畜生。这个人每天苦思冥想着:我是蛤蟆吗?不是蛤蟆吧?想着想着最后就死掉了。"

"那就得算自杀吧。"

"可是说这只河童是蛤蟆的那个家伙,本来就是打算要杀死他的。可在你们看来,居然还能认为这算是自杀……"

玛格刚说到这儿的时候,突然从隔壁——那正是诗人托克的家——传来一声尖锐的枪响,枪声挤压着空气,震撼了整间屋子。

十三

我们冲进托克家,只见他右手握着手枪,仰面倒在高山植物的盆景之间,头顶的盘状塌陷还在出血。身旁有只雌河童把头埋在他的胸口上，正在号啕大哭。我抱起那只雌河童（虽然河童那又黏又滑的皮肤我其实不大愿碰），问她怎么会发生这种事。

“我也不知道怎么回事，刚看见他还在写什么呢，突然就用手枪朝自己的脑袋打了一枪。天哪，我该怎么办啊？qur—r—r—r—r，qur—r—r—r—r（这是河童的哭声）。”

玻璃公司老板盖尔悲痛地摇着头，对法官佩普说道：

“托克也太我行我素了。”

佩普却一言不发，只顾给自己点燃了一支金嘴烟卷。恰克展现出他作为医生的专业素养，一直跪着在检查托克的伤口，这时他向我们五个人（实际上是一个人和四只河童）宣布：

“已经没救了。托克因为原来就有胃病，这使他非常容易患上抑郁症。”

“刚才不是说他正写什么来着？”

哲学家玛格像是在为托克辩白似的喃喃自语着，拿起了桌上的纸条。大家都伸长脖子（当然只有我是例外），隔着玛格那副宽肩膀盯住了那张纸。

再见吧！我走了，
向着与娑婆界①隔绝的山谷。
那里万岩千峰，山泉清澈，
那里药草遍地，繁花馨香，
我要向着那山谷前行。

玛格回头望着我们，苦笑着说道：

---

① 娑婆界：佛教用语，意为“大千世界”“俗世”。

“他写的这东西剽窃了歌德的《迷娘曲》①。看来,托克之所以自杀,是因为他这个诗人已经感到疲倦了。”

这时,音乐家科拉巴克也突然坐汽车来了。望着眼前这幅景象,他在门口站了好一会儿。待他明白过来走到我们跟前时,便冲着玛格吼叫起来:

“那是托克的遗书?”

“不,是他临死时写的诗。”

“诗?”

玛格从容淡定,不慌不乱,将托克的诗稿递给了怒发冲冠的科拉巴克。科拉巴克目不转睛地盯着诗稿,聚精会神地读了起来,连玛格的问话也顾不上回答。

“你对托克的死有什么看法?”

“‘再见吧! 我走了’……我也不知道自己什么时候会死……‘向着与娑婆界隔绝的山谷’……”

“可你也是托克的一个好朋友吧。”

“好朋友? 托克一直是独往独来的……‘向着与娑婆界隔绝的山谷’……可不幸的是托克……‘那里万岩千峰’……”

“不幸?”

“‘山泉清澈’……你们是幸福的……‘那里万岩千峰’……”

那只雌河童一直不停哭泣,我同情地轻轻扶住她的肩膀,把她领到屋子角落的长椅那儿。那里有只两三岁的小河童,他对发生的一切全然不知,正灿烂地笑着。我替那只雌河童哄这孩子的时候,发觉自己的眼眶也不知不觉充满了泪水。我待在河童国期间,除了这一

---

① 《迷娘曲》:德国文学家歌德(1749—1832)的自传体长篇小说《威廉·麦斯特》第一部《威廉·麦斯特的学习时代》中的人物迷娘唱的一首歌曲。

次流泪之外,以前和后来都没有哭过。

“跟他这种任性的河童一起过日子,也真是可怜。”

“因为他根本不考虑后果。”

法官佩普照例又衔上一支金嘴卷烟,一边点烟一边回应资本家盖尔。就在这时,音乐家科拉巴克的一声大喊让我们都吃了一惊。只见他紧攥着诗稿,不知对谁大声叫道:

“好极了!可以作一首绝妙的葬礼进行曲了!”

科拉巴克那双小眼睛闪闪发光,握了握玛格的手,便快步向门口跑去。这时那里自然已聚集了众多左邻右舍的河童,他们正好奇地窥视着屋里。但科拉巴克不管三七二十一,左右推开他们就跳到了汽车上。汽车立即发出了轰鸣,一转眼就消失得无影无踪。

“走开!走开!不许看!”

法官佩普像警察一样把大批河童推出屋外,把托克家的门关了起来。大概是因为门关上了吧,屋子里一下子静了下来。在这寂静之中——在交织着高山植物花香的托克的血腥味中,我们商量了托克的后事。哲学家玛格独自凝视着托克的尸体,呆呆地在想心事。我拍拍他的肩膀问道:

“你在想什么呀?”

“在想河童的生活呢。”

“河童的生活会怎么样啊?”

“不管怎么说,我们河童为了过上正常的生活……”

玛格有点儿难为情似的又小声补了一句:

“总而言之,就得相信河童之外还存在着某种别的力量。”

十四

让我想起宗教的，正是玛格的这句话。我信奉的当然是物质第一主义，对宗教绝对一次也没有认真想过。然而，托克的死给了我某种触动，于是我开始思考河童的宗教究竟是什么。我立刻向学生拉普问了这个问题。

“河童国也有基督教、佛教、伊斯兰教、拜火教的活动，但最有势力的恐怕怎么也得数近代教了吧。它也叫生活教。”（也许“生活教”这个译名不准确。它的原文是“Quemoocha”，“cha”大约相当于英语中的“ism”①，“quemoo”的原形“quemal”虽然有“生活”的含意，但更侧重于“吃喝交媾”的意思。）

“那么，河童国也有教会、寺院吧。”

“这还用问吗。近代教的大寺院可算得上是河童国第一大建筑呢，去看看怎么样？”

一个不冷不热的阴天下午，拉普得意扬扬地领我一起到这座大寺院去了。大寺院果然高大雄伟，抵得上十座尼古拉教堂②，而且囊括了所有的建筑样式。我站在这座大寺院前仰望它的高塔与圆屋顶时，甚至感到胆战心惊，它们看上去就像无数只伸向天空的触手。我们伫立在大门前，（与那大门一比，我们是何等渺小啊！）仰望了好一会儿这座稀世大寺院，这座建筑简直是一只庞大无比的怪物。

大寺院的内部同样极为宽敞，科林斯式③的列柱之间，走着好几

① ism：英语词尾，可表示“主义”“学说”“信仰”“制度”。

② 尼古拉教堂：指东京的东正教会复活大圣堂，由东正教传教士尼古拉创立于1891年。

③ 科林斯式：古希腊建筑的列柱样式之一。

个参拜者，他们看上去也像我们一样显得非常矮小。过了一会儿，我们遇到一只驼背的河童，拉普立刻对他点头致意，礼貌有加地对他寒暄道：

“长老，您身体如此康健，真是太好了。”

那只河童也回了一礼，温文尔雅地答道：

“是拉普先生吧？您还是那么……（他话刚出口，略微一顿，大概因为他注意到了拉普的烂喙）……哎呀，反正您看上去很结实啊。您今天这是……”

“我今天是陪这位先生来的。这位先生嘛，想必您也听说过……”

拉普接着便滔滔不绝地开始介绍我的情况，看上去他还在借机为自己辩白为什么鲜少到这座大寺院来。

“因此，我想烦请您为这位先生做向导。”

长老落落大方地对我寒暄致意，随后从容不迫地指着正面祭坛说道：

“做向导可不敢当。我们信徒参拜的是正面祭坛上的‘生命之树’，您已经看到了，‘生命之树’上结着金色和绿色的果子。那金色的果子叫‘善果’，绿色的果子叫‘恶果’……”

听着听着，我不觉感到有点儿腻了，特意请了长老来作讲解，不承想也是味同嚼蜡的老生常谈。我当然装出一副认真倾听的样子，但也没有忘记时不时朝寺院内部偷偷瞄上一眼。

科林斯式的列柱，哥特式的拱顶，黑白格子的阿拉伯风格地面，仿脱离派的祈祷桌……这和谐的组合出人意料地具有一种野性美。然而最吸引我的是两侧神橱中的大理石半身像。我觉得似乎见过这些像，这倒也不足为怪。那只驼背的河童介绍完“生命之树”以后，又与我和拉普一起走到右侧的神橱前，介绍起里面的半身像来：

"这是我们的一个圣徒——叛逆一切的圣徒斯特林堡①。人们说这位圣徒受尽磨难,最终得救于史威登堡②的哲学,但实际上那套哲学并未使他得救。这位圣徒也跟我们一样只信奉生活教——确切地说,他也只能信奉生活教。请您读一下他留给我们的《传说》这本书,他坦白说自己曾经自杀未遂。"

我听得心里有点儿郁闷,便将目光转向下一个神橱。这个神橱里的半身像是个留着浓密小胡子的德国人。

"这位是写查拉图斯特拉③的诗人尼采④。这位圣徒向他自己创造的超人求救,结果不仅未得救,还成了疯子。假如他没变成疯子的话,或许是无法进入圣徒行列的……"

长老缄默片刻,把我们领到了第三个神橱前。

"第三个神橱里的是托尔斯泰⑤。这位圣徒是个独一无二无人可比的苦行僧,因为他出身贵族,但不愿让好奇的民众看到自己的痛苦。这位圣徒努力想要去相信其实他不会相信的基督,不,他甚至还曾宣称自己已经相信了。但到了晚年,他终于变得不堪继续扮演悲壮的骗子角色。众所周知,他还常常对书房的横梁感到恐惧。然而他既然得以进入圣徒的行列,所以当然不是自杀而死的。"

---

① 斯特林堡(1849—1912):瑞典戏剧家、小说家、诗人,患有严重的厌女症,并由此引发了精神疾病。

② 史威登堡(1688—1772):瑞典科学家、神秘主义者、哲学家、神学家。

③ 查拉图斯特拉:尼采的哲学著作《查拉图斯特拉如是说》中的人物,尼采在书中以大量比喻和逸闻的手法描绘了查拉图斯特拉这个超人的言行。

④ 尼采(1844—1900):德国哲学家、诗人和散文家。1889 年精神崩溃,失去理智,生命的最后十年在精神病院与母亲家中度过。

⑤ 托尔斯泰:这里是指列夫·托尔斯泰(1828—1910),俄国作家、思想家和文学家。因自己同农民的思想情绪有距离而悲观失望,对自己地主庄园的生活方式不符合信念很感不安,1910 年 10 月 28 日秘密出走,途中患肺炎,11 月 20 日在阿斯塔波沃车站逝世。

第四个神橱中的那个半身像是我们日本人，所以看着他那张脸时，我的确感到亲切。

“这是国木田独步[①]，一位很了解死于车轮之下的脚夫心情的诗人。但对您来说，肯定不需要我再做更多的介绍了。那么，请您接着看第五个神橱……”

“这不是瓦格纳[②]吗？”

“是啊。他是个革命家，但曾经是国王的朋友。圣徒瓦格纳到了晚年连吃饭前都进行祈祷，但他不信基督教，而是生活教的信徒。从他留下的信件可以看到，尘世的苦难曾经无数次将这位圣徒逼近死亡的断崖边。”

我们这时又来到了第六个神橱跟前。

“这是圣徒斯特林堡的朋友，一个商人出身的画家。他撇下生了一群孩子的发妻，又娶了个十三四岁的库伊缇女孩。这位圣徒粗粗的血管中流着水手的血，可请您看他的嘴唇，那上面还有砒霜之类的痕迹。第七个神橱里的是……您大概已经累了吧，那还是请您到这边来吧。”

我确实已经累了，便和拉普一起跟着长老进了走廊边的一间屋子，那里面满是线香的气味。这间小屋子的角落里有一尊黑色的维纳斯女神像，像下也供着一挂山葡萄。我感到有点儿意外，因为我原以为僧房里是什么装饰也没有的。长老似乎从我脸上看出了我心里

---

① 国木田独步(1871－1908)：日本诗人、小说家。晚年代表作《穷死》《竹栅门》真实反映了劳动群众贫困的生活，友人为他写的悼词称：若用一个字概括国木田独步的一生，这个字便是“穷”。

② 瓦格纳(1813－1883)：德国作曲家、指挥家，人称“歌剧王”。1843 年被任命为萨克森王国宫廷剧场指挥，1849 年参加德国三月革命，失败后被全国通缉。他因为在政治、宗教方面思想的复杂性，成为欧洲音乐史上最具争议的人物。

的疑惑,在请我们坐下之前就连忙抱歉地解释道:

"请不要忘记我们的宗教是生活教,我们的神——'生命之树'的教诲是'朝气蓬勃地生活下去'。……拉普先生,您给这位先生看过我们的圣经吗?"

"没有……其实我自己还没好好读过呢。"

拉普挠着头顶的那个盘子,老老实实地回答。然而长者依然安详地微笑着继续说道:

"那你们就不会明白了。我们的神不仅在一天中创造了这个世界('生命之树'虽然是棵树,但却是无所不能的),还造出了雌河童。而雌河童生活得枯燥乏味,希望有雄河童做伴,我们的神怜悯雌河童的苦衷,便取出雌河童的脑髓,又造出了雄河童。并对这两只河童赐以祝福:'吃吧!交媾吧!朝气蓬勃地生活下去!'……"

听着长老的话,我不由得想起了诗人托克。不幸的是诗人托克也跟我一样,是个无神论者。我因为不是河童,不了解生活教也不足为怪,而生长在河童国的托克则理应知道"生命之树",但他没有遵循"朝气蓬勃地生活下去"的教诲。我为他感到惋惜,于是打断长老的话,把托克的事告诉了他。长老听了我的话,深深叹了口气。

"啊,可怜的诗人啊……只有信仰、处境与偶然能够决定我们的命运(除了这些,河童还得加上遗传吧),但不幸的是,托克先生没有信仰。"

"拉普,托克很羡慕你吧。我也很羡慕你呢……你那么年轻……"

"只要我的喙没毛病,也许我会活得乐观舒畅的。"

听我们这么一说,长老又深深地叹了口气,只见他眼中顿时充满了泪水,凝目注视着黑色的维纳斯女神像。

"我其实也……这是我的秘密,请你们不要对任何人说……我其实也无法相信我们的神,可是总有一天,我的祈祷……"

长老正说到这里时,房门突然打开了,一只巨大的雌河童猛地朝长老扑了上来。不用说,我们都想把她紧紧抱住,阻止她袭击长老,但转眼之间,雌河童已经将长老摔到了地上。

“你这个老不死的！今天居然把我钱包里喝酒的钱都偷走了!”

十来分钟以后,我们把长老夫妇扔在后面,冲出大寺院的正门,像逃难似的沿着台阶跑走了。

默默地走了一会儿,拉普对我说道:

“瞧他们那副样子,长老也肯定是不相信‘生命之树’的。”

我没有回答,却不由得回头望了望大寺院。大寺院的高塔和圆屋顶犹如无数只触手,正伸向阴沉的天空,它们散发着令人毛骨悚然的气晕,就像是沙漠上空出现的海市蜃楼一般……

十五

那之后又过了一个来星期,我无意中听到了恰克大夫说的一件稀奇事。他说托克家里有幽灵出没,那只雌河童这阵子去了别的地方,我们这个朋友的家现在变成了摄影师的照相馆。据恰克说,要是在这家照相馆拍照,托克的身影必定会神不知鬼不觉地朦朦胧胧出现在客人的身后。但恰克信奉的是物质第一主义,不相信河童死后还会有生命。讲完这个传说的时候,他讥讽地笑着解释道:“看来灵魂也是以物质的形式存在的。”我跟恰克一样,也不相信有灵魂。但诗人托克很让我怀念,所以我听完这个传说,就赶到书店去买了些报纸杂志,那上面都登着有关托克幽灵的报道和他幽灵的照片。一看照片,果然在那些男女老少河童后面都有一个身影,隐隐约约的很像是托克。但比托克的幽灵照片更让我吃惊的,是那些关于托克幽灵的报道,特别是那份灵魂学协会的报告。我已将这份报告逐字翻译出来,现将其概略披露如下,括弧中为我加的注释。

关于诗人托克先生幽灵的报告

（刊载于灵魂学协会杂志第八千二百七十四号）

本灵魂学协会在此前自杀的诗人托克先生的故居——现为××摄影师的照相馆——○○街二百五十一号召开了临时调查会。出席会员如下：(姓名略)

我们十七名会员与灵魂学协会会长佩克一起，偕同我们最信赖的灵媒师霍普夫人，于九月十七日上午十时三十分汇聚于该照相馆之一室。霍普夫人一走进该照相馆，即感应到灵魂气息，全身痉挛，呕吐多达数次。夫人称此盖因诗人托克生前嗜烟如命，以至其灵魂气息中亦含有尼古丁。

我们会员与霍普夫人一同围圆桌默坐，三分二十五秒后，夫人骤然陷入极度梦游状态，且诗人托克之幽灵亦附于其体之上。我们会员即依年龄长幼之序，与依附于夫人躯体之托克灵魂开始了下述问答：

问：你为何于此显现幽灵？

答：我想要知道死后的名声。

问：你——或者说诸位幽灵都很在意死后的名声？

答：至少我无法不在意，然而在此邂逅的一位日本诗人却对死后的名声不屑一顾。

问：你知道那位诗人的姓名吗？

答：很可惜我忘记了，只记得他的一首十七字诗的得意之作。

问：那首诗写的什么？

答：幽幽古塘畔，青蛙跳破镜中天，叮咚一声喧。①

问：你认为这首诗是佳作吗？

答：我觉得它写得不算差，但将“青蛙”改为“河童”，将会更显得光彩夺目。

问：此话怎讲？

答：因为无论艺术形式如何，我们河童都极为追求河童形象在其中的体现。

佩克会长此时提醒我们十七名会员，现在开的是灵魂学协会的临时调查会，不是在开评议会。

问：诸位幽灵生活得如何？

答：与你们诸位的生活并无不同。

问：既无不同，你是否后悔自己的自杀行为？

答：未必后悔。如果幽灵生活过腻了，还可以再用手枪自活。

问：自活之事，难易如何？

托克的幽灵对这个问题提出反问作为回答，这种反驳对于熟悉托克的河童来说，一点儿都不奇怪。

答：自杀之事，难易如何？

问：诸位幽灵的生命是永恒的吗？

答：关于我们的生命，众说纷纭，无一可信。你们不要忘记，我们中间也有基督教、佛教、伊斯兰教、拜火教等各种宗教。

问：你自己的信仰是什么？

答：我一直是怀疑主义者。

问：但你至少应该不怀疑灵魂的存在吧？

答：我不如你们各位那样相信。

---

① 松尾芭蕉(1644—1694)于1686年发表的著名俳句。

问：你结交了多少朋友？

答：我结交的朋友遍及古今东西，不下三百余人。著名的就有柯莱斯特①、门兰德尔②、魏宁格③……

问：你交的朋友全是自杀的吗？

答：那倒未必。譬如那个为自杀行为辩护的蒙田④也是我所尊敬的朋友，但那些不自杀的厌世主义者——诸如叔本华⑤之流，我是不与他们交往的。

问：叔本华过得还好吗？

答：他目前创立了灵魂厌世主义，正在探讨自活的可行性。然而得知霍乱也是一种细菌引起的疾病之后，他似乎显得胸有成竹了。

我们会员陆续问了拿破仑、孔子、陀思妥耶夫斯基⑥、达尔文、克莱奥帕特拉⑦、释迦牟尼、德摩斯梯尼斯⑧、但丁、千利休⑨等幽灵的消息，可惜托克并未详细回答，却一味追问关于他自己的种种传言。

问：我死后名声如何？

答：有位评论家说你是“不足道的小诗人”。

问：他一定是因为我没送诗集给他而心中不满。我的全集出版了吗？

答：你的全集已经出版，但似乎并未畅销。

问：待三百年后——即著作权失效之后，必会有万人抢购我的全

---

① 柯莱斯特(1777—1811)：德国诗人、剧作家、小说家、记者。因生活穷困，作品得不到社会承认，于柏林万湖杀死身患癌症的女病友后自杀。

② 门兰德尔(1841—1876)：德国哲学家。三十五岁时自杀。

③ 魏宁格(1880—1903)：奥地利哲学家。二十三岁时自杀。

④ 蒙田(1533—1592)：法国思想家。著有《随想录》三卷。

⑤ 叔本华(1788—1860)：德国哲学家。在人生观上持悲观主义的观点，主张禁欲忘我。

⑥ 陀思妥耶夫斯基(1821—1881)：俄国小说家、思想家。

⑦ 克莱奥帕特拉(前69—前30)：古埃及托勒密王朝的女王。自杀而亡。有“艳后”之称。

⑧ 德摩斯梯尼斯(前384—前322)：古希腊雄辩家。自杀而亡。

⑨ 千利休(1522—1591)：日本茶道的鼻祖与集大成者。奉丰臣秀吉之命切腹自杀。

集。与我同居的女友过得如何?

答:她已经是书店老板拉克的夫人了。

问:真遗憾,她大概还不知道拉克的眼睛是假的吧。我的孩子怎么样?

答:听说他在国立孤儿院。

托克沉默了许久,才又开始提问。

问:我的房子现在如何?

答:现在变成某摄影师的照相馆了。

问:我那张书桌呢?

答:没人知道它在哪儿。

问:我在书桌抽屉里珍藏着一叠信件……幸好这与贵人多忙的诸位没有关系。现在我们冥界的时辰已将近黄昏,我该与诸位道别了。失礼了,诸位。我去了,善良的诸位河童。

随着托克最后的那句话,霍普夫人又忽然醒了过来。我们十七名会员向上天之神发誓,保证以上对话真实无误。对于我们信赖的霍普夫人,已按其以前当女演员时的日薪标准支付了酬金。

十六

读完这篇报道之后,我渐渐对待在河童国里感到郁闷起来,便想设法回到人类世界去。但不论怎么四处寻找,还是找不到当初掉进来的那个洞。过了几天,打鱼的河童巴戈对我说起,河童国的僻地住着一只老河童,他每日吹吹笛子,读读书报,在那里安度晚年。我心想如果去问这只河童,说不定能找到逃出河童国的路径,于是立即到那僻地去了。可是到了那儿一看,只见那间小得出奇的房子里根本没有什么上年纪的河童,悠然吹着笛子的河童最多只有十二三岁,连头顶的盘子还没长硬呢。我以为自己肯定走错了人家,但为了慎重起见,还是问了问他的名字,哪知他正是巴戈告诉我的那只老河童。

“可是你怎么长得像个孩子啊? ……”

“你大概还不知道吧,我也不知交了什么运,出娘胎的时候就是满头白发,后来一点儿一点儿变得年轻起来,现在竟然变成个孩子了。如果算年龄的话,出生之前就算六十岁,现在我也有一百十五六岁了。”

我四下打量了一下屋子,不知是不是心理作用,总觉得那简朴的桌椅之间仿佛散溢着一种清澄温馨的气息。

“您好像比别的河童过得幸福嘛。”

“怎么说呢? 也许是吧。我年轻的时候老态龙钟,上了年纪又变得朝气蓬勃。所以我既不像老头子那样贪得无厌,也不像小年轻那样沉溺女色。总之,我这辈子即使算不上幸福,也能算是过得安稳的了。”

“这么说,你的确是过得无忧无虑的。”

“不,单凭这些还算不上无忧无虑。我身体结实,财产也够一辈子吃用的,然而我觉得最幸运的还是刚生下来的时候是个老头子。”

我与这只河童聊了好一会儿,谈谈自杀身亡的托克,扯扯每天必去医生那里看病的盖尔,可不知为什么,对我说的这些,老河童一脸心不在焉的样子。

“那么说,你是不像别的河童那样格外留恋生命啰?”

老河童看着我的脸,平静地回答道:

“我跟其他河童一样,从母亲肚子里出来以前,也是被父亲问过愿不愿生到河童国来的。”

“可我是阴差阳错地滚落到河童国来的。请你告诉我从哪条路才能离开这个国家。”

“能走出去的路只有一条。”

“那这条路在哪儿呢?”

“就是你到这儿来的那条路。”

不知为什么，一听到这个回答，我脊梁骨都发凉了。

“可我偏偏找不着那条路了。”

老河童那双水灵灵的眼睛注视了我一会儿，然后站起身来走到屋角，拉了拉一根从屋顶垂下来的绳子。于是，一扇我刚才没发现的天窗打开了，远远的天窗外面，万里无云的晴空下，伸展着松柏的枝杈。哎呀，那高高耸立的，是陡峭如箭头般的枪岳峰！我高兴得跳了起来，就像个看到了飞机的孩子。

“看到了吧，你可以从那里出去。”

老河童说着指了指刚才那根绳子。刚才我一直以为那只是一根绳子，现在才看清，那其实是一副绳梯。

“那就让我从那里出去吧。”

“但我得有言在先，但愿你出去以后不要后悔。”

“没问题。我才不会后悔呢。”

说着我已经爬到了绳梯上，回头朝下望去，老河童头顶的盘子离我越来越远了。

十七

从河童国回来之后，好一阵子，周围人的皮肤真让我受不了，与我们人类相比，河童其实要干净得多。而且因为我已经看惯了河童的脑袋，所以反而觉得人类的头部看着不舒服。说来也许你无法理解，眼睛嘴巴先不说，别人脸上的鼻子竟然也会令我胆战心惊。我自然尽量谁也不见，但看来还是不知不觉渐渐习惯了与我们人类相处，过了半年就又能随意外出了。尽管如此，有时跟人聊着聊着，一不留神，河童国的语言还会脱口而出，令我有点儿尴尬。

“你明天在家吗？”

"Qua。"

"你说什么?"

"噢,我是说在家。"

基本上就是这样。

然而从河童国回来刚好过了一年的时候,我在事业上栽了个大跟头……(当他说到这里时,S博士提醒他说:"别谈这件事了。"S博士告诉我,他每次说起这件事的时候,都会变得狂躁不安起来,闹得护理人员难以应付。)

那我就不谈这个了。由于在事业上栽了这个大跟头,我就又开始想要回河童国去了。我没说错,不是"想要去",而是开始"想要回去"。因为当时一想起河童国,我会觉得是在想念故乡似的。

我是偷偷从家里溜出来,正想乘上中央线火车的时候,偏偏让巡警抓住,结果被送进医院的。刚进这家医院的那阵子,我心里一直都在惦记河童国的那些事情。恰克大夫在干什么?哲学家玛格或许又在七彩玻璃角形灯下思考问题了吧?特别是我的好朋友——那个烂嗓学生拉普的近况如何?……在一个也像今天这样阴沉沉的下午,当我又沉浸在这种回忆中的时候,险些下意识地喊出来,因为我看到渔夫巴戈不知什么时候已经进来,站到了我面前,正在不停地朝我鞠躬。恢复镇静之后……我不记得自己是哭了还是笑了,因为时隔那么久又说起了河童国的语言,这确实使我激动不已。

"喂,巴戈,你怎么来了?"

"不能来吗?我是来看你的呀,因为我听说你病了。"

"你怎么知道我病了?"

"是听了收音机广播才知道的。"

巴戈颇为得意地笑着说道。

"大老远的,谢谢你啦!"

“客气什么呀？这又不费事。东京的河沟对我们河童来说，就跟大马路似的。”

我恍然大悟，这才意识到河童和青蛙一样，也是水陆两栖动物。

“可是，这一带没有河呀。”

“我这次不是从河里，而是先通过自来水管爬上来，然后再打开消防栓……”

“打开消防栓？”

“老爷难道忘了？河童里也有懂机械的呀。”

后来，每隔两三天，就有不同的河童来看望我。S博士说我的病叫早发性痴呆症，可是河童大夫恰克说(他说的话你听来肯定觉得很不礼貌)，我没得早发性痴呆症，S博士还有你们自己才是得这种病的病人。既然连恰克大夫都来看望我，学生拉普和哲学家玛格就更不用说了。只是除了那个渔夫巴戈之外，白天的时候谁也不来。而到了晚上——特别是明亮的月夜，两三只河童就一起来了。昨天晚上我就跟玻璃公司的老板盖尔和哲学家玛格在月光下聊天了，还听音乐家科拉巴克拉了一首小提琴曲。对了，那边桌子上不是放着一束黑百合花吗？那也是昨天晚上科拉巴克给我带来的礼物……(我回头看了看，当然那桌上根本没有什么花束。)

还有这本哲学书，它也是哲学家玛格特地为我带来的。请你读读那第一首诗，对了，你不可能看得懂河童国的文字，还是让我来念吧。这是前不久出版的《托克全集》中的一本。

(他打开一本老电话簿，开始大声朗读下面这首诗。)

椰花竹丛之中，
佛陀早已入睡。

与路旁枯萎的无花果一起，
耶稣基督看来也已经死去。

然而我们却必须休息，
尽管在舞台布景之前。

(再看那布景的背面,怎么光是打满补丁的画布?)

然而我可不像这位诗人那样厌世。只要河童们会常来看看我……啊,我差点儿把这事忘了:你大概记得我的朋友佩普法官吧,他失业之后真的发疯了,听说现在待在河童国的精神病院里。如果S博士答应的话,我还真想去看看他呢……

(高培明　译)

蜘蛛丝

一

却说有一天，释迦牟尼独自徜徉于极乐净土的莲池之畔。池里盛开的朵朵莲花洁白似玉，白莲正中的金色花蕊绵绵飘逸出芬芳，香馨四溢，沁人心脾。极乐净土适值日出时分。

须臾，释迦牟尼驻足池畔，从覆于水面的荷叶间偶然瞥见了下界的情景。这极乐净土的莲池下方，正对着地狱的底部，透过水晶般的池水，冥河①与针山②的景致一目了然，如同在西洋镜③中看到的一般。

释迦牟尼随即望到一个叫犍陀多的，见他正和其他罪人一起在地狱底部蠢蠢而动。释迦牟尼记得这犍陀多虽说是个杀人放火、恶贯满盈的大盗，但倒也做过一件善事。那是有一次犍陀多穿过老林

---

① 冥河：传说中人死后走向冥府途中经过的河。

② 针山：传说中地狱里长满针的山。

③ 西洋镜：一种游戏器具。在装有放大镜的匣子里面放进画片，依次转动，可以看放大的画面。因最初画片多为西洋画，所以叫西洋镜。

时，瞧见一只蜘蛛正在路边爬行，于是飞起脚来便要将它踩死。但他忽然转念一想："不可！不可！这蜘蛛虽小，毕竟也有它的性命。性命无端被人夺走，岂不冤枉之极！"犍陀多收回脚来，留了它一条活命。

望着地狱里的景致，一边想起犍陀多放生蜘蛛之事，释迦牟尼动了恻隐之心："几时得便可将此人救出地狱，也算对其唯一一次善举之报。"他朝旁一看，正巧望见碧如翡翠的荷叶上，一只极乐净土的蜘蛛正在抽着美丽的银丝。释迦牟尼轻轻将那蜘蛛丝取到手上，从白玉般的莲花之间径直朝着遥远的地狱底部放了下去。

二

地狱底部那正与其他罪人一起在血池里沉浮的便是犍陀多。四面伸手不见五指，黑暗之中，偶有针山上的寒光隐隐约约泛于池面，令人毛骨悚然。血池周围鸦雀无声，犹如墓穴中一般，间或闻得的声响，只是罪人衰弱的呻吟。落至地狱底部的这些人，受尽了各层地狱的所有苦难，已经连哭的力气也没有了。就连犍陀多这个绿林大盗，因之也只能如同将死的蛤蟆一般，在血池中呛咳挣扎。

不知什么时候，犍陀多仰头向血池上方一望，只见万籁俱寂的黑暗中，似乎有根银色的蜘蛛丝仿佛刻意避人耳目似的闪烁着微光，正悄悄然从遥远的上空迅速向自己头顶垂下来。犍陀多一见，禁不住高兴得拍起手来。如果任由自己拽着这根蜘蛛丝爬上去，肯定能逃出地狱。不，运气好的话，大概还能一直爬到极乐净土呢。那样一来，既能免去上针山之苦，也自然不会被沉到血池底下去了。

想到这里，犍陀多双手飞快地紧紧抓住蜘蛛丝，拼命不停地向上爬了起来。他原本就是绿林大盗，这等功夫自然不在话下。

然而地狱与极乐净土远隔几万里,即便心急如焚也无法一步登天。爬着爬着,犍陀多终于精疲力竭,手再也拉不动了。他无奈只得暂作休息,吊在蜘蛛丝上远望着眼下的深渊。

这一望令他顿感自己舍命攀爬成绩斐然:不知何时,原先深陷于斯的血池如今已隐没于黑暗之中,寒光幽冥的骇人针山也已被甩于脚下。如果继续这样攀爬,或许不费多少力气便可逃出地狱了。犍陀多两手绕着蜘蛛丝,用落入地狱几年来不曾有过的声音大笑:"太好了! 太好了!"但他突然发现,蜘蛛丝的下方,正有蚂蚁般的无数罪人紧随自己奋力攀爬而上。犍陀多见状又惊又怕,好一阵子只顾眨巴眼睛,大嘴傻愣愣地张着不动了。心想这纤细的蜘蛛丝吊着自己一个人尚且将断未断,如何还能承受这许多人的重量? 万一蜘蛛丝断掉的话,自己这好不容易攀爬至此的宝贵身躯就只能重新栽回到地狱里去了。如果真是如此,势必万劫不复,后悔莫及。就在他心中盘算的时候,又有数不胜数的罪人蠕动着从漆黑的血池里爬起身来,排成一列,抓住闪着纤细光亮的蜘蛛丝,一个劲儿地向上攀爬。如果现在不当机立断,蜘蛛丝必定会从中一断为二,让自己重新坠回地狱中去。

想到这里,犍陀多大声喊道:"听着! 你们这些罪人。这蜘蛛丝是我的,谁让你们爬上来的? 下去! 都给我滚下去!"

就在这当口,忽然间"噗"的一声,原本无事的蜘蛛丝从犍陀多吊着的地方断掉了。犍陀多也无以幸免,转瞬之间,他像旋转的陀螺一般,风驰电掣地朝着黑暗的地狱底部栽了下去。

剩下的只有那半截极乐净土垂下来的蜘蛛丝,垂在暗不见月亮星辰的空中,闪烁着纤细的微光。

三

释迦牟尼伫立在极乐净土莲池畔，目不转睛地目睹了事情的始末。看到犍陀多像块石头似的沉到血池底下去时，他满脸悲怆地又信步走了起来。犍陀多只顾自己逃出地狱，对人毫无慈悲之心，终于恶有恶报，重又落入地狱之中去了。这在释迦牟尼眼中，实乃一件可悲之事吧。

反观极乐净土莲池中的莲花，对此事却是毫不在意。白玉般的莲花在释迦牟尼脚边悠悠摇曳着花萼，白莲正中的金色花蕊绵绵飘逸出芬芳，香馨四溢，沁人心脾。极乐净土此时已近正午时分。

（高培明　译）

鼻子

说起内供①禅智的鼻子，在池尾②无人不知。那鼻子长五六寸，从嘴唇上边一直耷拉到下巴，鼻根到鼻尖一样粗，晃晃悠悠垂在脸中间，活像一根细长的香肠。

内供已经五十多了，从当年刚入佛门时的小沙弥直至今日升为内道场的供奉，这鼻子始终是他说不出口的心病。当然，即使现在，内供表面上也始终是一副不甚在意的神情，但这并非单单因为他觉得身为僧侣，理当潜心专注来世极乐净土，不该对鼻子斤斤计较，更因为他不愿让人知道自己对鼻子耿耿于怀。平日交谈时，内供最怕提到鼻子。

有两件事让内供因这鼻子苦不堪言：一是长鼻子实在不方便。最麻烦的是用餐时一个人无法吃得成饭，如果独自吃的话，鼻尖便会捅到碗中的饭里。于是内供便命一个弟子坐在食案对面，吃的时候让他用一条二尺来长的寸宽木条托着自己的鼻子。但这样吃饭，无论对托着鼻子的弟子，还是对被托着鼻子的内供，都无法掉以轻心。

---

① 内供："内供奉"的简称，亦称"供奉"，日本古时服务于宫中内道场的高僧。
② 池尾：现在京都府宇治市池尾。

当时有件事沸沸扬扬地一直传到了京都，说是有次来代替那个弟子的小和尚因为打喷嚏时手一抖，内供的鼻子便掉进了粥里。然而对内供来说，这还远不是他为鼻子苦不堪言的主要原因。真正让他痛苦的，是屡遭鼻子伤害的自尊心。

池尾地方的人们说，幸好长着这种鼻子的不是世俗之人，而是禅智内供，因为俗人若是长着这种鼻子，恐怕没有女人会嫁给他。甚至有人猜测，他或许就是因为那鼻子才出家的。然而内供并未感到因为自己是个僧人，便能减少多少鼻子带来的烦恼。鼻子长便无法娶妻成家，这一不争的事实困扰着他，使他的自尊心敏感至极。于是，积极地也罢，消极地也罢，内供想方设法试图恢复伤痕累累的自尊心。

内供首先考虑的，是设法使这长鼻子看上去比实际的短一些。他煞费苦心，趁着身边没人的时候，频频变换照镜子的角度。有时光靠改变脸部位置无法满意，又用手掌托着脸颊或用指头撑住下巴，不厌其烦地对着镜子摆姿势。但是，他一次也没看到鼻子短得令自己满意过。有时甚至觉得越是费尽心机，鼻子反而显得越长。每逢此时，内供便会将镜子收进盒子，恍然醒悟似的一声叹息，又闷闷不乐地回到经桌前去咏读《观音经》。

除此之外，内供还一直很留意旁人的鼻子。池尾寺是个经常举行经法讲说的所在，寺内僧房密布，每天都有人在浴房里烧水，因此进出的僧俗人等为数甚众。内供锲而不舍地一一观察人们的面孔，心想哪怕找出一个长着自己这种鼻子的人，也能够心安理得。如此一来，内供的眼里根本看不见什么蓝礼服白单衫，对那些司空见惯的橙黄帽子和黪黑僧衣，更是视若无物。内供虽然只看鼻子不看人，怎奈何鹰钩鼻子倒是有，可内供那样的鼻子却一个也见不着。如此几次三番，内供心里渐渐烦躁起来，与人谈话时也会不由自主地揪揪耷拉着的鼻尖，抑或觍着老脸，臊得满面通红。凡此种种，正是这种烦躁所致。

到了后来，内供甚至想过，且不拘其是否佛教经典，只要能从古籍中找出一个与自己同样鼻子的人物，多少也能疏解心头的闷气。谁知哪篇经文里都没写着目连①或舍利弗②的鼻子长，龙树③和马鸣④当然也是长着常人鼻子的菩萨。内供听人说起震旦⑤时言及蜀汉的刘玄德耳朵很长，心想他若是鼻子长，自己该会多么舒心啊。

内供一边探本溯源，消极安抚自己，不用说一边也在积极尝试缩短鼻子的方法。在这方面，内供几乎尝试了力所能及的所有方法。他既喝过丝瓜熬的汤，也朝鼻子上涂过老鼠尿，然而费尽心机，嘴上依然晃晃悠悠地耷拉着那根五六寸长的鼻子。

却说那年秋天，一个弟子受内供之托，进京公干时顺便向熟悉的大夫讨来了一个让长鼻子变短的方法。那个所谓大夫来自震旦，时为长乐寺⑥的供僧⑦。

而内供却像往常一样，依旧端着一副并不在意鼻子的架势，故意不说想要马上试试那法子，还装腔作势地说什么“心中不忍每次用餐都要劳烦弟子”，其实他心里巴不得弟子来劝自己马上试试。弟子当然不可能参不透他这番心机，可内供如此煞费苦心地故作姿态，似乎非但未招来弟子的反感，反而使弟子对他更为同情了。不出内供之所料，弟子费尽口舌，苦苦规劝他试试这法子，内供自然顺水推舟，听

---

① 目连：“目犍连”的简称，佛陀释迦牟尼十大弟子之一，号称“神通第一”。

② 舍利弗：佛陀释迦牟尼十大弟子之一，号称“智慧第一”。

③ 龙树：即龙树菩萨，大约活跃于公元 150 年至 250 年之间，在印度佛教史上被誉为“第二代释迦”。

④ 马鸣：即马鸣菩萨，约为公元 1 世纪时人，佛教诗人和哲学家，古典时期梵语文学的先驱。

⑤ 震旦：源于梵语，指中国及与中国相邻接之部分地区。

⑥ 长乐寺：文中指位于现京都市东山区的长乐寺。

⑦ 供僧：“供奉僧”的简称，供奉本尊或于佛前供花、点灯、捧香的僧侣。

从了弟子的诚心规劝。

这个方法极为简单,只需先用热水烫鼻子,然后再让人踩即可。

寺里的浴房里每天都在烧热水,弟子当即去那里打了一壶烫得指头都伸不进去的热水来。然而如果马上把鼻子伸到壶里去,脸则难免会被腾起的蒸汽烫伤。于是弟子在一个托盘上开了个孔,将它盖在壶上,请内供把鼻子从孔中伸进壶里去。单单把鼻子浸在热水中,竟然一点也不觉得烫。过了片刻,弟子问道:

"该是烫得差不多了吧。"

内供苦笑起来,因为他心想若是仅听这句话,大约无人领会得到弟子说的是鼻子。鼻子被热水烫得痒兮兮的,仿佛被跳蚤叮在了上面似的。

内供刚把鼻子从托盘孔中拔出来,弟子立刻双脚使足了劲,朝着还在冒热气的鼻子踩了上去。内供横躺着将鼻子伸在地板上,看着弟子的脚在眼前上下踩动。弟子时不时于心不忍地低头望望内供的秃顶,歉疚地问道:

"疼不疼啊?大夫说得使劲踩。不疼吧?"

内供本想摇摇头,表示自己不疼,可鼻子被弟子踩着,想摇头也摇不了。于是眼珠子朝上翻了翻,盯着弟子皴裂的双脚,没好气地答道:

"不疼。"

其实,弟子踩着那痒兮兮的地方,鼻子别说疼了,让他踩得正舒服着呢。

踩着踩着,鼻子上不一会儿出现了小米粒大小的东西,鼻子的形状看上去就像是一只拔了毛烤熟的小鸟。弟子见状停止踩踏,自言自语似的说道:

"这些东西说是得用镊子镊出来。"

内供鼓起两腮,似乎觉得还没被踩够,一言不发地任凭弟子摆布。他当然不是不领弟子的情，而是尽管明白弟子的一番好意，却并不乐意自己的鼻子被人任意摆弄，像是完全成了个物件似的。内供一脸狐疑，犹如一个正在让信不过的大夫动手术的病人，怔怔地望着弟子从鼻子的毛孔里用镊子将脂肪取出来。那脂肪看上去就像鸟毛的根，竟能拔出四分来长。

总算拔完了一遍，弟子如释重负似的说道：

“把它再烫一回就行了。”

内供还是只能皱着眉头，一脸不高兴地照着弟子说的去做。

却说拔出第二次烫过的鼻子一看，果真变得从来没见过的那么短。这一来，跟平常的鹰钩鼻就没什么大区别了。内供一边摸着变短了的鼻子，一边挺害臊似的对着弟子拿过来的镜子，战战兢兢地向里望去。

鼻子——那根原来一直耷拉到下巴底下的鼻子，萎缩得简直令人难以置信，现在剩下的只有嘴唇上面那无精打采的一段了。散见其上的红色斑点，多半是踩踏的痕迹。如此一来，肯定无人还会笑它了。镜子里内供的脸望着镜子外内供的脸，心满意足地眨了眨眼睛。

但那一天内供还是整日惴惴不安，就怕鼻子又会变长。这一来，无论念经还是吃饭的时候，他一有空便伸手悄悄摸摸鼻尖，而那鼻子兀自端坐在嘴唇上方，看不出有下垂的明显迹象。尔后内供一觉睡到次日，早早醒来的第一件事，便是摸摸自己的鼻子。见那鼻子并未变长，内供心中感到一种多年未有的舒畅，犹如当年终于奋力抄完《法华经》时一般。

然而随后的两三天，内供觉察到一件蹊跷的事。那是一个来池尾寺公干的武士，表情比之以前显得颇为怪异，说话也变得结结巴巴，却总是死死盯着内供的鼻子。无独有偶，曾经害得内供鼻子掉进粥中的小和尚在讲经堂外与他路遇时，起初还一直低头忍住不笑，随后看来终于按捺不住，竟然扑哧一声笑了出来。那些听他调遣的打杂和尚，当面听他吩咐时尚算毕恭毕敬，可待内供一转身，立刻开始嘻嘻窃笑。这类事情已远非一两次了。

内供起初只当是因为自己脸相发生了变化，但原因似乎并不尽然，那小和尚与打杂和尚的嗤笑肯定另有缘故。因为虽然同为嗤笑，他们的腔调却与当初自己鼻子长时的笑法颇为不同。若说是没看惯的短鼻子比看惯了的长鼻子显得滑稽，那倒也罢了，但显然他们的笑声里另有含意。

"以前他们可没笑得这么肆无忌惮啊。"

内供不时停下刚念了没几句的经文，歪着秃头喃喃自语。每当此时，可爱的内供必定是呆望着挂在一旁的普贤菩萨像，回想起四五天前的长鼻子，"恰似那今朝落魄汉，偏忆起昔日荣华身"，心中郁闷至极。可惜的是，内供胸中并无可解此问之明。

人心里有两种互为矛盾的感情。对旁人的不幸，当然无人会不表同情。然而一旦该人设法挣脱了困境，却又会让人不由得感到缺憾，说得夸张点儿，这时人们心里甚至会变得希望他重陷困境。就这样不知不觉地，虽非刻意如此，人们还是会对他生出某种敌意来。内供之所以总感到莫名的不快，不外乎因为他从池尾僧俗众人的态度里，隐约感觉到了这种旁观者的利己主义。

这种感觉使得内供的心情每况愈下。不管对谁，动辄无端寻衅，恶言斥责。到了最后，连为他治鼻子的那个弟子也在背地里抱怨："内供如此没心没肺，必遭天罚。"特别让内供生气的是那个淘气的小和尚。有一天，内供听到狗叫得很凶，心不在焉地出去一看，只见小和尚抡着一根二尺来长的木条，正在追逐一只长毛瘦狮子狗。他并不是只追在狗后面团团转，而是边追边喊着："看我抽不着你鼻子！等着吧，看我抽不着你鼻子！"内供从小和尚手里夺过木条，向他脸上狠狠抽了过去。而这木条正是原来小和尚为他托鼻子的那根。

现在短得不三不四的鼻子,反而让内供怨恨起来。

接下来的一天晚上,天黑之后好像忽然刮起风来,塔上的风铃声传到枕边,着实让人心烦。更兼天气骤然变冷,年迈的内供就是想睡也睡不着,只得在铺上瞪着双眼发呆。此时他忽然觉得鼻子痒得发慌,用手一摸,只觉那鼻子胀了起来,像是水肿一般,比脸上其他的部位似乎都要烫了许多。

“这硬把它弄短的鼻子,保不定惹出病来了。”

内供双手按住鼻子喃喃自语道,那手势恭敬得像是在佛像前上香供花。

次日一早,内供像平日一样醒来一看,只见寺内的白果树和七叶树一夜之间落叶遍地,院子里熠熠生辉,仿佛铺上了一层黄金。或许是蒙着银霜的缘故吧,淡淡的晨曦下,塔顶的九轮①正在耀眼地闪烁着。禅智内供站在悬窗洞开的外廊上,深深地吸了一口气。

正是此时,一种几近忘却的感觉重又回到了他的身上。

内供急忙伸手去摸鼻子,但摸着的已经不是昨晚的短鼻子了,那鼻子从嘴唇上方一直垂到下巴底下,还是以前的那只长鼻子。内供明白,一夜之间,鼻子又变得像以前那样长了。与此同时,他不知不觉又开始感到了那种与鼻子变短时同样的爽快。

“如此一来,肯定不会有人再笑话我了。”

内供迎着黎明的秋风,一边晃悠着长长的鼻子,一边在心里对自己说道。

(高培明　译)

---

① 九轮:佛塔顶上的相轮中的九层环形金属轮。

单相思

（一个夏日的午后，在京滨电车上邂逅一位大学的同届好友，他告诉了我这个故事。）

前不久去Y地公干时，受到了设宴招待。毕竟是Y地的招待宴会，环境颇为典雅：壁龛里悬挂着乃木大将的石印条幅，前面装饰着人造的牡丹花。由于黄昏时下起了雨，人数又不多，故而感觉比原来想象的好。二楼听上去也在开宴会，幸而没像当地人那么大声喧闹。可你猜怎么着？来陪酒的女人里……

你大概也还记得吧，咱们以前常去喝酒的U的女店员中有个叫阿德的，就是鼻子低、额头窄、整个店里最搞笑的那个。告诉你吧，这家伙也在陪酒的女人里头。只见她一身艺伎打扮，手端酒壶，像其他女人一样地装腔作势。起先我还以为看走了眼，等她来到跟前，我才肯定就是阿德。她那一说话就翘下巴的毛病还跟以前一样……我真觉得人生无常啊，就凭她这么个人，你瞧瞧，好像还让志村害上了相思病呢。

志村那哥们，当时可是动了真情。他去青木堂买来小瓶的薄荷酒送给阿德，说什么“这种酒味道挺美的，你尝尝”。那酒大概是挺甜美，可志村想得也太美啦。

这个阿德如今竟然干起这种行当来了。要是志村在芝加哥知道了，心里会是什么滋味？这么一寻思，我本来想要问问她，但还是决定给她留点儿面子吧……说起阿德，她以前在日本桥的那些事，我也不是没告诉过你。

就在这时，她倒主动对我打起了招呼：“好久不见了，自从离开 U之后就再没见过您啦！”阿德这家伙，进来的时候就已经醉了。

可不管醉成什么样，毕竟是久未见面，加上还有志村的那层关系，自然就海阔天空地侃了起来。这一来你猜怎么着？其他人的表情都像是觉得我跟她交情非同寻常似的，纷纷吵吵嚷嚷地开始起哄。东道主挑头对我说“不老实交代就不准走”，搞得我实在难以招架。于是我讲起志村买薄荷酒的事，并且明知是无稽之谈，还是指着阿德说：“这就是让我的好友吃了闭门羹的女人……”我这么说是因为东道主已经上了年纪，我从宴会开始就是属于跟着长辈逛花街的帮衬档次。

这一来，由于说起了阿德让男人吃闭门羹的话题，宴席上顿时又热闹起来，就连别的艺伎也一起来拿阿德开涮。

谁知阿德这个福龙并不买账——说她是福龙没错吧？《八犬传》①里对于龙的解释中，有“优乐自在，谓之福龙”的字句，但可笑的是这个福龙却是大大地优乐不自在，当然这是题外话啰——阿德不买账的理由也颇合逻辑：“就算志村沉湎于我，我也没有义务非得痴心于他吧？”

不仅如此，她甚至声称：“如果没有当初那些事情，我早就过上更

---

①《八犬传》：即江户时代后期曲亭马琴所著的长篇传奇小说《南总里见八犬传》。

好的日子了。”

她说这就是所谓单相思的悲哀。讲到最后阿德来了兴头，还要举出单相思的例子来，于是她开始说起了自己离奇的感情纠葛。我要告诉你的就是她讲的故事，反正都是些她自己的私房事，所以不怎么有意思。

我真有点儿纳闷，一谈起做梦和恋情之类的话题，竟然没人会不愿意听的。

（听了他这句话，我说："那是因为梦中和恋爱中的悲喜，除了当事人之外，别人无法领悟啊。""那么，把做梦和恋情写进小说里也就很难喽。""至少可以说，正因为做梦之类是感觉上的东西，所以似乎写起来更难。小说里描写的做梦，几乎没有一个像真的梦。""恋爱小说的优秀作品不是比比皆是吗？""可无法流传下去的蹩脚东西同样也是多得不难想象啊。"）

你如果明白这些话的意思，就可以完全心里有底了。反正这是最最蹩脚的作品，因为是我模仿阿德口气说的"我的单相思"。你就尽量耐着性子听吧。

阿德迷上的男人是个演员。她说是还住在浅草田原町父母身边时，在公园里一眼看上的。听了这话，你想必会猜他是在公户座或常盘座①跑龙套的，其实不对。你以为他是日本人？也错了。他是个洋鬼子演员，专扮反派角色来逗人乐的。

可阿德既不知他叫什么也不知他住在哪儿，而且连他是哪国人都不知道。我问阿德那个人是娶老婆了还是单身，她回答说问这种

① 公户座、常盘座：均为自明治时期开业于东京浅草地区的小剧场。

问题本身就是老土。你说她可笑吧？阿德对那个人迷得再厉害，这样做也太蠢了。我们去若竹①听曲艺的时候，即使内容不太明白，至少对于演员是日本人、艺名叫升菊这些还是知道的呀。……听到我拿这些话笑话她，阿德这家伙立刻板起脸来说道："那些事我当然也想知道了，但弄不明白也没办法呀，谁让我每次都是在幕布上见到他呀！"

在幕布上？这就奇怪了，要说是在舞台幕布的里头倒还能理解。于是我又问了好几个问题，这才明白，她单相思的那个人，原来是电影里头的西洋喜剧演员。这让我大吃一惊，果然是只能在幕布上见面啊。

看来宴会上的其他人都觉得她这个故事的结局太杀风景，甚至有人抱怨："哼，别糊弄人了！"Y这地方是个码头，民风粗俗，但看上去阿德不像是在编瞎话，不过她当时已经醉眼横斜了。

"我就是每天想去，可零用钱也经不起我那么花呀，所以我只能一个星期勉强去看一次电影。"……这些话倒还在理，但接下来说的就又不靠谱了："一星期一次，还能从妈妈那儿软磨硬磨要来钱，可碰上满座时就只能站在旁边的旮旯里了。这一来，好容易等到那个人的脸出现在银幕上时，看上去也是又扁又平的了。看得我那个伤心啊，真是伤心透了……"她说那时自己用围裙捂着脸哭了。我猜她大概是因为看到心上人的脸在银幕上变得又扁又平才伤心的吧。对她的难过，我倒也很同情。

"我好歹看了十二三次他扮演不同角色的电影。他长长的脸，人很瘦，留着胡子。记得大多是穿黑色的、你这种式样的衣服。"……我当时穿的是常礼服。因为有了刚才的教训，所以我先发制人，立刻问

---

① 若竹：专演曲艺的小剧场，位于东京都江东区东阳。

她:“跟我很像吧?”“比你还漂亮。”她一本正经地答道。“比我还漂亮?”这话说得也太不给我面子了吧。

“你想想,他是只能在银幕上看到的吧。如果是生活中的真人,还能对他眉目传情吐诉真心,可对他那么做,是在对着照片自作多情啊。”而且是会动的照片,摸也摸不着,找也找不到。“人们常说的什么相互思念,就是把没有被思念的人也当成了在被人思念。就说志村先生吧,他是经常带薄荷酒来给我,但我没法把他变成个被思念的人啊。这难道不是前世作孽的报应吗?”阿德这些话倒说得句句在理,她表面上滑稽可笑,内里却是让人同情的。

“我当了艺伎以后,也经常带客人去看电影。可不知为什么,那个人忽然一下子不在电影里出现了。不管什么时候,一进电影院就是什么《明金》①啦、济格玛②啦,全都是我一点儿也不想看的演员。最后我也完全死心了,跟他没缘分啊。可是我告诉你……”

别人都不理睬她了,阿德只能抓住我一个人唠叨个没完,声音都有点儿带上哭腔了。

“我告诉你,来到这地方之后第一次去看电影的那天晚上,总算隔了好几年又看到他出现在画面上了……那大概是西洋的一个小镇吧,路上铺着石块,中间那棵树像是梧桐,两旁全是西式房子。可也许是因为片子比较旧吧,画面都像黄昏似的模模糊糊黄兮兮的,那些房子和树也有点儿怪,都是晃晃悠悠的……一派萧疏景象啊。这时候,只见那个人牵着一条小狗出现了,嘴里在喷着吸进去的香烟。他还是穿着黑衣服,拄着手杖,跟我小时候看到的一点儿都没变……”

---

① 《明金》:1915 年美国拍摄的电影,原名为“The Broken Coin”(“碎金币”之意)。

② 济格玛:1911 年根据法国作家利昂·萨基所著侦探小说改编的电影中的蒙面怪盗。

时隔十载邂逅心上人，电影里的对方英姿依旧，而此处的阿德早已成了福龙。想及此情此景，确也让人心酸。

“然后他在树旁边停了一会儿，朝着我脱下帽子笑了。看上去像是在跟我打招呼。我要是知道他名字，真想叫他一声……”

那你就叫叫看吧！叫出来人家还以为你是疯子呢。想必就是在Y这块地面上，也还没有哪个艺伎看电影看到发痴的吧。

“这时候，对面走过来一个瘦小的女洋人，一下子紧紧抱住了他。解说员说这个女人是他的情妇。这女人都有把岁数了，却戴着一顶大大的羽毛帽子，真是要多恶心就有多恶心。”

阿德是吃醋了，而且是吃电影里的醋。

(故事说到这里的时候，电车到品川了。朋友知道我要在新桥下车，于是不免说得快了起来，还不时瞟一眼窗外，就怕这个故事讲不完。)

据阿德说，电影情节错综复杂，到结束的时候，那个人被警察抓住了。阿德详细告诉过我他是为什么被捕的，可不巧的是这些我都不记得了。

“好多人一拥而上，把他绑了起来，但这已经不是在他刚出场时的街道了。那里像是一个西式酒馆，里面摆满了酒瓶。角落里吊着个大大的鹦鹉笼子。那时看上去是在夜晚，整个画面全是蓝色的。蓝色之中……在蓝色中，我看到他那张脸上眼泪正要夺眶而出。你要是看到他那副表情，一定也会难受的。他热泪盈眶，半张着嘴……”

她说就在这时候终场哨音响起，电影画面消失了，眼前剩下的只是白色的幕布。有句话阿德这家伙说得好：“全消失了，什么都是转眼就没有了。世上的一切就是这么回事。”

光听这句话，她像是大彻大悟了，可她是自嘲似的边哭边笑边对我这么说的。我告诉你，她这家伙搞不好是发神经病了。

可就是发神经病的人，也有他们极为较真的地方吧。什么迷上电影演员的事，有可能就是阿德自己编出来的，其实是她对我们当中的哪个人曾经单相思过也说不定。

（我们俩乘坐的电车此时已经到了暮色中的新桥车站。）

（高培明　译）

南京的基督

一

一个秋夜，南京奇望街的屋子里，有个脸色苍白的中国姑娘手撑着下巴坐在桌旁，无聊地嗑着盘里的瓜子。

桌上的油灯光线幽暗，不仅没把屋子照亮，反而使它更显得阴郁。墙纸已经开始剥落，角落里的藤床挂着满是尘土味的帐子，床上的毛毯伸在外头。桌子对面还有把旧椅子，像是已经被忘记似的扔在那儿。除了这些以外，屋子里再也找不出一件像样的家具。

姑娘对这一切并不在意，她手拿瓜子嗑嗑停停，不时抬起水灵灵的眼睛，望望桌子一侧的墙壁。原来眼前的墙上有个钉钩，上面端端正正挂着个黄铜小十字架。十字架上粗拙地雕刻着高高张开双臂的受难基督，雕刻的轮廓已经磨损，正像影子似的在灯下模模糊糊地晃动。每当姑娘望着耶稣时，长睫毛后孤寂的眼神瞬时便会消失得无影无踪，取而代之的是天真烂漫、生气勃勃的希望之光。然而一旦移开视线，她又会漏出一声叹息，无力地摊下穿着暗淡黑缎上衣的肩膀，一粒一粒地又嗑起盘子里的瓜子来。

姑娘名叫宋金花，是个十五岁的私窝子①。她夜夜在这屋里接客，好帮衬贫穷的家庭。秦淮河的诸多私窝子中，长得像金花这等姿色的肯定数不胜数，但脾性像她那样温柔的姑娘在这片地面上有没有第二个，至少还是个疑问。她跟那些妓女姐妹不一样，既不说瞎话也不逞性子，每天晚上都带着满脸开心的微笑，小心应酬到这阴暗小屋来的各种客人。难得客人多给几个例钱的时候，她也乐意拿出来让鳏孤的父亲多喝一杯钟爱的老酒。

金花的这种品行，自然是她的秉性使然，但要说起其他原因，那就是她自幼受到已故母亲的引导，正像墙上的十字架告诉我们的那样，她一直信奉罗马天主教。

说起她的信仰，不得不提有个日本旅行家在她屋里度过的好奇的一夜。这个年轻人是今年春天来上海看赛马的，顺便还想要探访一下中国的江南风光。当时他正衔着烟卷，把娇小的金花轻轻抱在自己穿着西裤的膝盖上。无意中他看到了墙上的十字架，于是一脸狐疑地用生硬的中国话问道：

"你是基督教徒吗？"

"是的，我是五岁时受洗的。"

"那你还做这种生意？"

说这话的一瞬间，他的声音像是充满了嘲讽的意味。头上扎着发髻的金花正靠在他的胳膊上，她笑得露出两颗犬牙，像往常一样爽快地答道：

"不做这种买卖，爸爸跟我都会饿死的。"

"你父亲上年纪了？"

"是啊……腰都直不起来了。"

---

① 私窝子：旧指暗娼。

"可是……可是你不担心做这种职业的人是上不了天堂的吗?"

"不担心。"

金花望了望十字架,眼神像是陷入了沉思。

"因为我觉得,基督在天堂里一定会体谅我的心情……不然的话,他跟姚家巷警察局的长官不就一样了吗?"

年轻的日本旅行家微笑起来。他把手伸进西装上衣里袋,掏出一对翡翠耳环,亲手戴到了金花的耳朵上。

"这耳环是刚买的,本来要带到日本去送人。给你吧!就当是今天晚上的纪念……"

其实,金花正是凭着这种信念,才从头一次接客那天夜里起就一直处之泰然的。

可是就从一个来月之前开始,这个虔诚的私窝子不幸传染上了恶性梅毒。小姐妹陈山茶听说了这件事,便教她去喝鸦片酒,说是止疼很有效果。后来又有个小姐妹毛迎春,也特意好心地把自己吃剩下的汞蓝丸和迦路米拿来了。可金花的病不知怎么回事,就是自己关在家里不接客,也一点儿不见好转。

于是,有一天陈山茶到金花屋里来玩时,郑重其事地告诉了她一个迷信的治法。

"既然你的病是客人传染给你的,那你就快点儿再传染给别人呀。这样的话,肯定两三天就会好的。"

金花手撑着下巴,蹙额颦眉并未舒展,但山茶的话多少让她为之心动。

"真的?"她轻声问道。

"嗯,是真的呀。我姐姐的病也跟你一样,起初怎么也治不好。可是等传染给客人以后,马上就好了。"

"那个客人怎么办呢?"

"那客人倒是挺可怜的,听说这病害得他眼睛都瞎了。"

山茶走后,金花一个人跪在墙上挂着的十字架前,仰望着受难的基督,满怀真诚地祷告道:

"天堂里的基督救主啊,我为了赡养父亲,做着下贱的活计。但我接客只让自己受辱,并没给任何人添麻烦。所以我觉得即便这样死去,也一定能进天堂。可是,如今我要是不把这病传染给客人,以前的活计就干不下去了。尽管听说这样一来我的病就会好,但我就算饿死,也得时时提醒自己不跟客人同床。不然的话,就等于我为了自己的幸福,将无冤无仇的他人置于不幸的境地。然而,我不管怎么说也是女人啊,我无法保证自己任何时候都能抵御一切诱惑。天堂里的基督救主啊,求你保佑我吧!因为我这个女人除了你之外就别无依靠了。"

宋金花下了决心以后,不管山茶和迎春怎么劝她重操旧业,她都坚决拒绝接客。即使有熟客不时来她屋里玩玩,除了陪着抽抽烟外,她决不任客人随意摆布。

"我得了很可怕的病,你要是跟我在一起,是会传染给你的呀。"

然而有的客人仍会酒后撒野,想要强其所难。但金花每次都如此直言相告,甚至不惜向客人露出病灶来证明自己所言非虚。这样一来,登门的客人越来越少,她的生活也随之江河日下,一天不如一天起来……

这天晚上她又倚着桌子呆呆地坐了很久,但仍然不像有客人要来的样子。过不多时,深夜兀自来临,耳中听到的,唯有不知何处传来的蟋蟀鸣叫声。本就冰凉的屋子里,铺地的石板偏偏又透出了寒气,水流般的寒气渗进鼠灰缎子鞋里,将她纤细的小脚浸没在寒冷之中。

金花一直盯着昏暗的灯火痴痴地出神,冷不丁浑身一哆嗦。她挠了挠吊着翡翠耳环的耳朵，强忍着没打出哈欠来。几乎就在同时，油漆过的房门猛地被撞开了，踉踉跄跄地闯进来一个陌生的外国人。他来势汹汹，浑身带风，桌上的油灯火苗一下子蹿了起来，狭小的屋子里顿时充满了夹杂着黢黑煤烟的红光。灯光把客人照得清清楚楚，只见他朝着桌子一个趔趄，随即站直身子，又蹒跚着向后退去，咚的一声沉重地靠在刚关住的房门上。

金花不由得站起身来，目瞪口呆地望着这个陌生的外国人。来人看上去有三十五六光景，眼睛大大的，留着络腮胡子，脸颊晒得黝黑透红，一身褐色隐条西装，头戴一顶同样料子的鸭舌帽。然而唯有一点让金花猜不透的是：来客虽然一望便知是个外国人，可他到底是西洋人还是东洋人？只见他帽子外散乱着黑头发，嘴里衔着已经熄灭的烟斗，迟钝的身躯挡在房门口，让人怎么看都觉得是个喝得烂醉、不辨东西南北的过路人。

"你有什么事吗？"

金花没好气地问了一句。她感到有点儿害怕，战战兢兢地站在桌前，总算没有退缩。那人一听摇了摇头，意思是不懂中国话。然后取下横叼着的烟斗，嘴里漏出一句流利的外国话，也不知说的是什么。这一来，只看到桌上的油灯光下翡翠耳环一闪一闪——金花现在也只好摇头了。

望着金花疑虑重重、紧锁在一起的美丽双眉，不速之客忽然大笑着随手脱下鸭舌帽，摇摇晃晃地走近前来，无力地瘫坐在桌子对面的椅子上。此时近在眼前的这张外国人的脸，虽然不记得何时何处曾经见过，但金花总觉得有些眼熟，因而不由得感到亲切起来。来客毫不客气地抓起盘里的瓜子，但却并不向嘴里送，只顾两眼怔怔地盯着金花不放。过了一会儿，他一边打着奇怪的手势，一边又说起外国话来。金花虽然不明白他说的是什么意思，但也能猜出个八九不离十来:对于自己做的活计,这个外国人多多少少也是知道一些的。

对金花来说,与不懂中国话的外国人彻夜周旋,并无什么不寻常之处。于是,她坐到椅子上,露出习以为常的魅人微笑,开始对来客说起他一窍不通的笑话来。然而来客对她说的笑话像是似懂非懂,倒也能接上个一言半句,还不时一边大笑,一边更加手舞足蹈地比画各种手势。

客人虽然满口酒气,但那张红得如痴如醉的脸庞充溢着男性活力,使这间清冷的小屋变得明快起来。至少对金花来说,他比自己以往见过的所有东洋人西洋人都更出众,更不用说平日在南京见惯的那些国人了。尽管如此,刚才那种似曾相识的感觉却无论怎么也无法打消掉。金花望着挂在客人额头上的黑色卷发,愉快地对他克尽殷勤,一边却在拼命想要记起自己什么时候见过这张脸。

“是上次跟胖太太一起乘画舫的那个人吗?不对不对,那个人的头发颜色要比他红得多呀。那么也许是在秦淮河夫子庙给我照相的那个人吧?可那个人的岁数好像比这客人大得多呢。对了对了,那次在利涉桥边的饭馆前头聚集了一大帮人,当时正好有人抡着粗藤手杖,朝着黄包车夫后背在抽打,那个人就很像眼前这个客人。说不定……可是那个人的眼珠子好像还要蓝一点儿……”

金花浮想联翩的时候,这个外国人依旧很快活,他不知什么时候又点燃了烟斗,嘴里吐出香喷喷的烟雾来。忽然间他说了句什么,接着一本正经地笑着把两个指头伸到金花眼前,做了一个“怎么样”的姿势。谁一看都明白,两个指头的意思就是两美金。然而金花早已定了不留宿客人的规矩,她娴熟地嗑着瓜子,微笑着两次摇了摇头,表示拒绝。客人一看。立刻把两肘傲慢地支在桌上,醉醺醺的脸一直伸到金花面前,在昏暗的灯光中紧紧瞪着她。过了一会儿,又伸出三个指头，那眼神是在等待回答。

金花挪了挪椅子，嘴里含着瓜子没动，脸色显得非常为难。看来客人一定以为她嫌两美金太少才不卖身，但对这个言语不通的人，金花怎么也想不出让他了解自己苦衷的法子来。这使得金花为自己的轻率更感到后悔，她水灵灵的眼睛朝别处望去，无奈地但也更坚决地又朝客人摇了摇头。

然而这个外国人淡淡地微笑着踌躇了一会儿，又伸出四个指头对她说了一通外国话。进退两难的金花双手捂着脸颊，连微笑的力气都没有了。她心中闪过一个念头，既然事已至此，也只有把头一直摇下去，直到他死心为止了。谁知就在她心中盘算的当口，客人的手像是被一种无形力量操纵着似的，终于五个指头全都张开了。

接下来，两个人交替使用着手势和身体姿势，你来我往地争辩了很久。这客人韧劲十足，手指数目一根一根增加上去，最终加到了十美金，也仍是一副毫不吝惜的气度。而对一个私窝子来说，十美金已经宛如天价，但却仍无法撼动金花的决心。她刚才就已离开椅子，一直斜对桌子站着。客人向她伸出两手的所有指头时，她按捺不住地跺着脚，不停地摇头。就在这时，挂在钉子上的十字架不知怎么脱落下来，掉在脚旁的石板地上，发出了轻微的金属声响。

金花慌忙伸手捡起宝贵的十字架，无意中望了望雕在上面的受难基督，意外地发现那张脸跟桌子对面的外国人简直一模一样。

“怪不得我觉得在什么地方见过呢，原来是耶稣基督的脸啊。”

金花把黄铜十字架紧紧按在黑缎子上衣的胸口上，禁不住吃惊地向桌子对面的客人望去。昏暗灯光中的那张脸上还带着酒气，烟斗时不时飘出烟雾，那张脸上一直泛着意味深长的微笑。那双眼睛像是在她身上流连徜徉——从雪白的脖颈，到吊着翡翠耳环的耳廓……然而客人的这种神态在金花眼里，却像是充满了一种温柔的威严。

过了一会儿，客人放下烟斗，故意歪着脑袋边笑边对她说了句什么。这句话俨然在金花心里起了某种暗示作用，犹如那高明的催眠师对着被催眠人的耳朵念念有词一般。她像是把那个坚定的决心忘得一干二净，轻轻垂下含着微笑的双眸，手中抚弄着黄铜十字架，羞羞答答地朝这个奇怪的外国人走了过去。

客人手伸进裤兜拨弄出哗啦啦的钱币声，依然笑眯眯地欣赏了好一会儿金花的身段。忽然间，那微笑的目光变得炙热灼人，只见他猛地从椅子上跳起来，用力把金花紧紧抱在穿着西装的胳膊里，那西装依然在散发着酒气。金花仿佛失去了知觉，吊着翡翠耳环的脑袋无力地朝后仰着，苍白的脸颊下隐隐透出鲜红的血色，失神的双眼一片迷离地望着凑在跟前的这张外国人的脸。是将自己的身体任凭这个奇怪的外国人摆布？还是拒绝跟他接吻，防止把病传染给他？然而，不用说，金花已经找不到一点儿间隙来进行这种思考了。她听任客人那张胡子巴扎的嘴肆意亲吻自己的嘴唇，心中只想着激荡在胸间的爱的愉悦，这种烈火燃烧般的愉悦是她有生以来第一次品尝到的……

二

几个小时之后，灯火熄灭的屋子里，唯有远处传来的蟋蟀低鸣，在为床上两人的呼吸声增添着寂寥的秋意。然而此时梦中的金花早已离开沾满尘土的藤床，如同烟云一般越过帐子，朝着房顶上方星月璀璨的夜空高高地升腾而去。

金花坐在紫檀椅上，享受着桌上的各种山珍海味：燕窝、鱼翅、蛋羹、熏鱼、烤乳猪、海参羹……一道道菜肴，多得目不暇接。而且盘碟杯盏做得小巧精致，上面全都绘着青莲和金凤凰。

金花的椅子后面有扇窗户，挂着绛红薄丝帘。窗外像是有条小河，恬静的流水与划桨声不时传进耳中。金花觉得像是身处幼时便已熟悉的秦淮河畔，然而现在确实是在天堂里，是在基督的家里。

金花不时停下筷子打量餐桌四周，宽敞的屋子里一个人都没有，只有雕龙的立柱、大朵菊花的盆景和散发着热气的佳肴。

尽管只有一个人用餐，香味扑鼻的菜肴却一盘接一盘地出现在眼前，也不知从哪里来的。一只烤熟的野鸡趁她还没动筷子，忽然扇动翅膀碰倒了老酒瓶子，扑腾扑腾地朝屋顶飞了上去。

过了一会儿，金花感觉有人蹑手蹑脚地走到了自己身后，她并未放下筷子，只是稍稍回头看了一眼。哪知刚才还在的窗户不知怎么不见了，那地方多出来一把铺着缎子坐垫的紫藤椅子，上面悠闲地坐着个陌生的外国人，嘴上衔着黄铜水烟壶。

金花望了那人一眼，立刻认出他就是今天晚上来自己屋里过夜的那个人。唯一不同的是，此刻他头顶上方一尺左右的地方，悬着一个新月般的光环。就在这时，金花面前不知怎么又出现了一大盘热气腾腾、令人垂涎欲滴的菜，简直像是从桌子里冒出来的。她立刻拿起筷子，想要去夹盘中珍馐，忽然转而又想到了身后那个外国人，于是扭头望着他客气地说了一声：

"您也过来吃点儿吧！"

"不用了，你自己吃吧。吃下去，今天晚上你的病就会好了。"

头顶光环的外国人依然抽着水烟，脸上的那丝微笑中充满了怜爱。

"那您不吃啦？"

"我吗？我不喜欢吃中国菜。你不知道吗？耶稣基督可是一次都没吃过中国菜的呀。"

南京的基督说完不紧不慢地离开紫藤椅子，从背后亲切地吻了吻目瞪口呆的金花的脸颊。

从天堂美梦中醒来时，秋天的晨光已经在狭小的屋子里洒上了一丝寒意。满是尘土气的帐子里，那张藤床犹如一叶扁舟，温暖的昏暗尚未从床上消散。金花半仰着躺在这昏暗之中，还没睁开睡眼。圆滚滚的双下巴缩在毛毯里，那毛毯旧得连什么颜色都看不出来了。也许是昨夜出汗的缘故吧，油腻的头发乱糟糟地沾满了她那毫无血色的脸。微启的双唇之间，隐约露出白白的糯米般的细齿。

金花虽然已经醒了，却仍然迷迷糊糊地徜徉在睡梦的记忆中：菊花、水声、烤野鸡、耶稣基督，还有其他那些……没过多久，帐子里渐渐亮了起来，美梦纵然令她乐不思返，但冷酷的现实，昨夜与那个奇怪的外国人在这藤床上共度一夜的记忆，又清晰地回到她的意识中来了。

"要是病传染给了那个人……"

一想到这里，金花的心情顿时阴郁起来，觉得今天早晨都不忍心再看他一眼。然而既然已经醒了，却永远不看那张黝黑透红令人眷恋的脸，就更让金花于心不忍了。她犹豫片刻，怯生生地睁开眼睛，扫视了一番明媚阳光下的藤床。然而匪夷所思的是，除了盖着毛毯的自己之外，那个很像十字架上耶稣的外国人连影子都不见了。

"难道连那也是做梦吗？"

金花掀开垢渍斑斑的毛毯，从床上坐起来，又揉了揉眼睛，揭开沉甸甸的帐子，用依然迟钝的目光向屋子里望去。

屋中所有物品的轮廓，被清晨的寒气无情地勾画得一清二楚。陈旧的桌子，熄灭的油灯，还有那一把倒着、一把靠墙的两把椅子……一切都与昨晚无异。就连那小小的黄铜十字架,也在桌上摊着的瓜子中淡淡地发着光。金花心灰意冷地侧身坐在乱七八糟的床上,觉得光线炫目,她眨了眨眼睛,茫然望着周围的一切,好一会儿没移动身子。

"果然不是梦啊。"

金花一边自言自语,一边左思右想,揣测起那个外国人难以捉摸的去向来。她又觉得其实想都不用去想,他说不定就是趁着自己睡着的时候偷偷溜走的。但他当时那样地爱抚自己,却连句再见都不说就一走了之,也真难以令人相信——准确点儿说,是金花不忍心去相信。而且,连那个奇怪的外国人说好的十美金,她都忘记向他要了。

"或许他真的是走了吧?"

心情郁闷的金花想把脱在毛毯上的黑缎衣服披上,却突然停下手来,只见她脸上一点儿一点儿显出了生气勃勃的红光。是因为门外传来了那奇怪的外国人发出的脚步声?还是因为卧具上沾着的带酒气的体味突然唤起了昨夜那难为情的回忆?都不是的,其实是金花在这一瞬间发现自己身体出现了奇迹。她发现就在这一夜之间,那极度恶性的梅毒竟然不留痕迹地完全治愈了。

"这么看来,那个人就是耶稣基督!"

金花情不自禁地只穿着衬衣就翻身下床,跪倒在冰冷的石板地上真诚地祷告起来,就像主耶稣复活之后,那个与主耶稣对话的抹大拉美丽的玛利亚①一样……

---

① 关于耶稣复活之后与抹大拉的玛利亚对话的记载出自《圣经·新约·约翰福音》第20章。

三

翌年春天的一个晚上，那个造访过宋金花的年轻的日本旅行家，又和她在昏暗的油灯下对桌而坐。他心血来潮，脱口而出嘲弄了一句：

"你还挂着十字架嘛。"

金花一听，顿时变得严肃起来，向他见证了那天晚上基督降临南京为她治病的神迹。

年轻的日本旅行家一边听着金花讲述，一边心中暗自盘算起来……

"我倒认识她说的那个外国人。这家伙是日美混血儿，名字记得好像是 George Murry。听说他曾经对我认识的一个路透社特派记者得意地吹过，说他在南京嫖宿过信基督教的私窝子，并且趁那女人熟睡的时候偷偷溜走了。我上次来中国时，正好跟那家伙住在上海的同一家饭店，所以现在也还记得住他的长相。他没有绅士气质，人品也不敢恭维，就知道把英文报纸特派记者的头衔整天挂在嘴上。后来这家伙因为得了恶性梅毒，结果发疯了。现在看来，梅毒也许就是这个女人传染给他的。而这个女人至今还把那个混血无赖当成耶稣基督呢。为这个女人着想的话，究竟是该把真相说出来，不让她蒙在鼓里呢？还是应该守口如瓶，让她把那古代西洋传说式的梦永远做下去呢？……"

金花把神迹讲完的时候，年轻的日本旅行家也像是刚回过神来。他擦着火柴点燃烟卷，喷出一口香味浓浓的烟雾，然后装作很感兴趣似的，追根刨底地问道：

"是吗？真神奇啊！可是……可是你以后一次也没复发过？"

“对呀，一次也没复发过。”

金花满脸红光，嗑着瓜子毫不犹豫地回答道。

本文草撰时，多有参考谷崎润一郎氏所著《秦淮一夜》之处。附记于此，以表谢意。

（高培明　译）

阿耆尼神[1]

一

这是中国上海的一条街道。一幢背阴房子的二楼，有个商人模样的美国人在跟一个丑陋的印度老太婆不停地讨价还价。

“其实今天我也是来请婆婆您算卦的……”

美国人说着又点着了一根香烟。

“算卦？我决定这阵子不算卦了，”老太婆爱理不理地瞪了他一眼，“我好心给人算卦，可那种谢都不谢，扭头就走的人，这阵子越来越多了。”

“算了卦当然是要谢的喽，”美国人大方地拿出一张三百美金的支票，扔到老太婆跟前，“这点儿钱您先留着，只要算得准，到时候定有厚报……”

一见三百美金的支票，老太婆的态度立刻变得殷勤起来。

“收您这么多钱，倒是怪不好意思的……那您到底要我算什

① 阿耆尼神：古代印度神话中的火神。相传其为人与神之间的媒介，会变成太阳、闪电，驱走黑暗，消灭邪恶。

么卦呀?”

“我想请您算的是……”美国人把香烟衔到嘴上,露出一丝狡猾的微笑,“是到底什么时候会发生日美战争。因为只要能知道准确时间,我们买卖人要不了多久就能赚大钱。”

“那您就明天再来吧。我会提前给您算好的。”

“真的啊? 您可别算错了呀……”

一听这话,印度老太婆自信满满地挺起了胸膛。

“我算的卦,五十年来还一次都没错过呢,因为我的卦都是得到阿耆尼神的谕旨启示的。”

美国人离开后,老太婆走到套间门口大声叫道:

“惠莲! 惠莲!”

应声走出来的是个美丽的中国女子。或许是太劳累了吧,她那张国字脸上面色黄得像是涂了一层蜡。

“你磨磨蹭蹭地干什么呢? 真没见过像你这么脸皮厚的女人! 肯定又是在厨房里打瞌睡了吧?”

但无论老太婆骂得多难听,惠莲只是默默地低着头,并不回嘴。

“好好听着! 这么久没求过阿耆尼神了,今天夜里要请他的谕旨。你给我准备好喽!”

惠莲抬起悲伤的眼睛,望了望老太婆黑黢黢的脸。

“今天夜里?”

“今天夜里十二点。听清楚了? 忘了可不行啊!”

印度老太婆指着惠莲威胁道:

“你这次要是还像上次那样光吃饭不干事,就别想活了! 要你这种人的命,比拧小鸡脖子还要……”

说到这里,老太婆猛然拉长了脸。因为她一抬头忽然发现,惠莲不知什么时候走到了窗边,正从打开的玻璃窗望着冷清的街道。

"你看什么哪!"

惠莲吓得脸色都变了,又抬头望了望老太婆。

"好啊,好啊,看来你苦头还没吃够,竟然把我的话当耳旁风!"

老太婆瞪大眼睛,一把抄起了旁边的扫帚。

就在这时,忽然响起了嘭嘭嘭嘭的急促敲门声,外边有人来了。

二

却说就在那天的同一个时候,有个年轻的日本人从这幢房子门前走过。他一看到二楼窗口露出脸来的那个中国姑娘,便下意识地停住脚步,呆呆地愣了好一会儿。

这时又有一个上了年纪的中国黄包车夫经过他身旁,日本人冷不丁冲着他问道:

"喂,我问你,那个二楼住的是谁,你知道吗?"

中国人握着车把,朝高高的二楼望了一眼,没好气地回答:

"二楼啊?二楼住的是个印度老太婆,谁知道她叫什么。"

说完急匆匆地就要继续往前走。

"哎,你等一等呀……那么,那个老太婆是做什么买卖的?"

"算卦的。听附近的人说,她连魔法都懂。我看您哪,想要命的话,她这地方最好还是躲开点儿。"

中国黄包车夫走后,日本人抱着两只胳膊琢磨了一会儿,然后像是下定了决心,快步朝那幢房子走了进去。一进大门立刻传进耳朵里的,是中国姑娘的凄惨哭泣,间或夹杂着老太婆的破口大骂。一听到这声音,日本人三步并作两步冲上昏暗的楼梯,使足劲敲打起老太婆的房门来。

房门马上开了,但日本人往里面一看,屋里只站着印度老太婆一个人,中国姑娘已经不见踪影,可能是躲到套间里去了。

“找我有事?”

老太婆两眼滴溜溜地望着他,满脸狐疑。

“你是算卦的吧?”

日本人两手抱着胳膊,也毫不客气地瞪着她。

“是啊。”

“那我有什么事,你还要明知故问?我也是来找你算卦的。”

“您要算什么?”

老太婆似乎疑心越来越重,不停地上下打量着眼前这个日本人。

“我主人的女儿去年春天失踪了,所以想请你算一算……”日本人一字一顿,意味深长地说道,“我的主人是驻香港的日本领事,他女儿叫妙子。我是他家的学仆①远藤。……怎么样?你知道他女儿在什么地方吗?”

远藤说着从西装内袋拔出一把手枪。

“她是不是就在附近?据香港警察局的调查,劫持小姐的事看来是印度人干的……要想瞒着我,可是没有好果子吃啊!”

然而印度老太婆一点儿都不显得惊慌。不仅纹丝不乱,反而露出了轻蔑的笑意。

“你说什么呀?那个什么小姐,我连见都没见过呢。”

“撒谎!刚才从窗户里朝外看的,肯定就是妙子小姐!”远藤一只手握着手枪,另一只手指了指套间门,“既然你话说得那么绝,就把那屋子里的中国人带过来吧。”

“那是我的养女呀。”

老太婆依然一脸傲慢,哧哧地冷笑着。

---

① 学仆:寄宿在同乡前辈家中,边协助看家护院边学习的人。

"是不是你的养女,问一问就知道了嘛。你要是不把她带过来,我可就自己进去啦。"

一见远藤要闯到套间里去,印度老太婆猛然挺身堵住了门口。

"这里可是我的家呀。怎么能让你这个不明不白的陌生人到里边去?"

"让开! 再不让开就打死你!"

远藤举起了手枪——不,是想要举起手枪。就在他举枪的一刹那,老太婆像乌鸦似的叫了一声。眨眼之间,远藤像受到电击似的,手枪脱手掉到了地上。看来他本以为势在必得,却被老太婆的这一招吓了一跳。但他仅仅在瞬间诧异地四下扫了一眼,便重新鼓起勇气,大喝一声:"谁怕你的魔法!"一边犹如猛虎下山般地向老太婆扑了过去。

然而老太婆也非等闲之辈,就在眼看要被远藤抓住的当口,她闪过身子,从旁抄起一把扫帚,把地上的垃圾朝着远藤脸上扫去。这些垃圾顷刻变成噼啪燃烧的火花,不分眼睛鼻子地沾到了远藤脸上。

远藤终于抵挡不住火花旋风的穷追猛打,连滚带爬地逃到了街上。

三

快到午夜十二点的时候,远藤独自站在老太婆的房子前,懊恼地注视着二楼玻璃窗里的灯光。

"好容易查出小姐在哪里,却还是救不出来,真是太窝囊了。……对,去报警吧? 不行,不行。中国警察的敷衍了事,连在香港都是一提起就人人摇头的。万一这次让这老太婆跑了,还不又得花大力气去找。可是那老太婆的魔法,连手枪都治不了它……"

就在远藤盘算来盘算去的时候，忽然有张纸条从高高的二楼窗口飘了下来。

“哎？那张飘下来的纸条……会不会是小姐写的信？”

远藤自言自语地捡起那张纸条，轻轻掏出兜里的手电筒，把纸条伸到溜圆的灯光下仔细一看，果不其然，那上面淡淡的铅笔字确实是妙子的手笔。

远藤君：

这个老太婆会施可怕的魔法，常常在午夜时分让印度的阿耆尼神附在我身上。我一被那阿耆尼神附体，就会昏死过去，所以不知道后来发生了什么事情。但听那老太婆说，阿耆尼神会借我的口来进行各种预言。今天午夜十二点，老太婆又要让阿耆尼神附到我身上了。每次到了这种时候，我都会不知不觉地丧失意识。今天夜里，我会故意提前装出阿耆尼神已经附体的样子，然后告诉老太婆，如果不让我回到父亲那里去，阿耆尼神就会要她的性命。这老太婆最怕的就是阿耆尼神，我猜她听了这些话，大概是会放我回去的。请您明天早晨再到老太婆的地方来一次吧。因为除了这么做，是没有办法逃出老太婆手心的。

远藤读完信，掏出怀表看了看，时针已经指在十一点五十五分上了。

“马上就要到时候了。老太婆施的魔法如此了得，小姐又是个孩子，倘若她不是福星高照的话……”

还没等远藤自言自语完，魔法就要开始了。刚才一直亮着的二楼窗户忽然变得漆黑，与此同时，一股难以言状的香气不知从什么地方静静地飘逸过来，弥漫了整条街道，甚至渗进了路面的石板里。

四

黑黢黢的二楼房间里，此时的印度老太婆正坐在桌前。只见她一边看着魔法书一边不停地诵念咒语，尽管屋里极其昏暗，但借着微弱的蝇头香火，魔法书上的文字仍旧依稀可见。

老太婆面前坐着惠莲——不，是被套上中式服装的妙子，她虽然在椅子上一动不动，实际却如坐针毡：刚才从窗户抛下去的纸条顺利到达远藤君手中了吗？当时街上的那个人影虽然自己觉得就是远藤君，可会不会看错人呢？……自己这种忧心忡忡的神态要是被老太婆看到，那逃出这个恐怖魔窟的计划恐怕马上就会被识破的。想到这里，妙子把颤抖的双手拼命握在一起，焦急地等待着时机，准备按照预定计划去伪装阿耆尼神附体的假象。

老太婆一念完咒语，便围着妙子手舞足蹈起来。她一会儿站到妙子前面，向旁边高高抬起左右两手；一会儿跑到妙子身后，像瞎子摸象似的轻轻把手蒙住妙子额头。此时如果有谁从屋外看到老太婆的这副模样，大概会以为是什么大蝙蝠在惨白的蝇头香火前上下乱蹿。

刚过了一会儿，妙子便像每次那样发起困来。然而，要是顺势睡着的话，当然就无法照计划去冒险一搏了。而不去冒这个险，肯定又不能重新回到父亲身边。

“日本的诸位神灵啊，求你们保佑我不要睡着吧！只要能让我哪怕再见爸爸一面，我就是死也心甘。日本的诸位神灵啊，求你们帮我把这个老太婆骗过去吧！”

妙子不停地在心中一次次虔诚祷告，可是睡意还是渐渐浓了起来。耳朵里也一点儿一点儿响起了莫名的乐声，就像是有人在打锣。每次阿耆尼神从天而降时，必定会听到这打锣般的乐声。

事到如今,无论如何坚持都控制不住睡意了。就像噩梦被逐渐淡忘一样,连眼前的香火和印度老太婆的身影,也眼看着在一点儿一点儿消失。

施魔法的老太婆拜倒在地上嘶叫起来:

"阿耆尼神啊,阿耆尼神啊,请您听我说呀!"

终于,妙子瘫坐在椅子上不知不觉地沉睡过去了,连自己是死是活都无从知晓。

五

妙子、老太婆肯定都以为这个施魔法的地方没人看得到,而其实在房门外头,还有一个人正在从钥匙孔里窥视着。这个人究竟是谁?——不用问,当然是学仆远藤。

远藤看了妙子的信之后,开始也打算就站在街上等到天亮。可是一想到妙子艰难的处境,就怎么也没法在街上干等了。于是他终于像个窃贼似的偷偷潜入房子里,飞快地来到二楼房门外,一直偷看到现在。

然而说是偷看,却是在从钥匙孔往里看,因而只能看到正面,勉强看得到惨白的香火微光中妙子那死人般的面容。除此之外,无论是桌子、魔法书还是跪拜在地上的老太婆,全都在远藤的视野之外。唯有老太婆那声嘶力竭的叫喊,倒是听得格外清晰。

"阿耆尼神啊,阿耆尼神啊,请您听我说呀!"

老太婆的话音刚落,坐在椅子上断了气似的妙子忽然闭着眼睛开起口来了。而且那声音怎么听也不像是妙子这样的少女发出来的,活脱脱是个粗野的男人在说话。

"不!我不能答应你的请求。因为你违抗我命,坏事做绝。我今夜起将对你弃之不顾,且对你的恶举严惩不贷!”

看来老太婆因为听得呆若木鸡,好一阵子无言以对,只是一个劲地喘气。然而妙子对老太婆的垂头丧气不屑一顾,继续义正词严地说道:

“这小女子是你从她可怜的父亲手中窃来于此,如你还想活命,今夜即将这小女子火速奉还,不得拖至明日。”

远藤眼睛贴在钥匙孔上一动不动,只等着看那老太婆如何回答。谁知老太婆听了这番训斥,非但没有惊慌失措,反而对妙子恶毒地狞笑着突然挺身站了起来。

“你就是要耍我,也得有个分寸啊!你把我当成什么人啦?我就是再老糊涂,也轮不到你来欺负我呀!什么把你‘火速奉还’给你老子?……阿耆尼神又不是警官,怎么发得出这种命令?”

老太婆不知从什么地方抽出一把匕首,一下子伸到了闭着眼睛的妙子脸跟前。

“说呀!老实坦白!亏你还会模仿阿耆尼神的声音,白费劲了吧?”

远藤尽管一直在窥探屋里的动静,却根本不知道妙子其实真的睡着了。所以一看到眼前的局面,不由得心头一紧,以为妙子的计划败露了。然而妙子依旧眼皮都不眨,冷笑着答道:

“你去死的时辰也快到啦。在你听来,我的声音是人发出的吗?我的声音再低也是天上的烈焰声,你难道不懂吗?如果真的不懂,就请你随意好了。我只问你一句,你是愿意将这小女子火速奉还,还是要违抗我的命令?……”

老太婆好像有点儿举棋不定,但还是重又壮起胆子,一手握着匕首,一手抓住妙子脑后的头发,把她拉到自己身边。

“你这个臭娘儿们!还敢嘴硬!好啊,好啊,那我只好说话算话,一刀要你的命了!”

老太婆扬起了匕首,哪怕再晚片刻,妙子就没命了。远藤噌的一下跳起身来，想要硬把上了锁的房门打开。可这房门不是那么容易打得开的，无论远藤怎么用力推，拼命砸，开了口子的只是自己手上的皮肉。

六

过不多时，房中传出一声凄厉的叫喊，震撼了黑暗的走廊，然后听到像是有人倒在地上的响声。远藤像疯子似的一边喊着妙子的名字，一边集中全力于肩头，几次三番想要把门撞开。

门板撞裂的声音……门锁撞飞的声音……房门终于撞破了！然而扣人心弦的屋子里鸦雀无声，并无一丝生命的气息，只有惨白的香火在香炉上悠悠地燃着。

远藤借着微弱的蝇头香火，提心吊胆地四下张望起来。

首先映入眼帘的，是依然坐在椅子上的妙子，她一动不动，好像已经断气了。然而不知为什么，远藤感觉到她身上带着一股威严，头上仿佛悬着五色毫光①。

"小姐！小姐！"

远藤走到椅子旁，把嘴凑到她耳朵跟前，使尽全力拼命叫道。然而妙子双目紧闭，并不开口。

"小姐！你坚持住啊！我是远藤！"

妙子眼睛终于睁开了一条缝，仿佛刚从梦中醒来似的。

"远藤君？"

"是啊，我是远藤。已经不要紧了，你放心吧。来，咱们快点儿逃出去吧。"

---

① 毫光：相传为佛的眉间白毫发出的光，被喻为佛的智慧。

妙子仍然似醒非醒似的，语音孱弱地说道：

“计划没能成功，因为我不知不觉地睡着了……你原谅我吧。”

“计划不是因为你才败露的。你不是按照约定，成功模仿了阿耆尼神附体吗？……别再提什么计划的成功失败了，来，快点儿逃出去吧！”

远藤迫不及待地想要把妙子从椅子上抱起来。

“你说什么？真的？我刚才睡得死死的，一点儿都不知道自己说了什么呀。”

妙子靠在远藤胸口喃喃自语道：

“计划没能成功，我根本逃不出去了。”

“怎么会逃不出去？跟我一起走吧。这次要是失败就完啦。”

“可那个老太婆在哪儿呢？”

“老太婆？”

远藤又扫视了一遍屋内，桌子上的魔法书还像刚才一样翻开着……仰面朝天倒在桌前地上的，正是那个印度老太婆。那把匕首出人意料地插在她自己胸口上，她已经死在血泊中了。

“老太婆怎么啦？”

“死了。”

妙子抬头望着远藤，美丽的眉毛皱了起来。

“可我一点儿都不知道啊。老太婆是你……是你杀死的？”

远藤从老太婆的尸体上收回目光，朝妙子望去。在这瞬间，他终于明白了：今夜计划没能成功——但老太婆也因此丧了命，妙子也安全救了出来——正是那不可思议的命运力量使然。

“不是我杀的。杀死老太婆的，是今天夜里到这里来的阿耆尼神。”

远藤抱着妙子，庄重地低声说道。

（高培明　译）

怪异岛

我百无聊赖地躺在藤睡椅上，望着眼前的栏杆，才意识到我是在船甲板上。栏杆外面，灰色的波浪上不时有飞鱼闪过，然而奇怪的是，我却不记得自己为什么要上船来了。是结伴而来的？还是独自上的船？连这些，脑中也都一片迷茫。

说起迷茫，或许是因为波浪后面雾霭连连吧，眼前确也迷茫之至。我随意躺在睡椅上，想看看那水烟朦胧的深处究竟有些什么。定睛望去，好像是我精诚所至，眼看着雾霭中渐渐浮现出一个岛影。那岛的正中有座山峰高耸，以至整个岛影近乎圆锥形，然而除了大致轮廓之外，偏偏什么都看不清楚。有了这次成功的尝试，我便想如法炮制，再看一次。然而朦胧的岛影依然模糊不清，尽管我精诚所至，但此番看来并未感动金石。

这时，忽然听到有人在我右边笑了起来。

“哈哈哈哈哈哈！不行啊，这次你的诚心好像没用了吧。哈哈哈哈哈哈！”

右边藤椅上坐着的看上去是位英国老人，他虽已满脸皱褶，却仍不失翩翩绅士风度。身上的装束是霍加斯①画中18世纪的式样：头上那顶镶银边的帽子好像叫 cocked hat②，穿着刺绣上衣，腿上的裤子只遮得住膝盖。垂到肩头的不是他本人的天然头发，而是亚麻色的卷毛假发，上面还撒着奇怪的粉末。我吃惊地望着他，连回答问话都忘记了。

"你用我的望远镜吧。用它就能看得清楚了。"

老人把一个旧望远镜递到我手里，并未收敛一脸捉弄人的笑容。那望远镜我好像什么时候在某个博物馆里看到过。

"Oh，thanks！"

我不假思索地说了句英语，老人却满不在乎地用手指着岛影，流利地说出一大串日语来。那伸手指着小岛的胳膊袖口下，像挤泡泡似的露着衬衫的花边。

"那个岛叫萨桑拉普。字母怎么拼写？拼作 SUSSANRAP。那可是个值得一看的岛啊。这条船至少要停五六天呢，你一定得到那儿去看一看。那里有大学，还有大寺院。特别是逢上赶集的日子，热闹极了，因为数不清的人会从近海各个岛上聚集到那里去的……"

老人滔滔不绝的时候，我举起望远镜看了看。镜面上出现的大概恰好是岛上岸边的小镇，坐落着许多漂亮的房子。街树的枝梢在随风摆动，寺院的高塔耸立在蓝天下。没有一丝雾霭，一切都清晰地展现在眼前。我惊叹不已，又将望远镜移向小镇上方。这一瞬间，我嘴里差点儿没"啊"的一声叫出来。

望远镜里万里无云的晴空中，耸立着一座很像富士山的山。岛上有山，本不值得大惊小怪，然而眼前那座山直到山顶都盖满了各种

---

① 霍加斯(1697—1764)：英国画家，版画家。作品多为讽刺、训诫式的风俗画。

② cocked hat：18世纪流行的着正装时戴的三角形帽子，帽檐上翻。

蔬菜：卷心菜、西红柿、大葱、洋葱、萝卜、芜菁、胡萝卜、牛蒡、南瓜、冬瓜、黄瓜、土豆、莲藕、慈姑、生姜、鸭儿芹……山被各种各样的蔬菜覆盖着。被覆盖着？……不是山被覆盖着，而是蔬菜堆积成了一座山，堆积成了一座令人叹为观止的蔬菜金字塔。

"那里……那里是怎么回事啊？"

我没有放下望远镜，朝右边的老人回过头去，但老人已经不在那里了，只剩下一张报纸还扔在藤睡椅上。刹那间，我像是脑贫血发作似的，不知不觉心闷气虚，莫名其妙地失去了知觉。

"怎么样？都看完了？"

老人幸灾乐祸似的微笑着，在我身旁坐了下来。

这里像是宾馆的大厅，摆放着脱离派风格的家具，大得出奇的西式房间里却不见一个人影。看得到电梯在宾馆深处上上下下，却好像不见一个客人从电梯里出来。看来这家宾馆也实在太萧条了。

我坐在大厅角落里的长椅上，嘴里衔着上等哈瓦那雪茄。垂在头上方的藤蔓，想必是盆栽的南瓜。遮住盆子的大南瓜叶子后面，看得见正开着黄花。

"哎，大概看了看。……怎么样？来支雪茄吧？"

老人像孩子似的摇了摇头，随即掏出了古色古香的象牙鼻烟盒。这也跟我在哪个博物馆看到过的展品差不多。这样的老人别说在日本，现在就是在西洋大概也找不出一个来。要是把他介绍给佐藤春夫①他们，大概会被当成宝贝的。我对老人说道：

"一出那个小镇，就是望不到边的菜地啊。"

"萨桑拉普岛的居民大部分是种蔬菜的，无论男女都在种。"

"要得了那么多蔬菜吗？"

---

① 佐藤春夫（1892—1964）：日本诗人、作家、评论家。

“可以卖到近海的各个岛上去呀。当然，肯定不会卖得一点儿不剩的，卖剩下的就只好堆起来放着了。你从船上看到了吧？堆得有两万来英尺高呢。”

“你是说那全都是卖剩下的？那座蔬菜金字塔？”

我惊得一个劲儿地眨巴眼睛，不时望望老人的脸，而老人依然开心地独自微笑着。

“是啊，那全都是卖剩下的，而且短短三年时间就堆到那么高了。如果把自古以来卖剩下的都集中起来，那太平洋都能给埋住啊。尽管如此，萨桑拉普岛的居民现在还在种蔬菜，没日没夜地种，哈哈哈哈哈哈！我们聊天这会儿，也在拼命地种呢。哈哈哈哈哈哈！哈哈哈哈哈哈！”

老人笑得像是很难受似的，掏出了满是茉莉花香味的手帕。他那不是单纯的笑，毋宁说更像魔鬼嘲弄人类愚蠢时的笑声。我皱着眉头，换了一个别的话题。

我：“集市什么时候有啊？”

老人：“每逢月头必开集市，但那是一般的小集。临时的大集一年三次——开在一月、三月和九月，特别是一月的大集，买卖最兴旺。”

我：“那么，大集开始前很热闹吧？”

老人：“那还用说，谁都在想方设法让自己种的菜赶上这个大集呀。施磷肥，洒油渣，进温室，通电流……简直没什么可说的了。还有人急着让蔬菜快点儿长大，结果反而把小心栽培的蔬菜都弄枯了。”

我：“噢，你一说我想起来了。今天菜地里有一个瘦瘦的男人像发了疯似的，一边乱跑一边嘴里还喊着：‘来不及啦！来不及啦！’”

老人：“完全有可能。因为新年的大集快到了，镇上的商人想必没有一个不为它熬红了眼的。”

我:“什么镇上的商人?”

老人:“就是卖蔬菜的商人。他们把乡下男男女女在菜地里种出来的蔬菜买来,近海各岛来的男男女女再从他们那里把蔬菜买走。蔬菜的买卖顺序就是这样的。”

我:“原来你说的是那种商人啊。我倒是也看到一个胖子夹着黑皮包,不停地在说:‘麻烦了! 麻烦了!’……那么,最畅销的是哪种蔬菜呀?”

老人:“那得看神的意旨,说不上来哪种好卖。每年的行情好像都不大一样,而且也搞不清为什么不一样。”

我:“但好东西总该卖得好吧。”

老人:“咳,怎么说呢? 蔬菜的好坏与否,一向是由有身体残疾的人来定夺的……”

我:“为什么要由残疾人来判定好坏呢?”

老人:“残疾人是无法下地干活的吧,因此他就种不出蔬菜来。正因为如此,他在鉴别蔬菜好坏时,就能持有超越己方和他方的公平态度。用日本的谚语来说,这就是旁观者清啊。”

我:“啊,刚才我看到的就是个残疾人吧。他是个留胡子的盲人,当时手里正擦着一个满是泥巴的八头芋,嘴里说着:‘这东西的颜色说不上来该叫什么,像是把玫瑰花的颜色和天空的颜色混在一起了。’”

老人:“我没说错吧。盲人当然是出色的鉴定人,但最理想的鉴定人是身体残疾最严重的人,就是眼睛看不到、耳朵听不到、鼻子闻不到、没有手脚、没有牙齿舌头的残疾人。只要有那样的残疾人,他就会成为一代 Arbiter elegantiarum①。现在走红的残疾人虽然具备一般的资格，但他们的鼻子还是闻得出来。听说最近有人把融化了的橡胶灌进鼻孔里去，但仍然闻得到一点儿气味啊。”

我：“话说回来，那些残疾人鉴定过好坏的蔬菜会怎么样呢？”

老人：“不会怎么样的。好卖的菜不管残疾人怎么说它不好，照样还会迅速卖光的。”

我：“那么说，这得看商人喜欢哪种蔬菜了？”

老人：“商人是只会买估计卖得出去的蔬菜的吧。这样一来，好蔬菜能不能卖出去……”

我：“你等一等。照你这么说的话，首先得怀疑残疾人鉴定的蔬菜好坏了？”

老人：“其实种蔬菜的人基本上都在那么怀疑呢。你要是问他们某种蔬菜好不好，也还是没法弄清楚的。打个比方吧，这个种菜的会说‘好坏在于有没有营养’，而那个种菜的会说‘好坏只能看味道如何’。光是这么说的话，还算是简单的呢……”

我：“怎么？还有更复杂的说法吗？”

老人：“那些什么味道啦，营养啦，还能分成几种说法呢。譬如说，没有维生素就没有营养啦，有脂肪就有营养啦，胡萝卜的味道最讨厌啦，萝卜的味道最好吃啦……”

我：“这么说，标准首先有营养和味道这两个，而这两个标准又有各种变化。基本上是这样的吧？”

老人：“没那么简单。譬如，还有这样的说法呢：有个人就认为，蔬菜在颜色上也是有标准的，标准就是《美学入门》等书上所说的冷暖色。这个人把所有红色、黄色之类暖色调的蔬菜都视为合格蔬菜，

---

① Arbiter elegantiarum：本文中作“鉴赏权威”解。

而对青色、绿色之类冷色调的蔬菜则不屑一顾。因为他的座右铭是:若不将蔬菜全部变成西红柿,我们将必死无疑。”

我:“我还真看到一个穿衬衫的彪形大汉,他在把自己种的蔬菜堆起来之前,就进行了那么一通演说呢。”

老人:“啊,他就是我刚才说的那个人。这个人还声称:‘暖色调的蔬菜是无产阶级的蔬菜。’”

我:“可是,堆在那里的蔬菜都是黄瓜和甜瓜呀……”

老人:“那他一定是个色盲。他自己以为堆起来的都是红色的蔬菜。”

我:“冷色调的蔬菜到底怎么样啊?”

老人:“也有人主张:蔬菜如果不是冷色调的,就不能算蔬菜。但持这种主张的那个人对相反观点只是冷笑,却好像从不公开演说,可是他心里对于暖色调蔬菜的厌恶一点儿都不少。”

我:“这么说,是他胆子小吗?”

老人:“哪里呀!他不是不想演讲,而是没法演讲啊。他好像因为酒精中毒或得了梅毒,舌头都烂掉了。”

我:“啊,我看到的那个人大概就是他吧。当时在那个彪形大汉对面,还有一个穿着瘦小裤子的文弱书生。他一边不停地把南瓜从藤上拧下来,一边嘴里说着:‘真变态!还演说呢?’”

老人:“他是在拧颜色还发青的南瓜吧?因为他是把那种冷色调的蔬菜称为资产阶级蔬菜的。”

我:“那最后会怎么样呢?如果照那些菜农的话来说……”

老人:“照菜农的话来说,跟自己种的差不多的东西都是好蔬菜,跟自己种的不一样的东西都是坏蔬菜。他们的话就这一句是靠得住的真话。”

我:“可不是还有大学吗?听说大学教授也有教蔬菜学的,我觉得分辨蔬菜的好坏又不是什么了不起的事……”

老人:“可是如果让他们分析萨桑拉普岛的蔬菜,那些大学教授会连豌豆和蚕豆都分不清的。因为他们讲义里的蔬菜都是一个多世纪以前的东西呀。”

我:“那他们熟悉的是什么产地的蔬菜呢?”

老人:“听说有英国的蔬菜、法国的蔬菜、德国的蔬菜、意大利的蔬菜,还有俄国的蔬菜。他们说最受学生欢迎的是“俄国蔬菜学”的课程,你一定得去那个大学看看。我上次去参观的时候,一位戴夹鼻眼镜的教授一边让我看浸在酒精瓶里的俄国老黄瓜,一边口若悬河地对我说道:‘你去比比萨桑拉普岛的黄瓜吧,那些黄瓜全都是青的。而伟大的俄国黄瓜的颜色才不那么浅薄呢,它这种颜色就如同人生本身一样,让你捉摸不透。啊!伟大的俄国黄瓜……’我当时感动至极,躺在床上病了两个星期。”

我:“这么说……这么说来,还是像你说的那样,我们只能认为,蔬菜卖得掉卖不掉全得听凭神的意志了?”

老人:“好像是吧,大概没有别的办法了。其实,这个岛上的居民基本上都还信奉拉比绅士吠陀呢。”

我:“什么?什么‘拉比绅士’?”

老人:“是‘拉比绅士吠陀’,原文是 BABRABBADA。你没看到吗?那座寺院里的那个……”

我:“噢,是那个长着猪头的四脚蛇的大偶像吗?”

老人:“那不是四脚蛇,是主宰天地的变色龙啊。今天那偶像前头也有许多人在顶礼膜拜吧,那些人正在诵读祈祷蔬菜畅销的祷告词呢。因为报纸上最近有报道说,纽约一带的百货商店都是等到变色龙下达神旨之后,才开始进行销售季节准备的。听说世界上已经不再信仰耶和华、安拉,人们的信仰全都归向变色龙了。”

我:“那座大寺院的祭坛前面也堆着许多蔬菜呢……”

老人:“那些蔬菜全是供品呀。对萨桑拉普岛的变色龙,是要用去年畅销的蔬菜来当供品的。”

我:“可日本还是……”

老人:“哎?有人在叫呢。”

我仔细一听,果然是在叫我,而且那声音瓮声瓮气,是我那个这几天副鼻窦炎发作的外甥。我不情愿地站起来,把手伸向老人。

“我要走了。”

“你要走了?那请你下次再来聊吧,我就喜欢聊天。”

老人与我握手之后,不紧不慢地拿出一张名片,名片中间赫然印着:Lemuel Gulliver①。我禁不住张着嘴,呆若木鸡地盯住老人的脸。老人亚麻色头发中五官端正的脸上,浮现着他那标志般的轻蔑笑容……然而顷刻之间,那张脸又变成了我十五岁外甥调皮的脸。

“给我稿子呀!醒醒吧,我是来取稿子的。”

外甥摇晃着我,我好像已经烤着暖炉打了半小时盹儿了。暖炉上边放着没看完的“Gulliver's Travels”②。

“你来取稿子?什么稿子?”

“让我来取随笔的稿子呀。”

“随笔的稿子?”我不由得自言自语道,“看来萨桑拉普岛的蔬菜市场上,鹅儿肠之类的杂草也会畅销的。”

(高培明　译)

---

① Lemuel Gulliver:莱缪尔・格列佛,小说《格列佛游记》中主人公的名字。

② “Gulliver's Travels”:《格列佛游记》,18世纪出版的英国爱尔兰作家乔纳森・斯威夫特的游记体讽刺小说。